KB262809

유순호 문학선집 3

사람살이 때맛나는 세상

사람살이 때맛나는 세상

유순호 문학선집 3 · 칼럼

사람살이 때맛나는 세상

초판 1쇄 발행   2009년 9월 29일

저 자 ｜ 유순호
발행인 ｜ 윤관백
펴낸곳 ｜ 

편 집 ｜ 이수정
표 지 ｜ 정안태
교정교열 ｜ 이수정
제 작 ｜ 김지학
영 업 ｜ 이주하

인 쇄 ｜ 한성인쇄
제 본 ｜ 바다제책

등록 ｜ 제5-77호(1998.11.4)
주소 ｜ 서울시 마포구 마포동 324-1 곳마루 B/D 1층
전화 ｜ 02)718-6252 / 6257   팩스 ｜ 02)718-6253
E-mail ｜ sunin72@chol.com
Homepage ｜ www.suninbook.com

정가   13,000원
ISBN   978-89-5933-202-1   04810
ISBN   978-89-5933-199-4   (세트)

· 잘못된 책은 바꿔 드립니다.

사람살이 때맛나는 세상

유순호

유순호 작가를 말한다

지금까지 한번도 만나본 적 없는 유순호 작가의 칼럼집 『사람살이 때 맛나는 세상』이 출간된다면서 서문을 몇 자 적어달라는 부탁을 유순호 작가로부터 직접 받았다. 내가 쓰는 게 적합하겠냐고 했더니 "선생님에 게는 자그마치 30년이라는 기자생활을 해온 경력 있지 않는가!" 하면서 재차 요청해왔다.

그런데 30년 기자경력보다는 이제 사귄 지 겨우 얼마 안되는 유순호 작가, 그것도 인터넷상으로 만났고, 인터넷상으로 유순호 작가의 작품들을 몇 편 읽어오면서 나는 유순호 작가를 좋아하게 되었고, 그러다보니 짬짬이 시간을 타내어 그의 대량의 작품을 두루 섭렵하게 되었다. 그만큼 유순호 작가의 작품들은 매력적이며 특히 중국의 조선족 출신 작가들 속에서는 독특하게 빼어난 작가임을 나름대로 인정하기에 이르렀음을 먼저 밝히고 넘어가지 않을 수 없다.

그동안 내가 읽은 유순호 작가의 작품은 소설, 수필, 칼럼을 포함해서 다양하다. 특별히 이번에 계열로 출판되는 『유순호 문학선집』 중 칼럼집에 실리게 되는 50여 편의 칼럼 중에는 내가 공개 마당에서 긍정적인 인상담을 발표한 바 있는 글이 여러 편 있다는 사실을 돌이켜보면서 이 칼럼집에 서문을 써도 괜찮겠다고 생각했다.

이미 인터넷상에 잘 알려져 있다시피 유순호 작가의 칼럼에는 중국과 같은 사회주의 국가체제인 나라에서 수많은 사상문제점들을 야기시킬 수 있는 글들이 적지 않으며 실상 중국의 조선족 독자들은 유순호 작가에 대하여 서로 다른 평가를 하고 있다. 이를테면 유순호 작가의 작품을 좋아하는 독자는 나를 포함해 다수인 반면에 유순호 작가를 상당하게 미워하는 독자들도 적지 않은바, 그들은 주로 중국 조선족 문화분야의 기득권세력들이라는 사실에 주목하지 않으면 안된다.

특히 최근 몇 달 사이에만 해도 유순호 작가는 그들로부터 어마어마한 죄목들을 선사받았는데 그런 죄목들은 하나같이 사람들을 놀라게 만드는 것들이었다. 무슨 '악질반화세력'이니 '미국망명작가'니 그 외에도 '반화작가', '반중국작가', '반체제작가', '반혁명분자', '달레라마를 두둔한 작가', '경외불순세력', '공산당을 반대하는 작가' 등 수두룩한 죄목들은 모르는 사람들이 듣기에 따라서는 참으로 열두 번도 더 기절초풍할 만한 것들이었다. 적어도 나는 이런 죄목들이 생겨나게 된 문제의 칼럼들에 대하여 내 나름대로의 해석을 해주고 싶었다. 그것이 다년간 기자생활을 해온 나의 직업적 의무이기도 하겠지만, 보다는 내가 좋아하는 한 작가를 바라보는 시각에 있어서 우리 사회가 절대로 집단적 오류를 범하는 일이 없도록 나름대로의 역할을 하고 싶어서였다.

보는바와 같이 유순호 작가는 중국 조선족 출신 작가로 2002년에 미국으로 이민 갔으며, 미국에서 지내는 지난 7년 동안 그의 문학작품에서는 일대 비약이 일어났다. 특히 생계수단으로 신문사에 몸담고 지내면서 수량상 적지 않게 써온 1천여 편 신문기사, 칼럼, 인터뷰, 기행, 논문 등 여러 가지 장르의 글에서 선정한 이 50편의 칼럼은 현재 변화 중에 있는 중국 전역의 문화환경 속에서도 여전히 고집스레 변화를 거부하고 있는 조선족문단의 기득권세력이 저들의 기득이익을 굳건히 지키기 위해서라도 얼마든지 저들에게 위협으로 간주되는 유순호 작가를 사경으로 몰아가기에 좋을 듯싶은 내용들이었다.

그러나 내가 본 유순호 작가의 칼럼, 말하자면 본 칼럼집에 수록된 이 50편 외에도 훨씬 더 많은 수량의 칼럼 전체에서 흐르고 있는 경향은 결코 반중국이 아닌 짙은 친중국 성향을 보여주고 있으며, 이른바 유순호 작가를 '반중국, 반체제작가'로 비판하고 있는 사람들이 문제로 삼고 있는 글들로 「티베트사태 유감」, 「정치는 야누스의 얼굴」, 「베이징올림픽을 결산한다」와 같은 글속에서도 대부분 유순호 작가의 자기 조국과 고향에 대한 애정어린 관심과 사랑을 읽을 수 있었다.

예컨대 제목만 읽어도 느낌이 섬뜩해보이는 「중국공산당은 개혁을 다시 개혁해야 한다」는 칼럼에서도 유순호 작가는 공산당의 일부 시책을 비판하지만 공산당이 집정하고 있는 중국정부에 대한 사랑과 애정으로 넘처있는바, 정부를 이끌고 정부를 감시해야 하는 사회주의 언론에 대한 문제점을 제기하고 있다. 숨기기만 하고 감추기만 하는 언론이 항상 문제라고 지적하면서 "손자병법에도 '지피지기 백전백승(知彼知己 百戰百勝)'이라고 했는데, 남도 아닌 자기의 상황과 문제점도 과감하게 드러내놓지 못하면서 어떻게 자기도 아닌 남과 싸워서 이길 수 있겠는가" 하고 묻고 있다.

또 유순호 작가는 중국공산당은 일찍 2002년 제16차 전국대표대회에서 "사회주의 조화로운 사회를 건설할 데 관한 몇 가지 중대한 결정"을 지었고 2005년부터 본격적으로 추진하기 시작했으나, 입 가진 당 간부들이 회의 때마다, 연설 때마다 입만 열면 부르짖는 소리가 조화로운 사회(和諧社會)가 되었지만, 진정으로 무엇이 조화로운 사회인지를 많은 공산당원들이 아직 제대로 터득한 것 같지 않다고 우려하고 있다. 이러한 정책정강이 태어나게 된 원인에 대해서도 오히려 중국사회의 현실 속에서 인간과 인간, 인간과 자연이, 그리고 인간, 자연과 정권이 얼마나 서로 조화롭지 못하고 불편하며 서로를 적대시하고 서로를 기시하게 되었는가를 여실하게 반증하고 있는 것이라고 지적한다. 그러면서 유순호 작가는 이렇게 된 원인을 '공산당선언(Manifest der Kommunistischen Partei)'에서 찾고 있다.

유순호 작가의 이 칼럼 속의 몇 단락을 돌아보기로 하자.

"마르크스에 의해 집필되어 23쪽짜리 정치팸플릿에 담겨 이 세상으로 나올 때의 세계가 바로 그랬다. 산업혁명 후 자본가들에 의해 생산수단이 독점되면서 노동자들이 마땅히 가져야 할 잉여가치를 자본가들이 모두 독식하여버리고 말았다. 굶주림과 압제에 시달리다가 죽느니 몸부림이라도 쳐보고 죽겠다는 가난한 노동자들의 심정을 이 '공산당선언'이 대변하였고, 이 선언을 품에 안고 싸워왔던 공산주의자들은 노동자, 농민의 무산 대중, 즉 프롤레타리아가 잘사는 나라를 만들고 계급 없는 사회를 만들기 위하여 자본가도 때려잡고 국가도 전복시켜야 했다."

"레닌과 스탈린은 이 혁명을 완성하기 위하여 거짓말이나 방화를 불사하였다. '목적은 수단을 정당화한다'는 이념을 철저하게 실천으로 옮겨갔다. 1956년 2월 소비에트 전당대회에서 소련공산당의 새 지도자 흐루시초프가 폭로한 바에 의하더라도 스탈린은 1936년에서 1938년 사이에, 10월 혁명 이전에 공산당에 입당한 사람 90%를 죽였고 그 후에 입당한 사람은 50%를, 군 장성급 60%를 처형시켰다고 하니, 이 혁명의 시발점이 되었던 가난한 자들에 대한 자본가들의 압박과 착취가 얼마나 무시무시한 결과와 후과를 초래하게 되었던가를 모르는 사람이 없다."

이 칼럼에서 소련에 이어 신흥공산대국이었던 중국도 예외는 아니었다고 밝히고 있다. 철두철미한 마르크스 레닌주의 숭배자였던 모택동은 역시 공산주의 혁명을 핑계로 중국인민들을 도탄 속에서 허덕이게 만들었고 자신의 가장 절친한 동지였던 유소기를 비롯한 수많은 공산주의자들을 핍박한다. 이와 같은 전제와 폭력하에서도 죽지 않고 오뚝이마냥 살아남았던 등소평의 개혁개방정책하에서도 계급없는 사회, 모든 소유를 골고루 나눠가지고 평등하게 잘사는 지상천국 유토피아는 없었다. 그런 천국을 만들기 위해 자본가를 때려잡고 노동자, 농민, 무산 대중이 주인이 되어 돈과 재물을 공동 분배하자던 생산력의 모든 시스템이 다시 자본가의 손으로 슬슬 넘어가기 시작했고, 이들 자본가, 기업가들에 대한 명칭도 중국 공산당의 당장 속에서는 '선진생산력'으로 바뀌어버렸다는 것이다.

그리하여 등소평과 강택민, 호금도 등 중국 공산당의 지도자들은 인간은 생태적으로 '소유욕'을 가지고 태어났고 '내 것'을 갖기 원하는데, 아무리 열심히 일해도 '내 것'이 안 되고 '소유욕'을 만족시킬 수 없을 때 누구도 열심히 노력하려고 하지 않으며 누구도 창의력을 발휘하려 하지 않는다는 것을 알게 되었다고 한다. 부르주아가 권력을 잡으나 프롤레타리아가 권력을 잡으나 인간의 탐욕은 마찬가지로 작용하고 있다는 것을 알게 되었다고 한다.

이런 탐욕들이 한때는 공산주의, 사회주의 사상으로 퇴치되는 듯도 했으나, 사상운동만 하다보니 아무리 인민공사를 만들고 대약진운동을 하고 강제 노동을 시켜도 생산력은 올라갈 리가 없었다는 것이며, 그 결과 순수했던 공산주의는 모욕되었고 경제는 바닥이 났으며, 중국은 세계에서 가장 못사는 거대국가로 전락하고 말지 않았던가 하고 반문하고 있다.

이런 나라를 불과 30여 년 만에 세계에서 가장 강대한 미국과도 능히 대적할 만큼의 위대한 경제강국으로 다시 부흥시킨 중국 공산당에 대하여 충분하게 긍정하기도 한다. 이 칼럼에서 작가는 중국의 13억 인구 중

다수를 차지하는 농민들이 못사는 가운데 잘사는 선진생산력이 자신들의 즐거움을 위해 노동생산력의 잉여가치를 너무 많이 독식하는 데서 강대한 파괴력을 가진 무서운 사상이 생겨날까봐 우려하면서 중국공산당에 바란다. 많이 가진 자가 자각적으로 못 가진 자에게 내놓지 않으니 이럴 때야말로 공산주의 혁명전통을 발휘하여 강압적으로로라도 잘사는 자들의 세금을 많이 징수하여 못사는 농민들에게 나눠주어야 할 때가 왔으며, 그냥 나눠만 주는 것이 아니고 자기절로 부유해질 수 있게끔 돈도 주고 또 땅도 팔고살 수 있게끔 만들어주어야 한다고 한다.

개혁개방 이후, 문화대혁명이 결속된 지 30여 년이 지난 지금에도 우리 중국의 일부 조선족 지성들은 극좌사상의 복고주의(復古主義)에 깊이 물들어 있다. 옳고 그름을 가리는 법이 없이 모든 현존 질서를 미신하며 이미 중공의 개명정책에 의해 관후한 언론환경이 상당정도 마련되어 있음에도 낡은 사유방식에다 자신을 꽁꽁 묶어놓고 하고 싶은 말과, 해야 할 말도 하지 못하고 있으며 다른 사람도 진실한 말을 할 수 없게 구박한다. 말을 하는 것은 소통하는 것이고 소통해야 관계도 원활해지고 사상도 원활해진다는 것이 이 칼럼집에 담겨있는 모든 칼럼들의 주장이다.

세상과 부딪치며 유순호 작가가 감히 하는 말들은 하나같이 무시무시하다. 그러나 깊이 파고들면서 보면, 한 편 한 편 자기 조국과 자기의 고향 그리고 자기의 민족에 대한 깊은 사랑과 애정을 읽을 수 있게 되어 감동을 받는다.

그는 중국공산당과 중국 정부의 일부 시책에 대하여 비판할 뿐만 아니라 현재 자신이 몸담고 살고 있는 미국에 대해서도 '강도같은 나라', '도둑놈 같은 나라'라고 거침없이 매도한다. 바로 칼럼집 제목으로 선정된 「사람살이 때맛나는 세상」에서 미국식의 민주주의라는 것도 알고 보니 "천박하다 못해 비속하기까지 하다.”고 한탄한다. 또 「미국은 다극화 시대를 새롭게 대비해야 한다」는 칼럼에서는 미국이 “강압적인 군사력은 뒤로 숨기고 강대한 경제력으로 ‘하드 파워’와 더불어 세계적인 인적교류 확대를 강화하고 일본이나 영국 독일 같은 잘 사는 나라들보다 저개발국지원을 대대적으로 늘이면서 파트너십을 강화하는 새로운 전략을 구사해야 한다. 적어도 가난한 북한을 독려할 수 있는 능력에 있어서 풍요로운 미국 땅에 남아도는 쌀과 기름과 고기를 그대로 썩히지 말고 없는 자에게 나눠주어야 한다.”는 등 유토피아적 천진하면서도 아름다운 꿈을 이야기하기도 한다.

시종 중국 국내에 몸을 담고 장기간 중국공산당의 언론사에서 평기자로부터 시작하여 부주필, 부사장으로, 이제는 은퇴를 앞두고 있는 나는 유순호 작가의 칼럼들을 읽으면서 간단없이 충격을 느껴온 것이 사실임을 고백한다. 중국체제의 입장에서, 그리고 중공당원이란 나의 입장에서 볼 때 유순호의 칼럼들에 문제점이 없는 것은 결코 아니다. 그러나 바깥 세상에 별로 습관되지 않은 우리가 반드시 버리지 않으면 안 되는 것은 작가의 글 한두 편으로 또는 한 두 단락으로 문장 전체를 쉽게 부정해버리는 나쁜 습성이다. 이런 악성종양과도 같은 폐습에서 헤어 나오면 우리는 한발 앞서 세상 밖으로 나가있는 유순호 작가의 보다 넓은 시각을 볼 수 있게 된다. 활짝 트여있는 시각에서 자기 조국이 좀 더 잘하여 세계무대에서 가장 선진적인 리더국가로 성장하여 주었으면 하는 간절한 바람을 읽게 될 때 어쩔 수 없이 가슴이 뭉클해짐을 금치 못하게 된다.

그러나 그의 글 구석구석에서 나타나고 있듯이 유순호 작가는 분명하게 사회주의, 공산주의 신봉자는 아니다. 그렇다고 유순호 작가를 반공산주의 작가, 반사회주의 작가로 몰아가는 것은 옳지 않다. 목표가 미국에서 10년 동안만 살면서, 서구문학을 배우는 것이라고 나에게 고백한

바 있는 유순호 작가는 아마 자유민주주의의 신봉자가 되어버린 것 같다. 때문에 10년 뒤에는 또 어디서 무슨 일로 살아가게 될지 모르지만 나는 그때에도 여전히 유순호 작가의 매력적이면서도 시원한 칼럼을 계속 읽을 수 있으리라는 믿음을 버리지 않는다.

그때 가서도 유순호 작가의 자기 고향과 자기 조국 그리고 자기 민족에 대한 사랑은 여전할 것이라는 것을 굳게 믿는다. 온갖 유혹과 풍파로 가득 찬 이 세상에서 자신만의 문학정신에 충직하고 자신만의 삶의 원칙에 충직하기란 얼마나 어려운 일인가를 모르는 사람은 없을 것이다. 그러나 오늘의 그의 칼럼을 읽으면서, 그의 내일에 계속 쏟아져 나오게 될 또 다른 칼럼들에서 작가의 한 길로 평생을 살아갈 수 있는 바른 비결이 구경 무엇인지를 독자들과 함께 읽어낼 수 있을 날이 이제 바로 눈앞에 다가오게 될 것이라는 것을 나는 믿는다.

2009년 8월 18일, 중국 장춘에서
박문희(중국 길림신문사 부사장, 부총편집)

contents

사람살이 때맛나는 세상

칼럼

이 가을에 봄을 생각하라

이제 가을이 막 깊어간다. 아메리카 대륙에서 벌써 몇 번째 맞는 가을인가, 돈을 버느라 정신없었던 무덥고 긴 여름도 가고, 신선해진 대기에서 맑은 햇살을 받으며 계절의 신비로움이 가져다주는 열매 맺는 자연에 대한 신뢰와 안정감을 느낄 새도 없이, 우리 동포들은 또 겨울 맞을 차비를 해야 한다. 아아, 쓸쓸하다. 가을 바로 뒤에 따라서는 겨울의 첫 눈을 기대하는 감상(感想)같은 것은 없다. 오로지 또 한해가 가고 있다는, 그래서 또 한 살을 먹고 있다는 경고처럼 기분이 안 좋아도 돈은 계속 벌어야 한다.

그러나 벌써 가을만 되면 어떤 업소들은 불황이다. 대신 성황(盛況)을 이루는 업소들도 있으니, 가장 먼저 또 다른 일자리를 찾아야 하는 페디큐어 초보자들이 주로 때밀이와 마사지 쪽으로 많이 튀고 있단다. 거기에는 "선배누나"들도 많고 "후배언니"들도 많다. 마음먹기에 따라서 돈 버는 걱정만큼은 한시름 놓을 수 있는 것이 사실이겠지만, 그것을 제외한 나머지의 모든 것이 지금은 문제가 되고 있다. 한둘도 아니고, 열, 백도 아니고, 천 단위를 넘는 숫자로까지 우리 누나, 언니들이 계속 이어지고 있어서 문제로되, 보통 문제가 아니고 건강도 문제고, 자식들도 문제고, 남편도 문제고, 다음은 객지에서 외롭게 지내며 저들끼리 눈 맞아 짝을 찾는 남녀 간의 사랑도 문제가 되는 미칠 것만 같은 계절에, 우리네 '언니'와 '누나'들을 생각할 때면, 얼마나 힘들까 걱정하기에 앞서, 손님이 많을 때는 하루 10여 명 정도, 적을 때는 4, 5명 정도에서 샤워를 시작으로, 성(性)의 지랄과, 남자의 발광에서 배설(排泄)에 이어지기까지, 그야말로 돈의 영(榮)과 업(業)의 욕(辱)과 여자된 홍역(紅疫)을 같이 치르고 있다는 것을 알고 어쩔 수 없이 눈물을 머금게 된다.

만약 내가 그네들이라도, 이제는 내 지아비를 다 포함해서 이 세상의 모든 남자들이 지긋지긋하게 염오(厭惡)스럽고 싫어질 것이라는 생각을 가끔씩 해볼 때가 있는데도, 몰래 애인을 삼고 지내는 "누나"와 "언니"들의, "몸으로 때우는 것이지 마음으로 때우는 것이 아니다."는 황당한 논리를 결국 수긍할 도리밖에 없어지는 것이다.

그렇게 내 마음은 깨끗하다고 자신하는데 무슨 도리가 더 있겠는가! 생각없이 옷 벗겨주고, 물 끼얹어주고, 수건 덮어주고, 다음 술취한 도야지새끼 거시기 까듯, 북장고 두드리듯 주무르고, 뒤집어엎고, 잡아때리고, 비틀어문지르고 할 때, 오히려 거기에 벌거벗은 몸을 내맡기고 있는 남자들로 해서 먼저 얼굴이 뜨거워진다. 왜 그렇게라도 돈 버느냐는 질문에, 쓰고 살 집 사고, 아이 공부시키기 위해서라는 언니도 누나도 요즈음 같아서는 애인 없으면 몇 대 바보에 든단다. 민망도 할시고! 아이 공부시키기 위해 소 팔고, 논 판다더니 이제는 몸도 파는 세상이 됐다.

다만 마음은 안 판다니 조금은 안심이다. 돈 많은 부자 마나님이 생활이 무료해서 남자를 즐기고 음식점이나, 찜질방에 가면 여자들로 북적거리는 세상에서 당분간만이라도 설거지통에서 해방되고, 남편과 자식의 울타리에서 벗어나있는 언니와 누나들을 나무랄만은 못하겠다. 아직도 남자가 싫지 않아서 애인을 찾는 것에 최소한의 위안을 느낀다. 돈 많은 자의 심심풀이와 돈 없는 자의 윤락행위 따위가 아직도 우리와는 일정 거리에 있는 것을 다행스럽게 생각한다. 지금은 진실로 소비니, 정서니 퇴폐문화니, 하고 수준을 논할 상황이 못 된다. 다만 마음만은 지킨다는 그 하나의 자존(自尊)만으로도 희망을 보아야 하며, 봄을 생각해야 한다.

비록 봄까지는 아직도 겨울이란 놈이 가로막고 있지만, 마음만은 지킨다는 진리를 신앙으로 삼는다면 결코 이겨내지 못할 어려움은 없을 것이다. 마음을 지키기 위하여 흘리는 눈물과 아픔과 슬픔과 고통만큼은 언제든지 그 지켜온 마음으로 인한 웃음과 기쁨과 즐거움과 행복이 올 것이라는 신심을 가져야 할 것이다. 그러지 않고야 이 인생이 버거워서 어떻게 살겠는가! 언니들이여, 누나들이여, 이 가을에 봄을 생각하라!

사람살이 때맛나는 세상

세계를 알려면 뉴욕에 가보라는 말이 있듯이, 민주주의를 알려면, 이 민주주의 종주국가나 다를바 없는 미국에 와보아야 한다. 미국에서도 "뉴요커"들의 자부심은 하늘을 찌른다. 한마디로 뉴욕에서의 제일은 미국에서의 제일이요, 미국에서의 제일은 세계에서의 제일이라는 것이다. 다시 말하자. 세계정치의 중심에는 유엔과 함께 항상 미국이라는 나라가 군림(君臨)하고 있다. 그 문명대국의 제1번지(番地)로서 뉴욕은 지금 선거의 계절을 맞고 있는 것이다.

선거의 양태(樣態)도 당연 뉴욕의 모습이 제일가는 진풍경(珍風景)이다. 위로는 명실 공히 세계를 좌우지할 대통령 자리를 놓고 후보들이 치고 박는가 하면, 아래로는 플러싱 시골촌구석의 열 명짜리 단체장 자리를 놓고, 사람들이 몰려들어 무효성명을 낸다. 기자회견을 갖는다며 물고 뜯는다. 여차하면 판사 앞에까지 끌고 가서라도 판가름하겠다고 으름장을 놓곤 하는 것을 본다. 그야말로 가관이다.

시중에는 게임까지 만들어져서 유행하고 있다고 한다. 창을 든 부시(공화당)와 방패를 든 케리(민주당), 누가 이길지는 아직 아무도 모른다. 게임기를 다루는 소년의 재량에 달렸다. 판타지 삼류 통속소설 같은 재밌는 세상을 구경하면서, 정치라는 게 바로 이런 거구나 생각하니 금세 어리둥절해진다.

생각하기에 따라서는 천박하다 못해 비속하기까지 한 자유민주주의다. 너무나 상상을 이탈한다. 나라를 경영하는 철학, 경륜, 정책, 이념 같은 것으로 밑받침된 정치 보좌관들이 기라성같이 줄지어선 가운데로, 가슴에 호박꽃같이 넙적한 금빛 훈장들을 일여덟개씩 달아붙인 초(超) 권위적인 지도자가 손을 흔들면서 느릿느릿 나타나면, 사람들이 모두 일어서서 기립하고 박수를 보내야만 하는 사회주의 나라 특유물(特有物)인 전체주의(全體主義) 모습을 너무 많이 구경해왔기 때문에, 미국에서의 선거 모습은 그냥 희한하기만 한 것이다.

무거운 이념이나 새로운 정책 같은 것보다는 배우의 분장전문가와 흡사한 전문적인 "스핀 닥터"들이 보좌하는대로 웃는 모습이나 말솜씨 자잘한 표현으로 국민들을 사로잡는 인상전(印象戰)을 펼치는데 보다 주력하고 있으며, 결국은 그 인상전에서 이기는 자가 대통령이 된다고 하는 것이다. 정나미가 떨어져도 별수가 없다. 지난 세월 동안 줄곧 그렇게 만들어져나온 미국의 레이건이며, 클린턴같은 탤런트에 바람둥이 대통령들이 흐루시초프며, 고르바초프같은 사회주의 국가 영웅들과 싸워 공산주의 종주국가임을 자처하는 소련사회주의 소비에트연맹을 하루아침에 무너뜨리고 말았다.

빈껍데기뿐인 전체주의 속에 얼마나 많은 숨은 악들이 누적(累積)되어 있었던가를 세상이 알게 됐다. 모두 머리를 저었다. 전체주의는 무너지는 도리밖에 없었다는 것이다. 그러나 미국의 강성(强盛)은 오늘도 이어지고 있다. 악들이 숨을 자리가 별로 없으니, 아닌 게 아니라 천박하도록, 비속하도록 세상밖에 다 드러나 버리고 마는 것이다. 어디 가서 방귀 한번 잘못 꾸었다가도 그것이 드러나서 곤경을 치러야 하는 힘든 세상의 대통령 뽑는 계절이 온 것이다.

재미있는 것은, 뽑고 나서 한해도 못 챙기고 금방 또 후회한다는 것이다. 걸핏하면 저 바보! 저 등신! 하고 대통령을 욕한다. 아무런 거리낌도 없다. 그런 욕설을 소화불량이 걸리도록 많이 받아 자시고도 부시는 어렵사리 재선을 치르고 있다. 대립 후보는 민주당의 존 케리, 두 사람 다 '뉴요커'들 앞에서는 한껏 눈치보고, 발라맞추고, 여차하면 '뉴요커'들 발등에 엎드려 키스라도 열백 번 보내라면 결코 마다치 않을 선거의 계절이 온 것이다.

선거의 계절은 진정한 국민의 계절이오, "뉴요커"들이 왕노릇하는 계절이다. 세계 정치의 총 본산인 미국의 대통령을 뽑는 이 계절에, 세계 최대, 최고의 문명도시인 뉴욕 시민들은 번마다 후회하면서도 또 극장 똘마니들같은 분장사들의 치졸한 수작질에 즐겁게 속아넘어가서 기꺼이 한표를 던진다. 천박하고 비속해보여도 별수 없다. 지랄염병에 떨거지같은 세상이라도, 정작 사회주의나 공산주의에 비해 사람 사는 세상과 한걸음 더 가까워 보이는 것이 좋다. 자연스런 사람살이 때맛나는 미국이라는 이 자유민주주의 국가는 오늘도 잘만 굴러간다.

지위도둑도 도둑이다

　어렸을 때, "삼국외사(三國外史)"에서 본 이야기인데, 동탁(董卓)의 행실을 보다못해 허도(許都)를 뛰쳐나온 조조(曹操)는 길에서 중모(中牟) 현령 진궁(陳宮)에게 붙잡히고 말았다. 진궁은 조조를 놓아주고 같이 따라 떠났다가 도중에 혼자 돌아와서 "알고보니 맹덕(孟德, 조조의 자)은 장차 나라를 훔칠 큰 도둑이 될 놈이었소. 내가 그를 버리고 돌아온 것은 나중에라도 천하백성들의 도둑이 되지 않기 위해서였소."라고 변명한다. 그랬던 진궁이 몇십 년 뒤에는 조조의 손에 잡혀 죽게 된다. 조조와는 원수 간이었던 여포(呂布)를 섬겼던 탓이었다.

　이것은 바로 도둑을 놓아주었던 자의 보응(報應)이라고 할 수밖에는 없을 것이다. 나중에 한실(漢室) 천하를 도둑질했던 조조와 도둑이 되지 않기 위해, 그 도둑에게 자신이 죽어야만 했던 진궁의 이야기다. 역시 이 이야기와 비슷한 또 하나, 30여 년 전, 닉슨 전대통령의 재임기간 미국에서 발생했다.

‘워터 게이트 도청사건’을 저지르고도 한참 자기의 결백성을 주장해오던, 닉슨 전 대통령이 종당에는 잘못을 시인하고야 말았다. 그러자 붐이 일어났다. 백악관 비서실의 적잖은 직원들이 사표를 내던지면서 한 말인즉, 자기들이 믿었던 닉슨 대통령이 이런 사람인 줄을 몰랐다는 것이다. 누구보다도 결백한 척 하더니 어떻게 갑자기 이런 추악상이냐며 격분한 직원들은 더 이상 이와 같은 대통령을 모시지 못하겠다고 마음먹은 것이다.

자기 잘못을 시인하는 닉슨도 닉슨이겠지만, 그 닉슨에게서 믿음을 배신당했다고 생각하고 백악관을 박차고 나가버린 아메리카대륙의 멋진 신사들에게야말로 한번 찬탄을 보내볼만 하다. 그 직원들도 우리 “삼국지” 속의 진궁과는 역시 같은 입장이었을 것이다. 바로 자기 양심의 도둑이 되지 않기 위해서였고, 나아가서는 믿음을 중히 여기는 서양사회의 도둑이 되지 않기 위해서였다. 그래서 ‘맹자’(孟子)에는 이런 말도 있다. 분명 불인(不仁)한 임금, 의(義)를 저버린 임금, 어질지 못한 임금인 것을 알면서도 떠나지 않고 계속 돕는다면 그 신하는 바로 천하를 도둑질 한 임금과 꼭 같은 천하 백성들의 도둑이 된다고 했다.

그런데 후세사가(史家)들이 나라와 백성들까지도 모조리 도둑질 했던 조조를 심판대에 올릴 대신에 그를 정치가로 군사가로 시인으로까지도 하늘높이 칭송하는 이유는 무엇인가? 조조는 도둑이라도 대의(大義)를 밝힌 큰 도둑이기 때문에 칭송할 만하다는 것이다. 대신 진궁은 자신의 이익부터 살폈기 때문에 소인이 되어버리고 말았다. 즉, 이 말은 대의를 밝히는 큰 도둑(임금) 옆에 어진 부하가 떠나가고 자기 잇속밖에 모르는 소인배들이 몰려들 때는 이미 그 도둑은 벌써 칭송받을 만한 도둑이 못되는 것이다.

어찌 지금 세상도 바로 이렇다고 말하지 않을 수가 있겠는가! 떠나버린 진궁을 소인배라고 규정해놓고 보면, 조조의 신변에 몰려든 부하들은 모두가 어진 부하들로 둔갑될 수밖에 없는 것이다. 아무리 현대사회가 민주화된 사회라고 해도 도둑이 밉상스럽고, 그 폐해가 싫은 것은 어떤 나라에서라도 다 마찬가지겠지만, 가석한 것은 바로 천하 세상까지도 다 도둑질했던 조조보다도 더 큰 도둑들을 자꾸 내뱉고 있는 이 세상 제도자체의 극한(極限)이 아닌가 생각한다.

이 세상 모든 도둑들에게 한마디 한다. 모두들 자기 앞에 주어진 운명에 순종하라! 석 짐 질 힘밖에 없다면, 겸연(慊然)스럽게 두 짐만 지는 것은 바라지 못하겠지만, 결코 석 짐 이상을 넘보지 말기 바란다. 그 넘보는 세상의 불신요소를 제거하는 것이야말로 시국안정(時局安定)의 가장 주요한 첫걸음이 될 것이며, 한편으로 진정 자유와 민주주의를 향해 나가는 시작이 될 것이라고 생각한다. 위로는 한 나라의 대통령으로부터 아래로는 자그마한 단체의 한 단체장에 이르기까지 같은 도리다. 자기 자리 아닌 남의 자리에 틀고 앉는 것, 다시 말하자면 부적당한 인물이 앉지 말아야 할 요긴한 자리를 차지하고 앉는 것, 그럼으로써 대사를 그르치고 정치를 망침으로써 위로는 임금이 하늘의 뜻을 살리지 않고, 아래로는 백성들이 법도를 지키지 않으며, 세상은 도를 믿지 않고, 기술자들은 척도(尺度)를 믿지 않게 된 것이다. 경계해야 할 바다!

하나님 말씀대로 했으면 좋겠다

요즘 한국에서는 소가 개한테 큰절을 하게 생겼다. 얼마 전에 서울에 갔더니 개고기 값이 또 올랐다. '개탕(狗湯)'이라고 써붙인 글들이 서울 가리봉동의 음식점 유리창들에 많이 붙어있는 것을 보았다. 이제 더는 '보신탕'이라고 에둘러 말하지 않는 당당함에 내심 고개가 기웃거려진다.

미국에서 개고기가 먹고 싶다고 했으니, 반드시 나를 미친놈 아니면, 용감해도 이만저만 용감하지 않은 사람으로 볼 것이다. 그래도 먹고 싶은 것을 어떻게 한단 말인가, 앞서 '파룬궁'을 끄집어냈다가 나를 걱정하는 가까운 친구들이 나무라면서 하는 말이, 왜 마냥 민감(敏感)한 문제만 끄집어내서 우리들을 불안하게 만드는가 하는 것이었다.

그런데 이번에는 또 개고기를 먹고 싶다고 했으니, 여차해서 미국 사람들 귀에라도 전해 들어가면, 이것은 그냥 불안하게만 생각할 문제가 아니란다. 미국 사람들에게는 가족같이 여겨지는 애완동물을 먹고 싶다는 것이니, 그냥 미친 정도가 아니라 아주 야만인으로 타매

(唾罵)를 받게 될지도 모른다는 것이다.

그렇지만 나는 다만 정직하게만 말하려는 것뿐이다. 이승만 한국 초대 대통령 시절에, 대통령 본인은 물론이고, 자유당의 이기붕과 야당의 조병옥도 모두 미국에서 살다가 돌아온 사람들이었다. 그랬던 그네들이 광복과 함께 서울에 돌아와서 그토록 많은 '개장국' 간판을 보았으니 사색에 질리지 않을 수가 없었다. 그래도 유머스럽고 기지로운 이승만 대통령의 좋은 제안 때문에 한국의 개고기 문화는 계속 이어져오게 된 것이다.

당시 '개고기' 파는 집은 한국 중앙청 곁에까지도 있어서 그 앞을 지나던 이승만 대통령은 비서관 임병직에게 "서울 한복판에 웬 개고기라고 써붙인 집이 저렇게도 많으냐?"고 물었단다. 그러자 임 비서관이, "우리나라 사람들이 원래 개고기를 좋아한답니다."라고 대답했다. 이승만 대통령은 "국민들 모두가 좋아하는 개고기를 먹지 못하게 할 수는 없고, 그렇다고 미국 사람들 보기에도 좀 그렇고 하니, 개장국 간판을 보신탕 간판으로 바꾸는 것이 좋겠다."고 해서 그때로부터 한국의 모든 개장국집들이 보신탕집으로 불리게 되었다고 하는 것이다.

88올림픽 때에 또 한번 개고기를 먹는 것 때문에 서양 기자들이 물고 늘어져서 보신탕집이라는 간판만 가지고도 안되겠던지 아주 철거시켜 행정구역상 시내가 아닌 서울 변두리로 이사가게 했다고 하는데, 그게 언제 일이냐 싶게 개장국 집들이 다시 서울 시내로 밀고 들어왔으며, 이름도 보신탕에서 다시 개장국집으로 되바뀌고 있다.

서울에서 열흘 묵는 동안 거의 매일 개고기만 먹었는데도, 지금 또 먹고 싶은 것은 며칠 전 플러싱의 한 슈퍼마켓에서 닭고기나, 소고기, 돼지고기 외에도 또 다른 사슴같은 산짐승 고기들을 포장해서 파는 것을 보고 언젠가는 개고기도 포장해서 팔게 될 날이 있을 것이라는 막연한 생각이 들어서다. 물론 애완견은 아니고 식용(食用)으로 기르는 사양장의 개를 두고 하는 말이다.

이민 1, 2세대들에게서 들은 데 의하면, 1970년대까지만 해도 미국의 식품점들에는 소뼈다귀나, 도가니, 족발, 소꼬리, 닭똥집 같은 것들이 없었다고 한다. D.C. 폴로리다 마켓 고깃간에 가서 소고기나 갈비를 사면 뼈와 내장은 공짜였다고 한다. 그것이 한국의 개장국 보신탕 문화와 거의 비슷한 모습으로 이리저리 바뀌어오다가 지금은 없는 것이 없어서 못 팔고 있다. 있는 것이면 뭐나 다 판다. 웬만한 슈퍼마켓에도, 그냥 개고기 하나만 제외하고는 없는 것이라고 없다.

하도 궁금해서 성경을 뒤져보았는데, 연필로 표시까지 해가며 세어보니 하나님까지도 개라는 말을 28번이나 했던 것 같다. 그러나 먹지 말라는 말은 없었다. 그러면 곧 먹어도 된다는 말로 해석할 수도 있지 않을까 생각한다. 대신 성경에서 먹지 말라고 한 돼지고기는 다들 얼마나 잘해먹고 있는가, 물론 유태인들은 아직도 돼지고기를 먹지는 않지만, 뱀장어며, 새우며, 오징어며, 조개류같은 하나님께서 분명하게 명하여 먹어서는 안된다고 한 것들을 미국 국민들은 모두 너무나 잘 먹고 있는 것이다. 나는 기독교의 국가인 미국이 저지르고 있는 역기독교적인 것이 너무 마음에 안든다, 모두 하나님 말씀대로 하자!

소심점화(小心點火)

　　시내암(施內巖)의 '수호전'을 읽다가, 반금련(潘金蓮)과 서문경(西門慶)의 불륜을 맺어주고, 죄없는 무대랑(武大郎)만 죽게 만들었던 뚜쟁이 왕로파(王婆)를 사형에 처하는 장면이 나왔다.

　　구경꾼들이 운집(雲集)한 가운데, 저잣거리 한복판에 묶여선 사형수 왕로파에게 '저미라!'는 명이 떨어졌다. 한칼에 목을 칠 것 같으면 도부수가 큰 칼을 메고 나와 그냥 한 대만 먹여주면 될 것인데, 그것이 아니고 뾰족한 손칼 같은 쟁기로 사형수의 얼굴 살점을 뜯어내어 여기 저기 뿌려대니, 살점 뜯기는 놈도 비명이고, 날려 떨어지는 살점 피하느라 구경꾼들도 아우성 난산(亂散)이었다.

　　명말청초(明末淸初) 연간에 중국 요동(遼東)을 지키던 명나라 장수 원숭환(袁崇煥)이 청군의 반간계에 걸려 숭정황제에 의해 참형을 당하게 되었다. 역시 살점 저미는 형(刑)을 받게 되는데, 첫 한점을 뜯어내니 비명이 형장(刑場)을 울리고, 두 점을 뜯어냈을 때는 인사불성이었다. 세 점 만에 금방 숨이 끊어지는 것을 영화에서 보았던 적이 있다.

죽고난 뒤에는 열 점을 뜯어내던, 스무 점을 저며 내던 이미 사형수 본인한테 아픔이란 없다. 죄도 같이 없어진다. 남는 것은 오로지 도부수들 흉상(凶狀)만 더 지독하게 내비쳐서 구경꾼들을 놀래고 떨게 만드는 것이었다. 아무튼 그래서 사람은 남을 저미는 짓도 하지 말아야겠지만, 보다는 저밈을 당하는 노릇을 해서는 더 안되겠다는 생각을 하게 만드는 계기가 바로 이 중국 고대적(古代的)의 사형법(死刑法)이었다.

지독하거나, 말거나 도부수가 저미고 사형수가 뜯기는 사형법은 너무나 昭昭明明한 도리라서 덕은 쌓은 데로 가고, 죄는 지은 데로 간다는 말을 믿겠지만, 요즘 따라서는 한놈이 백놈의 살점을 뜯어 횡재하고, 미친놈이 제 살점을 뜯고 아우성 지르는 이웃 동네의 나쁜 법을 우리가 그대로 배워와서는 안되겠다는 생각을 자주 하게 된다.

우리 재미 조선족동포사회에 직업소개소를 한다는 어떤 나그네가 영주권을 만들어준다며 남도 아닌 자기 동포의 돈을 사기쳐 놓고, 들통나자 그 돈은 바로 우리 이웃 동네의 브로커가 가져갔다면서 억울한 자의 입에 자갈만 물려놓더니, 요즘은 또 물만두를 끓인다는 마음 좋은 주방쿡이 떡국이고, 개범벅이고, 마구 쓸어넣다가 주방장아저씨한테 귀빰 얻어맞는 등, 원칙이 무시되고 양심이 갈팡질팡하는 삭막한 세상을 우리가 지금 한창 맞다들고 있다.

무섭고 조마조마한 것은 또 있다. 아주 집구석에 틀고 앉아 도박장을 벌린 아줌마도 하나 생겨난 것이다. 플러싱 노던의 어느 아파트 단지에 베드룸을 한 채 세맡아 놓고 거기에다가 마작판 일여덟 개를 차려놓았다는데, 일자리 떨어지고, 담배 부스러기 마르는 날에 마음씨 착하고 순수한 우리 동포아저씨들을 그리로 불러들여 호주머니 속 먼지까지 털어먹겠다는 심산이다.

일단 찾아만 들면 일인당 '자리세'(場地費)라는 것부터 20~30불씩 내라고 해서 받아챙기고, 겸해서 영주권은 물론, 시민권자와의 결혼까지도 주선하는 등 사통팔달(四通八達)하는 아줌마란다. 혀가 내둘러질 지경이다. 거기에 비하면 위의 직업소개소 나그네의 '자기 살점 뜯어먹기'는 오히려 약과(弱過) 아니냐는 생각도 드는데, 참으로 어쩌다가 우리 동포사회에서도 이런 아슬아슬하고 조바심나는 불장난을 즐기는 자들이 하나둘씩 생겨나기 시작했는지 모르겠다.

토끼도 제 굴 주변의 풀은 뜯어먹지 않는다고 하지만, 이 아줌마가 하는 행색을 보면 자기 나그네 하나도 모자라서 아주 남의 나그네 사타구니 속까지 다 뜯어내고, 털어내고, 빼먹자는 수작이다. 그런데 보다 더 한심한 것은 '그래 뜯어먹고 빼먹어라, 달란대로 주마.' 하고 거기 시키면 시궁창 속으로 넙적넙적 찾아드는 바보같은 우리 동포들도 무더기로 많아지고 있다는 사실에, 나는 그야말로 울타리 없는 집에서 혼자 살듯 모멸과 창피를 느끼지 않을 수가 없다.

모두 침을 뱉어야겠다. 땀 흘리고, 눈물 흘려 돈 버는 깨끗하고 정직한 우리 조선족 동포사회를 오염시키는 나쁜 자들의 낯짝을 향해서 침도, 가래도 다 뱉어야겠다. 그러나 함부로 뚜쟁이 왕로파를 저미듯 하지는 말아야 할 것이다. 몇 참이나 더 가겠는가, 간이 배밖에 튀어나와 있는데야! 쌓은 데로, 지은 데로, 덕(德)과 죄(罪)는 자기 갈 길을 찾아갈 줄 아니까.

선택하고 경계하라!

성경의 핵심을 이해하는 데서 절대 빼놓아서는 안 될 책으로, 창조, 기원, 죄, 타락, 심판, 언약같은 인류의 교훈들을 기록한 '창세기'는, 교회를 방금 다니기 시작한 모든 사람들이 가장 처음부터 배우게 되는 책이다.

정말 재미없도록, 지루하도록, 개벨처럼 길고 또 긴 목사들의 거짓말 같은 설교를 듣다듣다 꺼져내려오는 눈곱을 잡아 뜨며, 교회 밖을 나와서 한다는 첫 마디가, '다 거짓말'이라는 것이다.

나도 의심을 많이 한다. 적어도 창세기는 권위 있는 문서든가, 아니면 위조문서든가, 그 둘 중의 하나, 즉 하나님이 자신을 인류에게 계시할 때 일으키신 역사적 사건을 정직히 기록한 문서가 아니라면, 저자도 확실치 않고 과거를 다룬 내용도 별로 신빙성이 없는 거짓말 같은 한낱 장난 문서일 뿐이라고만 생각했던 때가 있었다.

아무튼 그 둘 중에 어느 하나는 꼭 옳을 것인데, 옳은가 그른가는 바로 우리 스스로가 선택하고 다가가서 접근하든지, 받아들이든지

해야 하는 것이다. 우리 동포들은 중국에서 초중 1학년부터 정치과목이 설치되어 있어, 마르크스의 유물주의 변증법을 배웠기 때문에, 이 우주와 세계를 아무런 목적도 없고 무덤을 넘어서는 즉 생명에 대한 아무런 소망도 없는 차갑고 비인격적인 것으로만 알고 있었다.

그런데 지금은 그게 아니다. 성경은 하나님이 우주를 창조하셨다고 기술하고 있다. 때문에 꼭 선택하고 넘어가야 할 문제다. 즉 인간 사회가 받아들여야 할 실재 개념과 성경에 계시된 실재 개념 사이에서 충돌이 일어나고 있을 때, 우리 동포들은 그 둘 가운데 반드시 어느 하나를 선택하고 넘어가야 하는 것이다.

같은 값이면 차갑고 비인간적인 진화론보다는, 따뜻한 사랑으로 넘친 창조론을 믿는 것이 좋을 것이라는 생각을 자주 하면서도, 정작 창조론을 가르치는 교회에서 우리가 만나게 되는 모습은, 그냥 눈 감고 성경만 달달 외우면서, 내 교회에 들어와서 하나님을 부르는 순간부터 당신은 이미 구원을 받은 것이라고 약속해주는 목사와 몸 흔들고 손뼉치며 끝없이 찬송가를 부르는 장로와, 성경 말씀으로 짜깁기를 하면서 청산유수로 기도를 폭발하는 복음전파의 영웅들이, 교인들을 내쫓고 저들끼리만 모여앉아 당회를 열 때에, 기도는 버젓이 ① 영혼과 ② 구원과 ③ 선교를 주제로 하고, 의논은 ① 건물과 ② 교인과 ③ 헌금을 가지고 아주 눈알 빼먹는 싸움질을 시작하는 것이다.

한아름 뒷골목에서, 머리끄덩이 잡아당기며 싸우는 어떤 아낙네한테, 말리러 나온 아저씨가, 그렇게 시간 가는 줄 모르고 계속 싸우겠으면, 차라리 교회 가서 싸우라고 말하는 것이, 무슨 뜻인 줄은 잘 몰랐는데, 알고보니, 바로 우리 동포사회의 빛과 소금이라고 하는 하나님의 교회야말로 진짜 물고 뜯고, 싸움 잘하는, 말하자면 싸움의 달인(達人)들이 가장 많이 칩거(蟄居)해서 살아가고 있는 '하나님의 세상'이라는 것을 알게 됐다.

하나님과 만나기 위하여, 우리 동포들이 하나둘씩 교회로 몰려들고 있다. 플러싱에는 또 전문 '조선족'이라는 이름까지 달아 붙인 선교학교라는 것도 만들어진 지가 한참 됐고, 어제인지, 오늘인지 아니면 내일인지 목사 안수까지 받게 된 동포도 한 사람 생겼다니, 좋다. 우리 한번 교회도 만들고, 하나님도 믿어보자. 과연 그 이웃동네 어른들에게서 배운 우리네 동포 목사가 부르는 찬송가를 듣고, 동해바다에서 오징어잡이를 하는 외로운 나룻배 한 척이 등불 밝혀놓은 것처럼, 그 한점의 불빛을 바라고 오징어떼가 얼마나 몰려 들겠는지가 의문이 아닐 수 없는 것이다.

물론 등불이 대낮같이 밝으면 오징어떼는 꼭 몰려든다. 몰려들면 잡히고, 잡히면 죽게 되는 것이다. 마찬가지로 교회 또한 사탄마귀들과의 싸움에서 목숨을 주고라도 우리 동포들의 영혼을 구하는 하나님의 교회로 되어야 할 것이다. 붕어빵 속에 붕어가 들어있지 않은 것처럼, 교회 속에 하나님은 없고 넘치는 것이 온통 헌금횡령, 이민사기, 여자문제로 썩어가고 있다면, 그런 세상을 만든 하나님을 누가 믿겠는가, 좋으신 하나님도 우리가 선택하고, 더러운 목사님들도 더욱 우리 스스로가 경계해야겠다. 죽느냐, 사느냐, 돈 버느냐, 구원 받느냐 가운데, 어느 하나를 위해서라도…….

내일은 귓구멍을 틀어막는다

내 주변의 입 가진 자들은 입만 연다면 사람을 욕하는데, 그러나 지난 한국의 선거 때 보니, 그렇게 노무현을 싸잡아 비난하는데도, 결국 노무현이 당선되고, 다시 미국의 선거를 경험하면서, 역시 입 가진 자들마다 모두 부시는 양아치라고, 죽일 놈이라고 그렇게 욕하는데도 또 부시가 재선에 성공한 것을 보고 내가 느낀 것이 있다. 특히 잘 떠들고 소란 부리는, 입 가진 자들을 믿어서는 안되겠다는 것이다.

요즘도 자주 생각한다. 정치인들 가운데서, 내 젊은 친구들은 모두 한국의 유시민 의원을 좋다고 하는데, 보통 좋은 정도가 아니고 아주 팬이 되다시피, 그의 높은 학식과 능란한 달변을 감탄하고 있는 것이다.

참여정부와 열린우리당이 코너에 몰렸을 때 유시민 의원은 각종 토론프로그램에 어김없이 등장하여 노무현을 위해 설전하는 것을 보았다. 최고 명문인 서울대 출신이라고 들었는데, 구경 무슨 학과를 전공했고, 스승은 또 누군지 딱히 모르겠지만, 박학다식(博學多識)하고, 대통령 탄핵, 국민연금, 행정수도이전 위헌결정, 국가보안법 등 구구절절 장황하게 쏟아 붓는 재주가 방송사의 전파를 타고 세상에 전달되고 있는 때에, 많지도 않은 젊은 나이에 그 많은 전문분야를 모조리 배운 것도 아닐 텐데, 도대체 가리는 영역이 없는 것을 보니 입이 딱 벌어지지 않을 수가 없었다. 결국 유시민 의원과는 한편인 친노(親盧) 성향의 정치평론 사이트 서프라이즈에서는 유시민 의원을 가리켜 '참여정부를 말아먹고 있는 나토군 참모총장'이라고 평해 버리고 말았다. 여기서 나토(No Action Talk Only)란 신조어로 '말은 많고 행동은 전무한 군상들'을 가리키고 있는 것이었다.

대신 나는 비교적 한나라당의 저렴한 입놀림인 전여옥 의원 쪽을 좋아하는 편이였지만, 국민들 대부분은 오히려 전여옥 의원이나 유시민 의원을 동급으로 판단하고 있는 것은 어찌된 영문인지 모를 일이었다. 둘 다 하는 일은 별로 없으면서 구구절절 말만 장황하게 쏟아 붓는 백해무익한 존재라는 것이다.

특히 이 두 사람이 나서서 입을 놀린다하면 무작정하고, 이 두 사람이 각기 소속되어 있는 정당의 지지율이 국민들에 의해 까먹힌다니, 이 큰일이 아니고 뭐겠는가, 그런데도 내 또 다른 친구 하나가 보도국장으로 있다는 우리네 미주 한인사회의 이웃동네 방송사에서 매일같이 내보내고 있는, '오늘도 본가에서 또……'라는 프로에서 밤낮 노무현과 열린우리당의 씨나락 까먹느라 세월 가는 줄도 모르고 있는 것을 볼 때, 이제는 정말 보잘것없는 달변은 봉인(封印)할 때가 오지 않았나 하고 자탄해보기도 한다. 반면에 값 비싼 눌변(訥辯)은 개봉(開封)해야겠다는 생각을 하지 않을 수가 없다. 그리고 좀 비난하는 방송은 그만큼만 하라고 모든 방송사들에 권고하고 싶다.

오로지 떠들어서야만 먹고 사는, 잘 떠드는 방송사들은 신문사들보다도 직접 육성(肉聲)으로 전달하기 때문에, 우리는 방송을 통해서 세상과 사회를 직접 얻기도 하지만, 보다는 가치 판단의 기준을 얻는 데서, 그리고 당금(當今)의 정치사안들에 대한 판단을 구하는 데서 공정성의 가치는 막대하다고 생각하지 않을 수 없는 것이다.

정치가 무소불위의 이권개념으로 변하고, 정정당당한 경쟁이 아니라 죽기살기로 끝장을 내기 위한 살벌한 싸움판으로 변해가고 있는데, 거기에 경고를 주고, 조금이라도 성찰을 하도록 만드는 데는 인색하지만, 자기 좋아하는 정당에 대한 미화와 공치사에는 열성이라서, "예, 내일 또다시 뵙겠습니다." 하고 나름대로의 재기발랄한 표현과 화법을 넣어놓으며, 미워해도 가지 않고 또 오겠다고 하는 내 친구네 방송사의 매력(魅力)도 이제는 다 소진(消盡)해버린 것이 아닌가 의심 드니, 노골적으로 방송 규정에는 저촉되지 않더라도 저의가 분명하게 노출되는 찜찜한 불공정이 하루도 멈추는 날 없이 매일과 같이 내 귀를 더럽히는, 그래서 이제는 정말 내 밥맛을 빼앗아가기에도 넉넉해진, 못난 너스레가 듣기 싫어서 내일은 귓구멍을 틀어막아야겠다. 차이코프스키의 '백조의 호수'가 황홀하면 또 뭐하며, 조수미의 소프라노가 아름다우면 또 뭐하겠는가, 턴테이블에 올려놓고 빠른 속도로 끝없이 돌리면 결국 다 소음만 되어버리는 판인데야!

단군상 철거운동이라니

대한민국 개신교계의 보수적 입장을 대변해오고 있는 한기총(대표회장 길자연 목사)의 건물 앞에서, 재외동포법 개정추진위에서 조직한 농성집회에 갔던 작년 2003년 12월 28일, 그때가 두 번째였고, 첫 번째는 썩 몇 해 전에 "연변문학"의 장지민 전임 총편집과 만나고자 또 그 근처에 갔던 적이 한 번 있었다. 그때 "연변문학" 한국지사 사무실이 그 건물 안에 있었던 것으로 기억난다.

그리고 이번이 세 번째인데, 역시 출장길에 서울에 왔다가 그냥 지나가는 걸음에 차에서 내려 한참 구경하였다. 작년 여기 왔을 때, 농성집회에서 만났던 우리 조선족의 한 아주머니가, "대통령도 한기총이라면 꼼짝 못하고 골머리를 앓는답니다. 그러니 조선족교회에는 가지 말고 우리 집회에 참가하십시오!"라고 하던 말이 생각났다.

그때 나는 한기총이 뭐가 돼서? 하고 속으로 웃었지만, 이번에 다시 서울에 나왔다가 또 한번 막달들인 어처구니없는 소식에는 어안이 벙벙해지지 않을 수가 없었다. 놀란 가슴을 진정시키고 이 글을 쓰기까지는 여러 날이라는 시간이 흘러서다. 그리고 벌써 지난해 12월 어느 때부터 벌여왔었다는 한기총의 "단군상 설립 반대"운동에서 비롯되었던 한국 홍익문화운동연합과의 소송놀음에 관련한 자료들을 이것저것 찾아서 읽으며 나는 실소를 금할 길이 없었다.

앞서 조선족을 위한다는 그럴듯한 명분을 내걸고 힘찬 운동을 벌여오던 한국기독교총연합이 급기야는 한 교내의 다른 교회를 몰아붙이고, 목회자를 탄핵하고, 또 갈 곳 없는 조선족 불법체류자들을 저들이 불러들였다가 나중에 저들이 다시 내쫓는 등 천고에도 없는 웃음거리를 빚어오더니, 그도 이제는 한단락을 맺고, 급기야는 자기 할아버지, 증조할아버지 때리기를 시작하는 것인가, 올해 접어들면서 한국기독교총연합은 그동안의 단군상 '설립반대'에서 더 나아가 '철거운동'까지 벌이기로 했단다.

특히 단군상문제대책위원회(단대위 · 대표위원장 김승동 목사)는 "올해 사업으로 초등학교 등 공공장소에 세워진 단군 조형물(사진) 철거를 추진하겠다."고 밝히고 있는 것으로 보아, 이것이야말로 어느 망령 든 미친 목사의 잠꼬대만은 결코 아니라는 생각에서, 나는 양지(諒知)가 있는 한국민들은 저마다 가슴에 손을 얹고 주시해야 할 바라고 호소하고 싶다.

한기총의 주장은 "한국 정부가 단군상이 종교 조형물임을 인정한 이상, 이 세상에 하나뿐인 우리 하나님에 대한 모욕"이라는 뜻으로, 이제는 "한국 내 공공장소에 설치된 모든 단군 조형물 철거에 한국 교회가 적극 나서겠다."는 것인데, 그것을 위해 이제부터 본격적인 단군상 철거운동 조직 강화와 책자 재배포, 모금 등도 불사하겠다고 엄포를 놓고 있는 것이다.

현재 보면 한국 내 방방곳곳의 초 · 중 · 고등학교 300여 곳에 단군상이 세워져 있는 것으로 안다. 그것을 가리켜서 개신교계, 즉 한국기독교총연합에서는 "종교적 목적이 분명한 단군상을 공공 교육기관에 세우는 것은 헌법상 종교 자유를 침해하는 것"이라고 반발해오고 있는 것이다. 그 같은 맥락에서 1999년에는 또 한 정신 나간 목사가 직접 쇠몽둥이까지 갖춰들고 단군상을 때려엎으려고 들다가 구속돼 실형까지 선고받는 일이 발생했던 적도 있었던 것이다.

생각하면 이제는 횡포(橫暴)와 독선(獨善)의 대명사로 불릴 만큼이나 크고 사나워진 한기총에서 또 한차례 벌이고 있는 "檀君像 철거운동"의 부당함은 천 가지, 만 가지라도 더 들 수 있는 가운데, 한 네티즌은 "기독교 믿으면 조상도 없어지느냐?"고 격분해하고 있는 것에 할말이 없어진다.

구교인 천주교는 결코 단군상 설립을 반대하고 있다는 말을 못들었다. 다만 신교인 개신교가 나서서 그 철거운동까지 벌이기로 했다는데, 그러면서 개신교는 무슨 명분으로 "한국기독교총연합회"라는 간판을 버젓이 사용하는 것인지 모르겠다. 총연합이라면 당연히 구교, 신교가 모두 통합된 것이며, 또한 헌법상의 종교 자유를 부르짖으면서, 남이야 뭘 믿든 말든 쇠몽둥이까지 들쳐 메고 나가서 단군상을 짓부수어야 한단 말인가! 횡포라도 이런 횡포를 본 적이 없다.

종교의 자유라는 것이 무엇인가! 예수를 믿든, 석가모니를 믿든, 또는 공맹지도를 따르든, 그리고 단군할아버지를 좋아하든, 모택동을 좋아하든, 그것은 다 자기 마음대로다. 그것을 나라의 헌법이 보장해 주는 것인데, 오늘의 한기총은 그 종교의 자유를 떠나서, 세상에 하나님 아버지는 한 분뿐이니, 너를 낳은 아버지도 아버지가 아니다, 좋아해서도 안된다는 생떼요, 더 나아가서 세상만물은 다 하나님께서 내신 것이니, 나무는 그 뿌리를 논할 자격이 없고, 후손은 그 조상을 외울 권한도 없다는 억지다짐이 아니겠는가! 어찌 이 같이 예수님의 얼굴에까지 오물을 칠하고 전 세계에 널린 한인 크리스천들을 망신시킬 수 있단 말인가!

불안하다. 서로 물고 뜯기를 잘하고 싸움 잘하기는, 세상 어데 내놓아도 한축 가지 않는 한국의 목사님들, 같은 크리스천으로, 그러나 한국기독교의 횡포가 날에 날을 더해가다가 어느 날은 신라의 석굴암, 백제의 마애삼존불상, 관촉사 미륵불까지도 모조리 때려엎자고 아니할는지? 미쳐도 이만저만 미친 게 아니라서 걱정이다.

그리고 그 죄를 우리 크리스천들이 다 같이 뒤집어써야 한다면 우선 나부터라도 그 기독교에 침을 뱉겠다. 그리고 우리 조선족들만이라도 절대 자기 조상 때리는 한국기독교총연합회의 그 미친 짓거리에 절대 동참하지 말기를 바란다.

한국기독교총연합! 그 주제를 해가지고 동포들을 구한다고?

"소까지도 웃다가 코꾸러미 터진다."는 속담이 여기서 나온 게 아닌가 싶다.

여인아, 이 한심한 여인아!

새벽닭이 첫해 아침을 잘못 울었는가보다. 차디찬 타국의 아스팔트 바닥에 피진창이 되어 너부러진 장모와 김모라는 두 여인의 죽음을 놓고, '세상에 어쩌면 이런 일이……' 하고 분노가 범벅이 되어, 닭해의 첫 울음을 치떨림으로 흐느끼게 만든다.

'치정 얽힌 대형충돌 사고……'에, '죄없는 동포 여성 2명만……'이라고 하지만, 치정(癡情)은 사랑에 관한 표현법이오, 이것은 한마디로 치정인 것이 아니라 지랄이다. 한 발로 두 배를 딛고, '각답양지선'(脚踏兩只船)하다가, 원래부터 눈 맞아 붙어지내던 장씨라는 '낡은 사내놈'한테 쫓겨 이씨라는 '새 사내놈'과 함께 도망간다는 것이, 그만 차가 부딪쳐 한심하고 억울한 두 여인만 눈 깜짝할 사이에 비명 한번 변변히 질러보지 못한 채로 가버리고 만 것이다.

누구를 탓하랴, 다 자기 허리춤 건사를 잘하지 못한 것을, 그렇지만 진짜 억울하고 분한 것은 아무 죄도 없이 장모의 곁에 같이 따라나섰던, 장모의 룸메이트 김모뿐이다. 죄라야 룸메이트 잘못 만난 것밖에 없는데, 범한 금기(禁忌)가 하나 있다면, 바람피우는 룸메이트가 외간 사내놈을 끌어들일 때까지 예외방치(例外放置)한 것이다. 바람은 피겠으면 피우되, 나가서 피우고, 남자한테 가서 피우고, 남자가 돈 많으면 호텔에 들고, 돈 없으면 20불짜리 싸구려 여인숙에 가서 뒹굴더라도 행여나 집에는 끌어들이지 않는 것이 바로 우리 동포사회 바람둥이 아낙네들의 지혜인양, 자랑인양, 그리고 값 눅은 절개인양 지켜오는 관례(慣例)라고 들었는데, 정작 계집이 사내놈한테 미치고, 사내놈이 화냥년한테 빠지니 그런 관례니 법이니 하는 따위가 다 소용 없어질 줄이야!

피해자 넘버 원은 '추격전의 용사' 장씨라는 그 친구, 내 생각같아서는 차라리 아낙네들 대신 그 자신이 죽어버렸더라면 결코 주먹으로 자기 머리를 때릴 일도 없었을 것이라는 마음을 금치 못하겠다. 과실 살인죄로 체포되어 타국의 감방신세를 지게 됐고, 또 고소까지 당하게 되었다니, 조만해서는 죄범을 죽이지 않는 나라라서, 사형까지는 받을 염려가 없겠지만, 돈 벌러 미국 왔다가 분명히 인생을 망치고 신세도 다 날려버린 것이다.

이제 받은 만큼의 형량을 채우고 그길로 추방당해 중국으로 돌아간다면, 그때가 작은 할머니의 나이가 될지, 아니면 큰 할아버지의 나이가 될지는 나중에 지켜봐야 알겠지만, 아무튼 죽지 않고 살아 중국에 돌아간다 하더라도 무슨 낯으로 본댁과 만나고 또 부모, 형제, 자식들을 대하겠는지가 아연할 따름이다. 어떤 해명으로도 용서되기는 어렵다. 마찬가지로 두고 온 가족과 자식들에게 용서받지 못하기는, 남자 장씨에게 쫓겼던 '탈출전의 용사' 여자 장씨도, 차라리 죽어버리기 잘했다는 생각이다. 여자 장씨는 피해자 넘버 투라고 볼 수도 있겠다. 다리뼈나, 부러진 채로 숨이 붙어살았다면, 부끄러운 나머지 인생을 어떻게 살아가나? '애고, 차라리 죽어나 버렸을 것을……' 하고 열두 번도 더 후회하며 지낼 바에는, 차라리 혼자 지내기에 허리춤 건사부터가 문제시 되었던 더럽고도 버거운 인생을 잘 갔다고 말해주고 싶다.

다음은 가해자만 하나 남았다. 제일 나쁜 작자다. 자기 딴에는 사랑 때문이라고 변명할지도 모르겠지만, 그것은 담 큰 녀석이 본댁 앞에 가서 감히 널어놓는 사랑 타령이다. 남의 남자 애인인 줄 알면서도, 차에 싣고 도망가다가 당한 작자, 도망에 성공도 못하면서 도망은 왜 했고, 남은 다 죽이면서도 자기는 왜 털끝 하나 다치지 않았고, 내일이면 금방 또 아무 일도 없었던 듯이 엉덩이를 털고 다른 아낙네들을 찾아다닐 것을 생각하면, 무섭고도 치사한 작자다. 이런 작자들 때문에 새해의 이 벽두에 무엇보다도 모든 동포 여성들이 자성하고 경계할 것을 바라지 않을 수가 없는 것이다.

허리춤 건사 잘 못하다가는, 그리고 멋진 사내놈인 줄 알고 바지춤 쉽게 내리다가는 언제라도 이런 망신살이 우리 모두에게 다시 뻗쳐오지 말라는 법이 없다. 아직 사고나지 않은 바람둥이 여전사들아, 정신을 차리고, 두 눈은 똑바로 떠라, 돈 벌러 왔으면 열심히 돈만 벌어라, 행여나 '각답양지선'은 하지 말기 바란다. 아울러 오늘도 무주고혼(無主孤魂)이 되어 이 차가운 하늘 아래 화이트스톤 고속도로를 방황하고 있을 장모와 김모 두 여인에게도 애도의 뜻을 보낸다.

팔창, 구유, 십개

원나라의 세조 쿠빌라이(忽必烈)가 남긴 명언 가운데 오늘까지도 전해지고 있는, '팔창(八娼)', '구유(九儒)', '십개(十丐)'라고 하는 유명한 고사(古史)가 있다.

불교를 좋아했던 쿠빌라이는 글을 읽은 지식인들을 어떻게나 염오를 했던지, 그들에게 등급을 매겨놓고 일관(一官), 이리(二吏)에 칠장(七匠), 팔창(八娼), 구유(九儒)라고 부르게 하였다. 다시 말하자면, '유학자(儒學者)자는 거지보다는 조금 나으나 기생(娼)보다도 못하다.'는 논리였다. 그리고 그 아홉 번째의 뒤에 따라붙는 열 번째가 바로 비렁뱅이였으니, 즉 글을 읽은 지식분자는 혹시 거지보다는 좀 나을지 모르나, 몸 팔아 살아가는 기생보다도 못하다는 소리였다.

황제의 눈에 오히려 기생들보다도 못한 인간으로 비쳤으니, 어떻게 하겠는가, 지식분자들은 모두 산으로, 강으로 쫓겨 가서, 초부(樵夫)로, 어부(漁夫)로 세상을 살아가야 했던 것이었다. 그렇지만 원세조가 무턱대고 지식분자들을 모조리 박대했던 것은 결코 아니라고 한다. 적어도 그의 측근자들 속에는, 그와 함께 원나라를 일으키는데 동참했던 글 읽은 모사(謀士)들이 수두룩했었고, 그 지식분자들에 대한 예우(禮遇)는 언제나 깍듯했다.

마찬가지로 중국 근대의 위인 모택동도 또한 지식분자들을 능멸(凌蔑)하기는 원세조에 못하지 않았으니, 오늘까지도 유행하고 있는 명언 가운데, '취노구(臭老九)'란 말은, 썩은 고린내가 난다는 취(臭)자에다가 아홉 번째란 뜻의 '노구(老九)'를 붙였으니, 뜻인즉 아홉 번째가 되는 지식분자들의 몸에서는 썩은 냄새가 풍기기 때문에 가까이 할 수 없다고 공공연하게 비난을 퍼붓기도 했었다. 실제로 모택동시대의 중국 지식인들은 거의 대부분이 농촌이나, 아니면 농장 같은 데로 쫓겨 가서 소를 치고, 돼지를 몰아야 했다.

그렇지만 당시 중국공산당의 건국신화나 다를바 없는 2만 5천리의 장정(長征)을 모택동과 함께 해왔던 동필무(董必武)나, 서특립(徐特立)같은 대단한 지식분자들은, 말년에도 줄곧 모택동의 존경과 함께 애대(愛待)를 받으면서 지낼 수 있었던 것은, 결국 원세조나, 모택동의 눈에 지식분자들은 두 가지 부류로 나뉘어 있었음이 분명하다는 것을 알 수 있다.

한 부류는 말만 하고, 행동하지 않는 지식분자들이었다. 그렇지만 또 다른 부류는 말만 하는 것이 아니라, 그 말을 글로도 쓰며, 글로만 쓰는 것이 아니라, 쓴 글을 직접 행동에 옮기기도 하는, 이론가이며, 행동가이며, 실천가들이었다. 그런 훌륭한 모습의 지식인들이 되고자 오늘도 말을 하며 글을 쓰지만, 정작 행동을 못하고 있는 것 때문에 결국은 거지보다는 좀 나을지 모르나 실은 기생보다도 못하다는 평판을 받고 사는 부류들이 적지 않다.

나는 차라리 죽으면 죽었지 그런 평판은 싫은 까닭에, 욕설에 얼어터지면서 오늘까지 왔다. '말을 하는 것'과 '행동 하는 것' 사이의 중간까지 가까스로 와서, 지금 내 오른쪽의 팔창(八娼)과 왼쪽의 십개(十丐)를 돌아보며, 차라리 오지 않는 것만 못하지 않았느냐고 나 자신을 스스로 의심하고 있는 것이다.

두말할 것도 없이 이것은, 아무도 같이 오지 못하고 오로지 혼자 외롭게 왔기 때문에 당하고 있는 곤경이라고 하지 않을 수가 없다. 이제는 '팔창(八娼), 구유(九儒), 십개(十丐)'가 아니라, '팔창(八娼), 구개(九丐), 십유(十儒)'가 되고 말았다. 즉 기생보다도, 거지보다도 못해진 것이다. 못해진 십유(十儒) 앞에서 '팔창(八娼)은 썩어 문드러진 고깃덩어리나마 꺼내놓고 돈 버는 재간을 갖췄다고 뽐내고 있고, 거지는 헐벗었을망정 한자리 했노라고, 그래서 빌어먹을 데가 있다고 으스대지만, 나는 다만 회심의 미소를 지을 뿐이다. 아무런 미련도, 드팀도 없다.

십유(十儒)가 될지언정, 팔창(八娼)과 구개(九丐)는 되기 싫은 까닭이다. 이제 남은 것은 다만 내 앞에 주어진, 나의 길 만을 열심히 가는 것뿐이다. 가면서 한마디 던지고 간다. 기생들아, 거지들아, 잘 놀고, 잘 먹고, 잘 살아라.

동포여, 저 분노의 강을 건너라!

뉴욕의 봄은 말 그대로 춘래불사춘(春來不似春)이다. 겨울이 언제 사라지는가 싶게, 그리고 봄이 또 언제 오는가 싶게, 그야말로 눈 깜짝하는 사이에 가는 계절도, 오는 계절도 피부에 와서 잘 닿아주지 않는 것이 어제의 아쉬움으로 남는다.

그런데 아쉬움보다는 지금 막 서글픔으로 이 가슴속에서 연연(戀戀)한 까닭은 또 무엇 때문인가, 아아, 알 것 같다. 아쉬운 것은 그것 말고도 또 있는 까닭이다. 바로 어제 찾아온 듯싶은 봄을 내일은 어차피 떠나보내야 하는 그 서글픔이 너무나도 크기 때문에 지금 가슴이 아픈 것이다.

어쩔 수가 없다. 가는 봄을 붙잡아 둘 방법이 없는 것과 마찬가지로, 오는 여름을 되돌려 보낼 수도 없는 것이다. 그러나 저 만산편야(滿山遍野)에서 용솟음치며 자신의 존재를 알리기에 바쁜 신록은 흔연(欣然)스럽게도 이렇게 막 달아나는 봄날의 한 조그마한 위안으로 남아주고 있는 것이다.

보아라, 저 가는 봄을! 봄날의, 봄빛에 젖은, 저 봄풀들이 아직도 더 무엇을 자랑하지 못한 것이 남아 있어서, 여름의 농염(濃艶)을 흉내 내며, "안 보이세요? 아직까지도 저의 계절이랍니다! 저의 존재를 꼭 기억해주세요!"라고 능청을 떨어대는지 모르겠다.

그렇지만 이미 봄은 갔다. 그저께 금방 봉우리를 터뜨린 철이른 꽃들을 보았는데, 어저께는 이미 화사한 벚꽃 축제도 끝나버렸다고 한다. 이제 봄바람은 정말로 없어진 것이다. 엠파이어 스테이트빌딩을 감돌아 맨해튼의 고층빌딩 사이를 숨바꼭질 하던 그 봄바람이 다시 이스트 강에서 머리를 감고 허드슨강기슭으로 날다가, 마침내는 브롱스의 수풀 속에서 물기를 털어버리고, 마치도 방금 샤워를 마치고 거울 앞에 서서 자랑스럽게 자기 몸매를 훔쳐보며 방그레 미소 짓는 소녀와도 같은 싱그러움을 여기저기에다가 흩뿌리며 사라져버린 것이다.

봄바람아, 불어라! 불면서 왔으면 갈 때도 불면서 가다오! 가면서 여기 이 땅을 세상 유일무이(唯一無二)의 풍장(風葬)터로 만들어 다오! 신분 없는 나의 불쌍한 동포여성들이 같은 동포에게서 노임을 갈취당하고, 또 모자라서 매까지 맞고 병원으로 들려가며 울어야 할 때, 세상 모든 동포 여성들의 눈물에 젖은 옷고름이 날리고, 날릴 때마다 이 세상 모든 여성들과 어머니들의 가슴팍에도 바람이 들고, 세월에도 바람이 들게끔 만들어다오!

그러나 다만 숨막히도록 가쁘고도 습(濕)한 모습처럼 우리 모두의 마음까지도 처참하게 젖어들 때, 오늘도 허드슨강변에서 살살 불어가고 또 불어오는 봄바람인지, 아니면 여름 바람인지 모를, 마치도 에밀리 브론테가 황량한 '폭풍의 언덕(Wuthering Heights)'에 불게 했던 그런 삭막한 비바람을 연상시키는 일만큼은 없게 해다오!

그리고 빌어본다. 신분 없다는 이유 때문에, 그리고 중국동포라는 이유 때문에, 또 그리고 여성이라는 이유 때문에, 중국보다는 잠시 좀 더 잘사는 한국에서 왔고, 또 신분도 있다고, 그리고 여성보다는 힘 센 턱을 믿는 더럽고도 메스꺼운 자들이 더는 미친 짓을 하지 말아달라고 말이다. 빌다가 안 될 것 같을 때 소리라도 쳐 본다. 그리고 또 안되면 욕설이라도 퍼붓는 것만이 반항(反抗)의 전부가 아니라는 것을 이제 막 알려준다.

그리고 이 봄을 싫어하는 그 몇몇 나쁜 '한국놈'들에게는 봄의 내음마저도 부담으로 받아들여질 게 뻔하기 때문에, 봄바람을 등에 지고 오늘도 저 하늘의 반대방향으로 가고 있는 구름장들까지도 구경 제 발로 걸어가는 것인지, 아니면 바람이 구름의 등을 떠밀어서 어쩔 수 없이 혼자 따로 가고 있는 것인지를 확실하게 알려주기 바란다.

이제는 감히 자기 동포도 때리는 못된 '한국놈' 한둘로 됐다. 그냥 봄바람은 아프도록, 슬프도록 한껏 불어라, 불어서 사랑하는 나의 모든 가련하고 불쌍한 동포들로 하여금 내일부터는 가슴을 내밀고 당당하게 분노를 외칠 수 있게 해다오! 그래서 그것이 아름다운 남부 여성 스칼렛 오하라의 드레스를 휘날리게 만든 후 '바람과 함께 사라지다(Gone with the Wind)'라고 선언했던 마가렛 미첼의 그 소설 속의 바람처럼 결국 우리 모두가 그 바람 속에서 왔다가, 어떻게든 그 바람 속에서 고개 쳐들고 당당하게 떠날 수 있게 해다오!

정치는 야누스의 얼굴인가

오늘부터 중국 공안부는 전국성적인 반일 데모를 적극적으로 규제하기 시작했다. 공안부문의 허락없이 함부로 반일 데모를 조직했다가는 문제 삼을 것이며, 법적인 추궁도 불사하겠다는 엄포를 놓고 있다. 벌써 정부의 통제권하에 있는 인터넷 포탈 사이트들에서도 네티즌들은 다람쥐같이 자취를 감추기 시작했다.

결국 10여 일 동안 전 세계를 놀래고 있던 중국의 수천만 반일 데모도 결국 중국 정부가 음으로, 양으로 물밑 종용을 감행했다는 사실을 숨길 수가 없게 됐다. 홍콩과 마카오에서의 데모를 마지막으로, 그동안 중국 내 대도시들에서 수천 명씩 밀고 다니며, 일본 간판을 내건 가게만 만나도 모조리 작살을 내고, 간혹 누가 타고 가는 일본제 승용차를 만나도 뒤집어 엎지르고, 또 유학생들이나, 관광객들에게 돌멩이나 사이다병을 던지는 등, 완전히 깡패식 데모가 이제 서서히 자취를 감추게 된 것이다.

그런데 일본 이름을 내건 스시바를, 진짜 일본인의 스시바인 줄로 오해하고, 쓸어들어가서 부서놓고 보니, 주인은 같은 중국사람이었다. 결국 중국 사람들끼리 잡아 때리고, 두들겨 패고, 나중에 다시 중국 정부가 배상금을 지급하겠다고 약속까지 하는 것을 보면, 이것은 한마디로 데모인 것이 아니라, 깡패무리들의 난동이나 전혀 다를 바가 없는 것이었다.

그런 난동을 규제하는 군대나 경찰이 별로 없었다는 사실이, 그런 데모를 지켜보고 있는 전 세계를 경악케 만들었다. 일본이란 나라가 하도 고약하니, 한편으로 깨고소하기도 하지만, 그러나 이것은 진정으로 2008년의 올림픽 주최국으로써, 한창 세계적인 선진국을 향해 도약하고 있는 위대한 중국의 제정신을 가진 모습만은 절대 아니라는 생각을 금할 수가 없게 되었다.

오히려 천안문광장에 다리를 틀고 앉아서 '앉아버티기'를 하던, 1989년의 어린 대학생들에게는 '반혁명동란'이라는 죄목(罪目)으로 탱크와 장갑차를 앞세우고 덮쳤던 것을 생각하면, 어이가 없어진다. 수많은 어린 학생들의 생명과 자유의 빛이 전차의 캐터필러 아래 깔리고, 미처 홍콩으로, 영국으로, 캐나다로, 미국으로 탈출하지 못한 주동자급의 학생수령들이 체포, 투옥되었다. 환호 속에 꽃피던 천안문광장의 봄빛이 핏빛 속에서 막을 내리던 그날을 잊을 수가 없는데, 오늘은 다시 일본으로 인한 정치와 힘의 역학관계를 재차 다시 생각하게 만드는 것은 참으로 의미 있는 일이 아닐 수가 없는 것이다.

무엇보다도 떠오르는 나폴레옹의 명언 가운데, '민중운동을 분쇄하는 데는 이론 아닌 대포를 사용해야 한다'는 뜻과 함께, 지금으로부터 16년 전의 천안문학생운동을 봐도, 이번의 반일데모는 민중들의 자연발생적인 운동만큼은 절대 아닌 것이다. 민중들은 언제고 이용만 당하고, 또 언제나 가장 먼저 얻어맞게끔 되어 있는 것이 바로 정치의 잔혹스러움이 아닌가 생각하지만, 요컨대 정치가 서로 상반되는 가치와 감정을 아울러 포함하고 있다는 사실이야말로 정치의 본질이며, 그 참된 의의이기도 한 것이다. 즉 두 개의 얼굴을 가진 야누스의 얼굴, 그것이 바로 정치의 가장 심오한 현실을 보여주고 있는 것이다.

고약한 일본이 동남아를 제패했던 1930년대나, 그리고 중화주의가 극도로 팽창하고 있는 2000년대나, 정치가 스스로 야누스의 얼굴을 인정하는 것은, 바로 폭력정치, 불법정치도 다 정당한 정치로 인정될 수도 있다는 말이 되는 것이다. 때문에 이번의 반일데모도 한마디로 두 얼굴을 가진 야누스의 정치본질을 그대로 공유하고 있다. 아무 죄도 없는 일본 관광객이 맥주병에 얻어터져야 하고, 길가 스시바 간판이 돌총에 부서져야 하는 것이나, 그리고 그 여파를 덩달아 정치의 정(政)자도 모르는 무식한 이들이, 내일은 또 유엔 앞으로 몰려가서, 일본의 상임이사국 진출을 반대하는 소리를 외치는 것이나, 다 그런 도리와 일맥상통한 것이 아니고 뭐겠는가!

이번 반일데모는 마치 길가는 장난꾸러기 아이의 고무풍선을 한 어른이 빼앗아버린 것이나 전혀 다를 바 없다. 장난꾸러기가 던진 돌멩이에 어른은 화가 났음이다. 되돌려 달라고 보채는 아이의 얼굴을 어른은 또 한 대 갈겼다. 아이는 쓰러진 채 더는 내놓으란 말을 못하고 울기만 하고 있는 것이다. 그래놓고도 어른은 도덕을 내세우고, 약자의 정의론을 펴고, 사회질서를 들먹이고, 필경엔 인류애로까지 올라가고 있는 것이다. 행여라도 더러운 자들의 정치판에 속아 넘어가지만은 마시라!

25년 만에 처음으로 파업에 돌입한 뉴욕 메트로폴리탄교통공사 (MTA)의 노조(TWU) 파업은, 우리 중국에서 온 조선족 동포들에게 있어서는 무엇일까. 호기심반반으로 과연 노조라는 것이 파업을 해서 당하게 되는 천문수자적 피해보다는, 우리가 일찍 사회주의 중국에서 막연하게 영화나 또는 역사책에서나 배웠던 노동자들의 파업이라는 것을 연상하면서, 과연 그런 것일까 하고 행여나 하는 마음으로 지켜보고 있을 도리밖에는 더 없었던 것이, 지금 우리 앞에서 현실로 일어나고 있다.

파업이라면, 과거 구사회에서 지주, 자본가들을 향하여 피압박노동자들이 들고 일어나는 것이었고, 그 배후에는 항상 당에서 파견한 공산당원이 한둘 숨어있었음은 당연지사였다. 그들의 조직과 책동은 노동자들을 묶어세웠고, 종당에는 파업을 단행 중이던 노동자들은 그들을 진압하고자 달려드는 군경들과 적수공권의 싸움을 벌이게 된다. 얻어맞고 죽고 잡혀가고 도망가는 모습으로 파업은 끝나고, 공장의 굴뚝에서 다시 연기가 피어오른다. 파업은 쉽게 이기는 법이 없었다. 용빼는 재주가 없는 한 어차피 노동자들은 또다시 그 공장에서 일하고 살아가야 하기 때문이었다.

그러다가 세상이 바뀌고 다시 공산당이 집정한 오늘에도 노동자들은 또 파업을 한다. 과거 구사회와 별로 다를 것이 없다. 공산당의 공장은 노임을 적게 주어서가 아니라, 아주 주지 않기 때문이다. 잔뜩 노임을 밀리고도 모자라서, 종당에는 "샤강"(취업대기)이라는 것까지 시켜버리니 이것은 아주 죽으라는 소리와 같다. 먹고 살길이 없다. 결국 중국에서의 파업은 주는 돈이 적어서가 아니라, 배가 고파서 일어나는 파업이라, 여차하면 노동자들의 눈에는 핏발이 서고, 살기가 어려진다. 그러니 자연스럽게도 폭동과 난동에 가까운 것 같다.

이래도 굶고, 저래도 굶는다. 그러길래 구사회나 전혀 다를 바 없이 사회주의 국가에서도 군경은 동원되고, 책동자들은 잡혀 감옥에도 간다. 그것을 지켜보는 시민들이 그 파업하는 노동자들을 욕하지 않는다. 언제라도 모두 당할 수 있는 조우(遭遇)이기 때문이다.

그런데 여기 자유민주주의 국가 미국의 뉴욕에서는 오히려 파업하는 노동자들을 욕하는 시민들이 많다. 그 파업에서 제일 죽어나는 시민들이 바로 도시 외곽에서 살며 하루 동안 지하철과 버스만 없으면 한 발짝도 내디딜 수 없는 가난한 부류들이기 때문이다. 지하철과 버스를 타지 않는 부자들은 눈썹 한 대 꿈쩍 않는다. 파업은 오로지, 그 파업을 주도하고 있는 MTA 노동자들보다도 오히려 더 어렵게 하루하루를 살아가야 하는 불쌍한 이민자들의 등허리에 찬서리를 내리치는 격이 되고 말았다.

별의별 교통수단을 다 동원해도 맨해튼 브릿치를 건너가기가 고달프다. 비록 5개보로 각 지역에 카풀 장소〈별첨 참조〉를 비롯해 차를 주차하고 파업 중에도 운행되는 LIRR 등의 교통수단을 이용할 수 있도록 하는 파크&라이드 구역을 퀸즈 셰이 스타디움, 브롱스 양키 스타디움 등에 개설하고, 택시, 리무진국은 택시가 여러 명을 합승시킬 수 있도록 허용하며 구역과 보로별 구각을 A~H로 나누어 요금을 책정해가면서 긴급수송선을 마련해놓았다고 하지만, 그로 인하여 정부가 받는 손해는 세금수입감소가 800만에서 1200만 달러에 육박하고 있고 하루 4억 달러의 상당한 손해가 빚어지고 있다고 하니 그야말로 기절초풍할 일이다.

TWU 측에서 당하고 있는 위기도 이만저만하지 않다. 하루 백만 불씩 벌금을 안겨놓았다니, TWU의 자산이 현재 3백만 불 좌우 남았다고 하는데, 그래서 2, 3일 뒤인 금요일쯤에는 파업도 멎을 것이라는 말도 나오고 있지만, 그것은 아직도 모를 일이다. 다만 빨리 파업이 종식돼야겠다는 생각을 해본다. 새해가 바로 대밑에서 누구라 없이 다 손해보는 일은 그렇게 바람직하지 않기 때문이다. 경제순환도 안되고 심리적으로 불안과 걱정으로 위축되어 새해를 맞아봐야 누구에게라도 좋을 것은 없는 까닭이다.

MTA가 이기던, TWU가 이기던 빨리 문제가 해결되었으면 좋겠고, 같은 값이면 노조 측이 이겨서 임금도 인상받고, 연봉의 6%가 은퇴연금으로도 적립되고, 그래서 빨리 교통이 회복되어 어려운 시민들도 함께 편안하고 즐거운 새해를 맞았으면 좋겠다. 어느 한쪽이 꼭 이기기보다는 서로가 한 발작씩 물러서서 양보할 일은 양보하고 무엇보다도 파업부터 종식하고 노조원들보다 더 어려운 가난한 이민자들의 숨통부터 틔워주는 방향으로 문제를 풀어가기를 희망해 본다!

패자도 승자도 없는
무의미한 노릇 더 이상 하지 말기 바란다

지난 20일 새벽 3시부터 시작되었던 TWU 운송노조의 파업은 3일 만에 중단됐으니 겨우 사흘을 지탱한 셈이다. 자본가 측인 MTA를 이기지 못한 채로 막을 내린 것이다. 파업은 시작 초기부터 판사에 의해 '불법'이라는 딱지를 얻어달게 됐고, 그로부터 하루 백만 달러의 벌금을 안게 된 것도 주요 변수로 작용하였겠지만, 무엇보다 여론이 따라주지 않는 것이 TWU 측을 불안하게 만들었다.

일단 아무런 결과도 얻어내지 못한 채로 다만, '파업을 우선 마무리 지은 후 협상을 지속적으로 진행하며 서로가 원하는 방향을 찾자'는 제안 하나로 파업이 철회되어버린 것이다. 차라리 그만큼 못사는 시민들을 불편하게 만들었던 바에, 그간의 희생과 손실을 감내하면서라도 파업한 노동자들이 이겼으면 하고 바랐던 마음이 무너졌다.

그러나 진통은 이제부터다. 교통 정상 운행 단 하루 만에 벌써 소송이 제기되고 있다. 이번 파업으로 제기된 첫 피해 소송은 노조가 불법으로 파업을 실시한 여파로 맨해튼으로 차량과 시민들의 진입이 제한돼 고객과 매상을 잃었다고 지적하고 있다. 적지 않은 식당가들이 하루 60~80% 매상을 잃었다고 하소연하고 있으며, 업소마다 총 500만 달러의 집단 소송 손해배상을 주장하고 있다고 한다.

승자도 패자도 없는 TWU의 파업, 그러나 분명한 것은 아직도 칼자루는 MTA 측에서 잡고 있다. 설사 MTA 측에서 전혀 양보하지 않고 계속 파업 이전의 주장 그대로 배를 내밀고 뻗힌다고 해도 다시 파업을 단행하기는 어려울 것 같다.

이제 세 번 다시 재선할 필요가 없는 마이클 블룸버그 시장의 천하 무서울 것 없는 뱃심이 그만큼 커진 것도 있겠지만, 시장의 우려하는 바도 다소 무리는 아닌 듯싶다. 이번에 만약 노조 측의 손을 들어주기라도 하는 날에는, 그에 따라서 교사노조가 또 파업에 돌입할 가능성이 시사되는 정보가 있었다. 만약 교사들까지 파업에 돌입하는 날이면, 그것은 설사 마이클 블룸버그시장이 당장 시장 자리를 내팽개치더라도, 그에게는 평생을 따라다닐 오명이 되기 때문이다.

결국 판사가 그것을 걱정하는 시장의 편을 서주었고, 시장은 노조 측에 한 치의 양보도 하지 않은 것이었다. 자본가들을 상대하여 싸울 수 있는 가난한 자들의 최후 보루인 노조가 자본가와 그 자본가들의 편을 들어준 법의 힘 앞에서 어쩔 수 없이 손을 들어버린 것이다. 유니온(노동연맹)의 역사에서는 슬픈 기록이 될 TWU를 별로 동정하는 시민들이 없는 것도 아연하다.

그것은 모두 다 먹고 살기에 바쁜 까닭이고, 뉴욕의 경우 노조보다는 하루를 일해서 하루를 살아가는 이민자들이 많기 때문이다. 그리고 그 이민자들을 먹여살리는 뉴욕의 소상인들이 바로 파업 때문에 가장 큰 피해를 당하고 있기 때문이었다.

파업이 무승부로 끝나준 것만으로도 감사해야 한다. 그리고 보다 다행한 것은 아직도 연말 세밑까지는 10여 일 남아 있다는 사실이다. 그것이 맨해튼의 우리 한인 소상인들에게도 일루의 희망을 주고 있는 것 같다. 적어도 크리스마스 할러데이 연말 특수를 기대하게 된 것이다. 참으로 다행이라는 생각이다. 그동안 어려움을 겪은 못사는 시민들의 고생만 아무런 가치도 없게 됐다.

이제 더는 패자도 승자도 없는 그런 무의미한 파업을 함부로 단행하지 말기 바란다!

사르트르의 뫼르소에 비유한다

프랑스의 실존주의 작가 알베르 카뮈의 소설 「이방인(異邦人, Etranger, L')」은 흥미진진한 내용도 없고 또 별로 매력적인 인물도 아닌 주인공 뫼르소의 모습을 그려내고 있다. 세상에 대한 자각도 없이 수동적인 권태감에 빠져 살아가는 연약한 인간의 모습을 상상하면서, 그러나 나만큼은 절대로 뫼르소처럼 살아서는 안되겠다고 생각했던 적이 여러 번 있었다.

'이방인'의 주인공 뫼르소의 모습만이 아니더라도 인간은 어차피 이 세계가 부조리하다는 사실을 깨닫게 되어 있으며, 그 세계 속의 한 군체로서 코리안이라는 범주 속의 또 다른 정체성을 만들어가고 있는 우리 동포들은 자기 운명의 불합리함에 대해 끊임없이 반항함으로써 스스로의 가치를 만들어내야만 하느냐고 거듭 의문해보지만, 현실은 그 가치자체를 떠나서 또 다른 어처구니없는 모습으로 비쳐지고 있는 것이 다만 안타까울 따름이다.

어디 한번 돌이켜보자. 영웅도 아니고, 뚜렷한 개성의 소유자도 아닌 뫼르소, 홀어머니를 양로원에 보내고 혼자 살면서, 생활에서 무슨 자극이나 희망도 없이 쓸쓸하게 살아갔던 뫼르소, 어쩔 수 없이 우리의 일그러져 있는 모습을 그 뫼르소가 대변해주고 있는 것만 같다.

이제 우리의 모습은 더 이상 두고 볼 수만은 없는 상황이다. 어차피 생존을 위해서는 우리들도 그 누구로부터 인정을 받아야 하는 것이고, 인정받기 위해서 약국의 감초마냥 여기저기로 한인사회를 찾아다니는 것이겠다고 너그럽게 봐주고 싶어질 때도 간혹 있지만, 그러나 뫼르소를 두고 프랑스의 소설가이며, 극작가인 장 폴 사르트르(Jean Paul Sartre)는 어차피 '선악을 구별하지 못하는 원시인'에 비유한다. 이제는 나도 뫼르소가 아닌, 그들을 가리켜서 자기들 스스로가 만들어내고 있는 하나의 소외된 창부(娼夫)들이라고 비난하고 싶어진다.

혹자는 장본인으로 그 창녀(娼女)를 뒤에 달고 조선족 동포 사회에 불쑥 나타났던 나를 가리켜 창부들의 넘버원이라고 질타하기도 한다. 그렇지만 여기서 꼭 짚고 넘어가야 할 점은, 여자가 단 한 사내의 품에 안길 때는 결코 바람둥이일지언정, 창녀까지는 아니라는 사실이다. 문제는 한 사내를 떠나서 두 번째 사내, 나아가서 네 번째, 다섯 번째로까지 끝없이 이어질 때, 종당에는 창녀 나름대로의 삶의 철학이라는 것이 만들어지고, 그 치맛바람에 휘말려버릴 때, 우리 동포사회는 어쩔 수 없이 창녀에 의해 조종되고 창녀에 의해 맥없이 끌려 다니는 모습으로 윤락(淪落)되어갈 수밖에 없는 것이다.

그리고 더 나쁜 것은 바로 지조없이 이 사내, 저 사내 품에 안겨드는 창녀보다는, 분명 창녀인 줄 알면서도, 창녀를 창녀로 만들어가고 있는 창부들의 비굴한 처신이다. 알아두어야 할 것이 있다. 꼭 몸만 팔아서 창녀인 것은 아니다. 몸 파는 창녀는 몸만 썩을지 모르나,

정신과 영혼을 파는 창녀는 그 정신과 그 영혼으로 남의 정신과 영혼까지도 더럽힌다.

이럴 때 만약 바짝 정신을 차리지 않는다면, 창부들이 창녀를 만드는 것이 아니고, 오히려 썩은 창녀 하나가 조선족 동포사회 전체를 창부로 만들어놓을 수도 있다는 점을 경계해야 할 것이다. 나아가서 우리 동포사회의 커뮤니티들이 만약 그런 창녀에게 매달려 자기의 생존을 노린다면, 그때는 진짜로 모두가 '너그 씨팔 조선족'으로 둔갑되어 버릴 수도 있다는 점을 명심하기 바란다.

그리고 같은 창부의 눈(娼夫之眼)으로 뫼르소의 삶과 창녀의 치맛자락에 휘말려 떨어지지 못하고 있는 창부들의 구차스런 삶을 비교한다. 베갯머리송사에서 이기고, 아낙네의 치맛바람에 휘말려 살아봐야, 그것은 살아도 이미 죽은 삶이다. 그런 삶을 사느니, 차라리 뫼르소를 탓하지는 못하리란 생각이 든다. 반드시 뫼르소보다는 미리 깨달아 올바르게 살 수 있는 건강한 동포사회로 거듭나야 할 것이다! 그러자면 무엇보다도 우리 동포사회의 머리 큰 어른들이 먼저 나서서 창녀에게 침을 뱉음으로써 한번쯤은 그래도 사나이다운 오기를 보여주었으면 좋겠다!

서던 벨(southern belle)의 파괴

'서던 벨(southern belle)'은 '남부 아가씨' 정도의 의미다. 그리고 '남부 아가씨'라고 하면, 가장 먼저 떠오르는 것이 마가렛 미첼의 장편소설 「바람과 함께 사라지다(Gone With the Wind)」에서 나오는 강인한 여자 스칼렛 오하라의 모습이다. 남북전쟁으로 하룻밤 사이에 전통도 질서도 '바람과 함께' 모조리 사라진 미 남부의 터전에서 부유한 농장주의 딸로 자라던 스칼렛 오하라 역시 패전의 고통을 겪게 되나 온갖 수단으로 전력을 다해 살 길을 개척하지만, 그러는 과정에서 서던 벨의 매너는 모조리 파괴되어 버린다.

결과적으로 파괴되는 서던 벨의 매너는 남대서양에 위치한 조지아 주가 자랑하는 질서와 전통까지도 한순간에 풍비박산나게 만드는 계기가 되었다고 볼 수 있을 것이다. 바로 그것을 파괴하는 스칼렛 오하라의 고향, 미국 남부 조지아에서 내가 방금 뉴욕으로 올라왔을 때, 사회운동가의 꿈을 한번 펼쳐보겠노라고 찾아왔던 한국 남부 출신의 한 여자가 있었다.

아직도 인상 속에 남아 있는 그녀의 첫 모습은 비록 그것이 위선이었을망정, 한마디로 코리안의 스칼렛 오하라로 불러줄 만큼 당당했고 도전적인 데가 있었던 점을 오늘도 그리워한다.

어느덧 햇수로 3년 철, 하루아침 잠깐 뉴욕을 떠났다가 돌아오는 사이에 세상은 변해도 너무나 한심하게 변해버렸다. 내로라하는 조선족의 적지 않은 동포 남정네들이 위선을 벗은 이 여자의 치맛바람에 휘말려든 것은 놔두고라도 모두 골다공증(骨多孔症)에 걸린 사람처럼 도저히 자기 두 다리로는 똑바로 설 수 없이 되어 휘청거리는 것을 보았을 때, 나는 어안이 벙벙해지지 않을 수 없었다. 물론 거기에는 나의 밀어버릴 수 없는 책임도 크다.

그렇더라도 칼슘 모자란 남정네들이 모두 그 여기자에게 들어붙지 못해 안달인 반면, 살판을 만난 여기자는 어제는 이 남정을 배신하고, 오늘은 저 남정을 차넘기고, 다시 내일은 또 이 남정을 끌어당기고, 모레는 저 남정을 걷어차는 등 변화무쌍한 창녀전술(娼女戰術)을 구사해가는 과정에서 이미 조선족 동포 사회 전반(全般)의 전통과 질서를 아주 작살내버리고 만 것이다.

물론 그러는 과정에서 여기자 자신의 매너도 아주 엉망진창이 되어버렸다. 들어붙는 술꾼들이 많아지자 어느 날 바로 술상에서 새벽 3시경에 사라져버린 여기자는 남편이고 아이고 다 팽개치고 뉴욕바닥에서 이틀씩이나 실종되기도 하는가 하면, 실종된 아내를 찾느라 그 남편은 여기저기 조선족 동포들에게 전화를 하여 소식을 탐문하고 다니는 등 일대가관이 벌어지기도 한다.

참으로 희한한 일이 아닐 수 없다. 결국 보면 뉘집의 전통과 질서가 '바람과 함께 사라진 것'이 아니고, 지금은 오히려 우리 동포사회의 전통과 질서가 그 여기자의 치맛바람에 휘말려 아주 뒤죽박죽이 되어버리고 만 것이다.

한마디로 한국인의 수치(羞恥)이고, 서울대의 소치(所致)이다.

서던 벨은 인위적인 위선이라도 오히려 겉모양이나마 빙옥(氷玉) 같은 멋이라도 있지만 오늘날 우리가 보고 있는 것은 구경 무엇이며, 그는 도대체 누가 보내서 왔는가, 물론 그녀는 누가 보내서 온 것은 아니고, 자기발로 기생(寄生)할 언덕을 찾아왔다는 것만큼은 분명하게 밝히고 넘어가야 할 문제다.

찾아와서는 한국인 여자의 능수능란한 연기이어야 할 남성에 대한 부드러움의 복종에서부터 시작되는 최후에로의 지배가 아니라, 그 여기자의 경우는 진짜 한번 지배자로 군림해보려는 어벌짝 큰 망령 속에서 결국 지배자가 되지 못할 것 같을 때, 창녀는 오늘도 그 몇몇의 '씨팔 조선족', '얼뜨기 창부'들과 함께 '술동무 지화자', '개동무 어화자' 춤추고 다니고 있다 한다.

그리고 이런 악순환은 종당에 가서 그 같은 인위적인 위선의 여자를 서던 벨의 바깥으로 데려갈 수는 있더라도, 가슴속, 뼛속 깊은 곳에서까지 서던 벨을 빼내기란 불가능하다는 말을 그대로 보여주는 좋은 견본이 되어버리고 만다.

이제 해결책은 우리의 동포사회를 휘젓고 다니는 그 같은 미친 창녀를 단호하게 축출하는 길밖에 더 좋은 다른 대안은 없는 것 같다!

지식인들이여, 지행합일하라!

　중국 북송(北宋)의 문인 소식(蘇軾)은 "사람으로 태어나서 글을 읽는 것이 벌써 근심걱정을 사는 것"이라고 말했다. 즉 공부를 많이 하게 되면 세상 돌아가는 것을 알게 되고, 따라서 옳고 그른 것을 알게 되면 자연 그것을 비판하지 않으려야 않을 수가 없게 되는데, 그래서 함부로 입을 놀리고, 붓을 놀리다가 엉뚱한 피해를 당한 사례들이 우리의 역사 속에는 그야말로 무궁무진(無窮無盡)하다.

　멀리로는 진시황 때에 있었던 분서갱유(焚書坑儒)라는 지식인들의 수난을 들 수가 있다. 쓴 글들은 모조리 불살라지고, 본인들은 물론 생매장을 당해야 했다. 그래서인가, 한국 개화기의 매천(梅泉) 황현(黃玹)이란 선비의 유서(遺書) 가운데도 "난작인간식자인(難作人間識字人)"이라고 했으니, 뜻인즉 사람으로 태어나 선비 노릇 하기란 얼마나 어려운가를 토로하고 있다. 나라가 일본에 망하게 되자 결국 이런 구절을 절명시(絶命詩)로 써놓고 황현은 스스로 목숨을 끊었다. 전자도 후자도 가히 "지행합일(知行合一)" 하는 멋진 지식인이라고 할 수 있겠다.

이것을 한자(漢字) 성어(成語)로 풀이하면, 지(知)는 아는 것이요, 행(行)은 움직이는 것이다. 다시 말하자면 아는 것과 행동하는 것이 일치한다는 말이 되는 것이다. 고대 그리스 철학자 소크라테스도 인간이 가진 이성으로 참다운 앎에 도달하면 그것은 곧 행할 수밖에 없다는 지행합일의 가르침을 전하고 있지만, 현실적으로 우리 주위를 둘러보면 지(知)와 행(行)을 항상 같이하는 사람은 진실로 보기 힘든 것 같다.

거꾸로 풀이하면, 지(知)와 행(行)의 합일(合一)이 이뤄지지 못하는 지식인들을 두고 소크라테스는, 그들이야말로 상금도 지(知)의 경지와 참다운 앎에 도달하지 못한 것이라고 지적하고 있지만, 그러나 일례로, 여기서는 거들기에도 안타깝고 창피스러운 우리의 한국독립운동사의 2·8독립선언서와 3·1독립선언문의 기초자(起草者)들이었던 이광수나, 최남선같은 사람들을 누가 감히 지식인이 아니라고 말할 수 있겠는가, 그들이야말로 당시로는 최고의 엘리트지식인으로서 민족의 지도자로 손꼽히던 인물들이었다. 그렇지만 결과는 어찌됐던가? 민족의 수난과 겨레의 불행을 가장 먼저 발견하고 생각하고, 말하기까지의 아는 지(知)는 좋았다. 그러나 종당에는 일제의 위협과 유혹에 몸을 팔아 부귀영달을 꾀하다가 결국 매국행위를 자행해왔던 것이다. 움직이는 행(行)을 바로하지 못했던 탓으로 후세에 두고두고 오명(汚名)을 남기게 된 것이었다.

지조를 지키는 일은 쉬운 일이 아니다. 지식인들을 두고 4중 인격이라고까지 표현하는 중국사람들의 말을 빈다면, 오늘의 우리 주변의 지식인들도 ① 쓰는 것, ② 생각하는 것, ③ 말하는 것까지의 재주는 능청맞게 폼을 재가며 한껏 자랑할 수 있을지 모르나, 다만 마지막이 되는 ④ 행동을 실천으로 옮길 수 없을 때에, 혹자는 지식인의 긍지와 지조 따위를 헌신짝처럼 버리고 일신의 영달과 안일을 도모하기에 급급하며, 또 혹자는 태평꾼이 되어 죽이 되던 밥이 되던 눈앞에 들이닥친 민족의 수난과 동포의 불행을 오불관언(吾不關焉)하는 것을 보게 된다.

지식인에 따라 의견의 차이는 있겠으나, 엄청난 민족의 수난을 앞에 두고, 겨레와 동포의 아픔을 보며 지(知)만 있고 행(行)은 없는 위인들에게야 결코 이 시대 지성으로서의 긍지나 지조란 게 있을 리 만무한 것이다. 우리 주변의 지식인들 경우는 행(行)까지도 갈 것 없이, 지(知) 하나만이 갖고 있는 ①, ②, ③만이라도 잘 다그칠 줄 아는 정제된 후각과 시각을 가진다면, 그나마 죽을 때는 "짹" 하고 외마디 외칠 줄 아는 참새한테라도 비겨줄 수 있을지 모르겠다. 하물며 산 사람의 입이야 어떻게 막나? 골목에서 장훈치고, 구석에서 대장노릇하며, 앉아서 논(論)하고, 일어서서 쟁(爭)하는데 둘째가라면 서러워하는 사람들이 되는 것까지도 좋다.

행여라도 오불관언만은 하지말자는 것이다. 학문만 있고 아무것도 안하는 사람은 비를 보내지 못하는 먹장구름이나 다를 바 없다. 또 그리고 학문은 있으되, 뒷골방에서 오로지 탁상공론으로만 천하의 대도를 이야기 하고 행동은 전무한 부류들은, 결국 비는 보내지도 못하면서 시커면 먹장구름만 되어 여기저기로 을씨년스럽게 떠다니는 꼴불견일 수밖에 없다.

만약 몰라서 가만 있는다면 그것은 이유가 된다. 또 안다는 것이 엉터리로 알아서 사람을 웃기는 것이라면, 그것도 역시 이유는 된다. 그렇지만 최고 학력의 진정한 지식인으로써 비를 내리지 못하는 먹장구름이 되어 떠도는 것은 그야말로 참새같은 미물로서도 취할 도리가 아니다. 그렇게 박사에 후박사를 열 번 하면 어떻고, 교수에 후교수를 스무 번도 더 하면 또 뭐하겠는가?

이제 한물간 아마추어들은 뒤로 물러나고, 진정한 지식인들이 뒷골방에서 용약 앞으로 나와야 할 때가 되었다고 본다. 그래서 한번 솜씨를 보여주시라! 이제는 모든 글을 읽은 사람들이 뒷골방에서 천하의 대도를 이야기하고, 탁상공론으로 세상경륜을 외칠 때가 아니다. 모두 앞으로 나와서 과감하게 행동하고, 실천하는 모습을 보여주었으면 좋겠다!

뉴욕의 조선족 건달들이여!

한번은 '오빠 어디 가'라는 조선족 '포장마차'에 놀러갔다가 기절 초풍할 뻔했던 적이 있었다. 드라마 '야인시대' 속의 한 장면을 방불케 하는 난투극이 벌어졌기 때문이었다. 식칼과 야구방망이를 든 젊은 친구들이 김두한, 시라소니 나오라 호령할만큼 서로 피를 뿌리며 치고 박는 틈서리에 잘못 끼어들었다가 하마터면 상판을 깨먹을 뻔했다.

마담 아줌마가 경찰에 신고할 생각은 하지 않고 애꿎은 나의 팔만 붙잡고 "유 선생님, 이런 것은 신문에 내서 혼내주지 않습니까?"고 물어오지만, 신문에 낸다고 무슨 소용있겠는가, 신문을 보지 않는 그 친구들이 설사 내 글을 본다고 해봐야, '어떤 작가놈인지 한번 패주어야겠다.'고 벼르고 달려들게 만들 도리밖에 다른 뾰족한 수가 없기 때문이었다.

결국 얼마 전부터 마담 아줌마들은 더 이상 같은 동포라는 사정을 봐주지 않기로 했다고 한다. 벌써 미국경찰에 잡혀가고 미국법원에 불려가서 소송놀음을 시작하고 있는 젊은 친구들이 심심찮게 생겨나고 있었다. 그 친구들과 만나보았다. 들던 소문처럼, 생각처럼 그렇게 고약한 나쁜 친구들은 아니었다. 술에 취했을 때는 일시 호기 때문에 일을 저지르고 술만 깨고나면 금방 손목을 잡고, "형님, 어쩌다가 이 지경까지 됐는지 모르겠구먼, 용서해주소." 하고 사과하는데, 사과받는 쪽에서도 "젠장, 그래 알았다." 하고 툭 털고 넘어가기가 일쑤였다.

그러나 지금은 아니다. 특히 마담 아줌마들을 잘못 건드리면 큰일 난다. 그네들도 역시 자기의 이권(利權)과 이익을 위하여 언제부터인가 무작정 미국경찰부터 부른다고 한다. 그럴 때는 일단 같은 동포고 뭐고 없다. 일껏 봐주고 참아주고 해도, 끝 간 데가 없으니 부르는 것이다. 경(輕)자는 잡혀가 벌금만 물고 놓여나오지만, 중(重)자는 현재 법원에 불려다니며, 차후 판결을 기다리고 있다니, 여차하면 추방은 물론 교도소로까지 이어질 수도 있게 되었다.

그런데 좀 의아스러운 것은 이미 법원 놀음을 시작한 그 친구들의 뒤에는 아무도 봐주는 조직같은 것이 없다는 사실이 아이러니컬하다. 이름 붙이기에 따라 누구는 용정방(龍井幇) 아이고, 또 누구는 화룡방(和龍幇) 아이라고 하지만, 정작 김두한의 '야인시대'처럼 '의리'라는 명분하에서 똘똘 뭉쳐 의리뿐만 아니라 돈도 있고, 여자도 있고, 로맨스도 있는 그런 운치(韻致)로움의 조폭세계가 아직까지 우리 뉴욕의 조선족 동포사회에는 뿌리를 내리지 못했다는 사실을 어떻게 받아들여야 할지 모르겠다.

드라마 속의 김두한은 걸핏하면 "우린 건달이야. 건달은 건달다워야 한다."는 말을 자주 한다. 그러나 알아두어야 할 것이 있다. 진정한 조폭세계에서도 결과적으로 모시는 우두머리로부터 얻어 떨어지는 부스러기 떨거지같은 것이 없다면 '건달'과 '깡패'들은 어차피 뿔뿔이 흩어지고 만다. 의리가 있다고 주장하는 것의 배경에는 항상 이권이 있었기 때문이다.

그럼에도 체면상 '조폭'들은 배신하는 자들을 가리켜 그들은 '깡패'나 또는 '양아치'일 뿐이라면서, 그들과 자기들을 한데 같이 버무려서 부르는 것을 영 좋아하지 않지만, 일본의 경우 야쿠자들은 그 연원(淵源)도 오래되거니와 이미 사회적으로 '더불어 살아가는 필요악'으로 간주되기 때문에 이미 그네들은 상당한 업종에서 합법적으로 기생하고 있다. 무슨 '구슬치기', '빠찡꼬', '카지노빠', '경마' 등, 야쿠자들이 먹고 살 수 있는 종목은 나라에서도 법적으로 인정해주되, 야쿠자도 그 종목 외에는 안 하고 일반 국민과는 이권이나 싸움, 충돌을 절대 일으키지 않는 것이다. 그리하여 우두머리에게 돈이 많고 거기에 매달려 먹고 살만하니 무리들도 또한 쉽사리 흩어지지도 않는다는 것을 알 수 있다. 또한 그들의 고귀함은 강자 앞에서는 비굴하지 않고, 약자 앞에서는 위용을 뽐내지 않는다.

그런데 우리 조선족의 '조폭', '건달', '깡패', '양아치'들은 도대체 무엇이란 말인가, 돌아가면서, 그리고 골라가면서 힘없는 자기 동포 아줌마들의 가게나 들부수고, 자기 동포 아가씨들의 뺨대기나 때리고, 자기 동포 아저씨들의 뒤통수나 까부수니 말이다. 아이들 문자까지 다 동원해서라도 좋게 봐주고 싶지만 정말 이것만큼은 아니다 싶다. 거꾸로 강자 앞에서는 비굴하고 약자 앞에서 야구방망이를 휘두르고 다니는 뉴욕의 조선족 건달들이여, 좀 더 돈도 벌고 힘도 키워서, 만약 가능하다면 일본의 야쿠자를 흉내내기 바란다. 진정한 '조폭'은 규율이 있고, 진정한 '건달'은 의리가 있으며, 진정한 '깡패'는 절대로 약자를 상대로 칼이나 주먹을 휘두르지 않는다는 것을 알아

두기 바란다. 하물며 미국이라는 나라에 돈 벌러 온 다 같은 어려운
자기 동포임에야 더 말해서 뭣하겠는가!

마영애케이스의 긍정적 학습효과

요즘의 맨해튼 인적 네트워크(Network)는 아이러니컬하게도 한 명의 자그마하고도 예쁘장스럽게 생긴 탈북여성 마영애 씨로 말미암아 형성된 듯싶게, 그녀의 정치적 망명(Political Asylum)에 대한 허가 여부를 기다리고 있는 사람들이 각별히 많다.

거의 모든 매스컴들이 그녀를 외우고 있고, 뉴욕에 주재하고 있는 북한 대표부와 뉴욕한국총영사관 관련자들도 모두 그녀에게 내려질 미 국토안보부 시민권이민국(USCIS)의 결정을 손꼽아 기다리고 있는 가운데, 그녀는 오늘도 미 동부 한인 교회들을 주름잡고 다니면서 북한 인권과 함께 한국에 있는 탈북자들의 인권유린에 대해서 목청을 높이고 있다.

이에 앞서 서부의 로스앤젤레스(LA)에서는 이민판사가 직접 또 다른 탈북동포 서재석 씨에게 정치적 망명을 승인함으로써, 그들 일가는 미국에서 영구 정착할 수 있게 되었다. 이민법원의 판결내용을 아직 구체적으로 살펴볼 수 없으나, 마영애 씨의 경우도 흡사하게 진행될 가능성이 십분 짙다. 설사 워싱턴 본부에서 퇴짜를 놓더라도 안(案)이 이민판사의 손에 넘어가게 될 경우, 현재의 미국 정부 시책 하에서는 한국 국적의 모든 탈북자들에게 망명승인을 내리지 않을 수 없을 것으로 짐작된다.

한국 정부로서는 한마디로 국제망신을 자초한 셈이 되고 말았다. 특히 우리 시대의 가장 불쌍하고 힘없는 탈북자들에 대한 노무현정 권의 '재갈물리기' 도덕성이 국제적 논란으로 심판대에 올랐고 그로 말미암아 미국과의 미묘한 파장도 감지되고 있는 시점에서 마영애 씨와 만나 직접 인터뷰를 진행한 나는 아래와 같은 몇 가지 문제점 을 짚고 넘어가지 않을 수 없다.

즉 그녀가 하고 있는 말이 상당 부분 과장됐거나 또는 거짓말일 가능성이 있더라도, 분명 마영애 씨는 대한민국 여권을 가진 한국 시 민이라는 점, 그럼에도 불구하고 정부가 그녀에 대한 여권 발급을 거 부하고, 여권을 무효화시킨 점, 이 외에도 국가정보원 감시자가 미국 까지 따라다니면서 그녀의 자유를 구속하고, 걸핏하면 "서울에 돌아 가면 가만 두지 않겠다."는 등 위협을 들이댔던 사실은 결과적으로 문제가 곪아 터지고 나서야 뒷북치느라 바쁜 노무현정권의 무능함과 건달같은 자만심을 드러낸 것이라고 본다.

오늘도 계속 흘러나오고 있는 항간의 소문들 가운데서, 특히 워싱 턴 주재 한국 외교관들이 미국 국무성과 국토안보부를 방문해 마영 애 씨 정치망명을 허가하지 말아 달라고 요구했다는 것은 도저히 납 득할 수 없는 일이다. 그러면서 한국에서는 미국의 탈북자 검증시스 템에 문제가 있다고 떠들지만, 바로 지금처럼 공권력을 가진 정권이 국민 일개인을 상대로 협박을 일삼을 때, 국민은 거기에 대항할 방법 이 없는 것이다.

정치망명은 이런 경우에 힘없는 국민이 선택할 수 있는 최후 수단으로 되는 것이다. 사전적 의미로 보면, "일반적으로 본국에서의 정치적, 종교적, 인종적 박해 또는 그 두려움에서 벗어나기 위해 타국에 보호를 요청하는 행위(브리태니커)"로 해석되고 있다. 그중에서도 정치적인 이유로 타국에 도피하는 사람을 정치망명자라 한다. 물론 그 기본적인 전제는 출신국(出身國家)의 정치 사정이 얼마나 절박한가에 달려있기도 하지만, 탈북자 출신으로 북한보다는 오히려 그의 첫 망명을 받아들였던 한국정부의 인권실태를 고발하면서 재차 미국정부를 향하여 망명을 신청하고 있기 때문에 이 모든 사태발전은 그 결과를 지켜보고 있는 적지 않은 사람들에게 극히 '부정적'인 이미지로 안겨오고 있는 것도 사실이다.

그렇지만 매번 북한인권 결의안이 올라올 때마다 기권표로 일관하고, 미 의회에서 발효시킨 '북한인권법(North Korean Human Rights Act)'이 통과될 때에도 그 어느 나라보다도 마뜩치 않아했던 한국 정부였던 것을 생각하면, 그리고 아무리 북한 핵 문제가 걸려 있고 남북한 경제협력에 마찰이 빚어져서는 안되는 조마조마한 심정이더라도, 가까스로 자유를 찾아 민주국가에서 새 삶을 시작하려고 했던 탈북자들의 자유를 구속하고 있는 바보스런 정치외교는 그 어떤 논리로도 부합되지 않는다.

하긴 한국 정부의 주장대로라면 혹자는 정말 좀 더 살기 좋은 미국에서 살기 위하여, 그 같은 개인적 고충과 이민의 욕구를 '정치 망명'으로 해결하려고 들 수도 있다는 가능성도 배제할 수는 없지만, 이럴 때 한국 정부로서는 체면 없게도 남의 나라 정치망명자 수용시스템을 왈가왈부할 것이 아니라, DJ정권이래로 오늘의 노무현정권에 이르기까지 추진하여오고 있는 탈북자 정책 자체 전반을 재고(再考)

해야 할 것이다.

약자의 편을 드는 세계의 모든 정의와 양심을 나무라서는 안된다. 한국 정부로서는 결코 지금처럼 나라 전체의 위상을 자기들 스스로 남의 나라 칼도마 위에 가져다가 올려놓고 심판을 기다리는 불미스런 일을 다시 재연하여서는 안 될 것이다!

한국식 민주주의 때려뉘야겠다

한국 제1의 야당 박근혜 대표에 대한, 그것도 여성 정치인에 대한 한 시정잡배의 테러행위를 보면서 가슴속 깊은 데서 솟아나는 의구심을 금할 길이 없다. 소란스런 언론들이 앞장에서 '정치테러'냐, 아니면 '선거폭력'이냐고, 날선 의혹들을 거침없이 쏟아내고 있는 가운데 선거의 막판으로 돌입하고 있는 여야 사이에선 벌써부터 이로 인한 정치적 이해득실을 따지기에 골몰하고 있음을 본다.

참으로 볼썽사납기 그지없다. 정치인에 대한 폭력과 테러가 각별히 횡행하던 자유당 정권 시절의 이야기를 상당부분 다룬 드라마 '야인시대'를 본 기억이 그렇게 오래지 않아선지도 모르겠지만, 정작 손가락을 꼽아보면 한국이라는 이 나라의 민주주의는 그 연령대가 아직도 어린 아이 나이라는 데서 부지중 머리가 끄떡여진다. 그렇더라도 정적을 제거하고 야당을 탄압하기 위하여 정권이 물밑에서 사주했던 그 시커먼 이정재네 동대문 패거리들도 칼로 여성 정치인의 얼굴까지 찢어놓는 그런 끔찍스런 짓거리들은 하지 않았다.

박정희와 전두환 때야 더 말해서 뭣하겠는가, 암놈을 수놈으로 만드는 것 하나 내놓고 이 세상에서 불가능이란 없었던 독재정권 시절에도 중앙정보부의 사주를 받는 깡패무리들에 의해 야당 정치인들은 심심찮게 피습당하기도 했지만 선거유세 현장에서 칼에 얼굴까지 찢기는 일은 결코 없었다는 사실을 감안할 때. 곧이어 뒤따르는 명제는 이른바 한국의 민주주의는 그동안 성숙했느냐, 아니면 퇴보했느냐는 것이다. 또는 정착했느냐, 아니면 아직도 흔들거리고 있느냐, 나아가서 그동안 박근혜라는 이 여성 정치인의 주가(株價)를 크게 띄워줄 수 있었던 원인의 하나로써, 벌써 몇 해째 깊어만가고 있는 한국의 경제침체로 말미암아 오히려 경제를 부흥시키고 나라를 잘 살게 만들었던 박정희 시대에 대한 향수(鄕愁)가 살벌하게 되살아나고 있는 오늘의 한국에서 과연 독재란 정치인들에게는 나쁘지만 백성들에게 있어서는 오히려 신속하고 확실하게 행동함으로써 믿음과 안정을 줄 수도 있었던 데 반해, 소란스럽기만 한 이놈의 민주주의라는 것은, 특히 노무현정권이 들어서면서부터 보다 시끄럽기만 하고, 느려자빠지기만 하고, 우유부단하기만 한, 그래서 불신과 불안만 조장하는 것이라면 차라리 이런 개떡같은 민주주의는 해서 어디다 쓰겠느냐는 것이다.

할말이 없어진다. 어디 그뿐인가, 이승만이나, 박정희같은 별로 개인적인 부를 쌓아놓지 않았던 독재자들은 오히려 자기희생과 청렴을 뽐내며 국민들에게 단결과 충성심을 고취할 수도 있었던 반면에, 이 나라 민주주의 대명사로 불리는 YS와 DJ 이 두 전직 대통령을 한번 돌아보자, 다른 누구도 아닌 바로 그들의 살붙이 혈육들로부터 부정과 부패가 시작되어 국가를 사분오열시켰던 것을 생각하면 독재는 그런대로 질서 속에서 사회, 경제 발전에라도 기여할 수 있었지만,

오늘의 한국식 민주주의야말로 다만 혼란과 무정부 속에서 발전을 퇴영시키고 푹 썩어들기만 하는 것이 아니면 뭐란 말인가, 그리고도 어떻게 민주주의가 성공했다고 말할 수가 있겠느냐는 것이다. 따라서 계속 이런 식으로 나갈 때 과연 한국의 자유체제가 탈없이 얼마 동안이나 더 지탱되겠는지가 의문되는 것이다.

두말할 것도 없이 이번 박근혜 야당 대표가 백주에 얼굴을 찢기는 피습사건은 이 나라 민주주의가 보장하는 국민의 안보가 그 언제라도 넉넉히 공포에 시달릴 수 있음을 보여주는 대목이기도 하다. 또한 민주주의가 국민들에게 자유를 주는 것은 사실이지만 자유의 개념과 표리관계에 있는 도덕적 책임과 자제력을 잃고 인간의 삶에 가장 중요한 요소인 안전보장이라는 욕구를 채워줄 수 없을 때, 국민들은 그런 민주주의에 침을 뱉을 수밖에 없는 것이다. 결국은 국민이 정치인을 믿지 않고, 학생이 선생을 믿지 않고, 대통령이 언론을 믿지 않고, 나아가서 소비자가 기업인을 불신하고, 선거민이 선량을 불신하는 등 서로가 서로를 불신하는 그 같은 도덕적 가치 개념이 철저하게 몰락하여 갈 때 이 나라 한국의 안정은 하루아침에 폭락할 수밖에 없는 것이다.

불의에 면역되고 악에 중독된 오늘의 한국을 운영하고 있는 노무현 대통령과 그를 둘러싼 여야 정치인들의 사리사욕만을 가지고 왈가불가할 일은 아닌 것 같다. 그토록이나 강대했던 로마제국이 경제적 파탄이나 외세침략 때문에가 아닌 타락정치와 기강문란에서 역사의 뒤안길로 사라졌던 좋은 반면교사가 있다. 오늘의 한국은 민주주의 기강 그 자체가 위기를 맞고 있는 것이 틀림없다. 북핵도 급하고 6자 회담도 급하고, DJ의 재방북도 급하지만, 그것보다는 공자가 말씀하신 '민부신불립(民無信不立)'의 위기야말로 오늘의 한국을 태우고 있는 불길이 아닌가 싶다.

이제 이 나라는 한시라도 빨리 그 같은 병폐를 진단하고, 어떻게 해서든지 민주주의 체제를 지탱하고 민주적 헌정질서를 수호하는 일이 시급하다. 더구나 선거의 계절, 무엇보다도 국민들 모두 함께 똑바로 정신을 차리고 한번쯤은 따져보아야 할 때다. 민주주의 구경 어디로 어떻게 흘러가고 있는지를, 다음 해야 할 일은 그 쌔고 버린 위정가들 속에서 진정한 정치가를 찾아내는 일이다. 또한 흔해버린 학자들 속에서 진정한 선비를 찾아내는 일이다. 하다 못하면 득실대는 깡패들 속에서 협객을 찾아내서라도 파괴된 사회정의를 복구하는 일에 박차를 가해야 한다!

선거라는 게임은 후유증이 없어야 한다

'전쟁에서 승리 이외는 그 어떤 대안도 없다.'고 한 한국전쟁 당시 맥아더 장군의 유명한 명언을 연상하게 만드는, 플러싱 22선거구 뉴욕주 하원의원 선거에서 선풍을 일으키고 있는 중국계 엘렌 영 후보와 그의 후견자인 존 리우 시의원이 보여주고 있는 정치행보는 치사스러운 데가 많다. 따라서 정치를 전쟁으로 보지 말고 가급적 스포츠에 비유하는 밝고 명랑한 정치풍도를 기대하기는 다 글렀다.

엘렌 영 후보 측에서 먼저는 현직의 하원의원 지미 맹의 딸 그레이스 맹을 고발한 것이다. 동갑내기 한인 청년 계원종 씨와 결혼한 그레이스 맹은 사실 중국사회뿐만 아니라 한인사회에도 상당하게 호감을 일으키는 인물이었음이 틀림없다. 결국 그가 소송을 포기하고 경선에서 물러난 것은 소송비용으로 수만여 달러가 들어가는 것도 문제지만 보다는 두 중국계가 치고받는 사이에 표심이 흩어지고 상대적으로 한인 테렌스 박 대표가 당선되는 것을 경계했을지도 모른다. 역시 가재는 게 편이라는 소리다.

　그레이스 맹을 물리친 엘렌 영은 자연스럽게 테렌스 박을 향하여 예봉을 돌렸고, 곧바로 테렌스 박을 고발했다. 역시 테렌스 박도 일시 후보자격을 빼앗기고 소송을 시작하면서 많은 시간을 아깝게 허비해야 했다. 가까스로 항소법원의 최종 판결로 다시 후보자격을 얻게 되었지만, 막판에 또 다른 변수가 일어난 것이다. 일찍 시의원과 주하원의원을 지낸 경력을 지닌 80세도 훨씬 넘은 줄리아드 해리슨 할머니가 불쑥 나선 것은 아직까지도 플러싱의 정치는 아시안에게 주어서는 안되겠다는 백인들의 강한 반발심을 보여준다.

　경쟁자를 고발하는 편법으로 육속 두 번이나 단맛을 챙긴 엘렌 영 후보 측의 세 번째 치사스러움은 또 어떤 식으로 모습을 드러낼지 모른다. 이제 테렌스 박 후보 측은 줄곧 정공법(正攻法)으로 끝까지 정직하고 떳떳하고 정정당당하게 나갈 것인가, 아니면 늦게나마 이제라도 한번쯤은 정공법 아닌 편법을 사용해볼 것인가를 두고 고민해야 한다.

　필자의 생각으로 볼 때 적어도 한번쯤은 편법에 대하여 검토해볼 필요가 있지 않나 싶다. 돈과 힘과 이기는 것만이 정의인 미국의 정치풍토에서, 이기고 지는 전쟁 자체에 그 어떤 윤리도덕도 존재하지 못하며, 결과적으로 목적은 모든 수단을 정당화시키고 있음을 잊어서는 안된다. 즉 부도덕한 짓도, 몹쓸 짓도, 비겁한 짓도, 심지어 보다 많은 나쁜 짓도 최고의 미덕으로 될 수밖에 없는 것이 바로 무정한 미국의 현실임을 감안할 때, 완전히 전도된 평시의 가치 체계 속에서 정공법은 절대로 편법을 이길 수가 없다는 것을 알아야 한다.

　이른바 전쟁의 논리를 정치에 적용시켜온 정치문화의 침식을 혼자 청고한 척 외면하고 지내봐야 피해를 볼 것은 자명하기 때문이다. 이미 엘렌 영 후보 측에서는 복병을 두어 뒤통수를 치는 기습작

전도 폈고, 후방을 교란하는 게릴라전도 한창 진행 중이다. 즉, 힘으로 적을 칠 뿐만 아니라 온갖 계교와 술수를 구사하여 상대방 경쟁자를 무찌르고 있는 엘렌 영 후보와 그의 후견자인 존 리우가 그동안 아낌없이 동원해왔던 육도삼략(六韜三略)에서 배울 것은 배워야 한다.

가장 큰 계교와 술수는 바로 엘렌 영 후보 측에서 먼저 모략선전을 퍼뜨리고 위계를 써 상대방 경쟁자를 지지하는(조선족동포사회를 포함한) 한인사회의 민심을 혼란시키고 사기를 떨어뜨려놓은 것이다. 그것을 되돌려주는 방법이 있다. 바로 그동안 그레이스 맹 후보 측을 지지하였던 중국계 유권자들과 엘렌 영 후보 측을 지지하고 있는 중국계 유권자들 사이를 이간(離間)시켜놓는 작업이다. 그리하여 두 세력이 반목하게 될 때, 적어도 중국계의 표가 엘렌 영 후보 측 한켠으로 쏠리게 되지는 않을 것이다.

아직도 한 마음, 한 뜻으로, 하나같이 뭉쳐 테렌스 박 후보를 밀지 못하고 있는 한인사회는 그동안 엘렌 영 후보와 그의 지지자 존 리우 의원이 보여주고 있는 행보는 이미 단합 대신 분열의 길을 택함으로써 아시안 후보들이 서로 싸우는 데 급급하게 만들었고 그 중심에 엘렌 영과 그의 지지자 존 리우가 우뚝 서있었음을 주시해야 한다.

만약 이들 두 사람이 뉴욕바닥에서 끝없이 실세(實勢)하는 한 인종과 관계없이 순수 후보의 자질에 근거해 중국계 유권자들이 한인 후보를 또 한인 유권자들이 중국계 후보를 마음껏 지지하는 공정한 선거풍도가 마련되기는 어려울 것 같다. 때문에 그런 후유증을 막기 위해서라도 테렌스 박 후보가 당선되어야 하는 것은, 한인사회뿐만 아니라 재미 조선족동포사회를 포함한 전체 아시안계를 위해서도 극히 바람직한 일이라고 본다!

신정아를 위한 변명

저질정치(低質政治)의 문명국가 한국은 신정아라는 한 젊은 여자를 홀딱 벗겨 누드로까지 만들어 형장(刑場)으로 내몰고 있다. 클레멘스 8세 교황으로부터 사형명을 받고 단두대로 오르는 이탈리아의 미모의 소녀 베아트리체 첸치(Beatrice Cenci)를 연상시킬 만큼이나 아련하며 궁금증과 함께 안타까움을 금할 길이 없다.

사람들은 베아트리체 첸치의 그 미모에 반해 구명을 호소한다. 내막을 모르는 사람들까지도 모두 그 아련함에 마음을 적셔가며 불쌍한 첸치를 죽이지만은 말아달라고 기도한다. 그러나 교황은 교황 나름대로 베아트리체 첸치를 사형에 처하지 않으면 아니되는 자기 종교의 법전(法典)을 고수해야만 했다. 그런데 베아트리체 첸치의 죄목은 자기를 낳아준 아버지를 죽인 것이었다. 교황의 눈으로 볼 때, 그리고 교황을 지지하는 사람들의 눈으로 볼 때 베아트리체 첸치의 죄질(罪質)은 천추에 용서받을 수 없는 것이었다.

그러나 첸치는 첸치대로 아버지를 죽이게 된 원인이 있었다. 16

세나던 해에 아버지에게 겁탈당하였기 때문이었다. 아편으로 아버지를 잠재워 죽인 후 어머니, 오빠와 함께 시체를 시트로 말아 정원의 무성한 나무숲에 버린 베드리아체 첸치에 비하면, 오늘날 신정아가 누드로까지 홀딱 벗겨져 이 나라 굴지(屈指)의 신문매체에 헤드라인 뉴스로 나타나야 한다는 것은 어불성설이다.

가히 도화선에 달렸던 큰 불만큼이나 국민들을 아뜩하게 만들었던 학력 위조 사안이라는 것도 따져놓고 보면 결국 별것이 아니다. 그런 유형의 스캔들이 신정아만의 전매품이 아닌 것임을 감안하면 그것을 죄목으로 만들기에는 너무 미미스럽다. 이어 육속 불거져 나오고 있는 이런저런 스캔들도 절대로 신정아가 혼자 얻어맞아야 할 몫이 아니다. 그 몫은 정권 실세 변양균과 변양균의 상관인 노무현 대통령이 살고 있는 청와대가 통째로 안고나서야 한다. 그러나 만약 청와대가 그것을 거절한다면, 남아도는 두 번째 몫은 불교계가 감당해야 한다. 불교계에서도 장윤스님을 비롯한 무슨 영배니, 영담이니 하는 수상스런 스님학자들이 안고나서지 않으면 안된다.

또 그리고 세 번째 벗겨지면서까지도 속신(贖身)이 되지 못하는 죄목이 남아있다면, 그것도 신정아가 아닌 이 나라의 모든 신정아 벗기기에 열을 올리고 있는 언론들과 매체들, 기자들이 감당하지 않으면 안된다. 그럼에도 불구하고 만약 국민들까지도 벗겨진 신정아의 누드를 흔상(欣賞)하면서, 신정아를 매도한다면 한국은 참으로 희망 없는 나라라고 말하지 않을 수 없다.

별로 멀지 않은 전두환정권시절의 장영자도 아니고, 그 전두환 독재정권에 항거하여 싸워왔던 민주세력들이 얼마나 청렴결백하게 정치를 잘했으면, 인기도에 있어서 장영자 정도는 뺨이라도 치고 갈만큼의 신정아를 그들이 스스로 만들어내고, 그들이 스스로 눈앞이 깜

빡해서 이처럼 흥분하고 있는 것인지 모르겠다.

이제 늦게나마 한국의 국민들은 신정아의 학력 위조 사안에서 눈길을 떼야 한다. 신정아의 염문설에도 귀를 강구지 말아야 한다. 베아트리체 첸치의 처형장면을 구경했던 이탈리아의 국민들이 좀 지나서 그 이면에 어렸던 한 소녀의 원한을 날카롭게 읽기 시작했듯이, 드라마같은 신정아의 스캔에만 빠져 함께 흥분할 것이 아니라, 신정아를 만들어낸 노무현정권하의 부도덕하기를 이를 데 없는 실세(實勢)들이 지금 어느 정도까지 흥분해가고 있는가를 냉정하게 지켜볼 필요가 있다.

비록 16세에 형장의 이슬로 사라졌지만 화가의 캔버스에 담겨 이탈리아 피렌체에 있는 산타르크로체성당에서 전시되었던 베아트리체 첸치의 모습을 보는 순간은 프랑스의 작가 스탕달(Stendhal)은 갑자기 무릎에 힘이 빠지고 눈앞이 아찔해나는 황홀경을 경험했다고 그 자신의 일기에다가 적고 있다. 그렇게 만들어져 나왔던 "스탕달신드롬(Stendhal Syndrome)"의 주인공 베아트리체 첸치에게 잘나고 또 잘난 신정아를 비기는 것은 옳지 않을 수도 있지만, 오늘날 신정아가 당하고 있는 곤욕은 로마의 산 탄젤로교 앞의 광장에 설치된 단두대로 끌려 나갔던 베아트리체 첸치에 못지않은 것이다.

그리고 그것을 매스컴에 담고 있는 한국의 모든 언론매체들에 의해 한국 전체가 가슴이 뛰고 정신적 일체감, 격렬한 흥분감, 그리고 감흥, 우울증, 현기증, 위경련, 전신마비 등등 각종의 분열증세를 일으키고 있는 것을 지켜보면서, 한국이라는 이 저질정치(低質政治)의 문명국가를 한탄하지 않을 수 없다. 혹시라도 "스탕달신드롬"을 만들어낸 "붉은 것과 검은 것"의 세계적인 작가 스탕달 본인과 16세의 미모로 형장에서 사라졌던 베아트리체 첸치가 원혼이라도 있어서 한국이라는 이 나라가 지금 만들어가고 있는 국가적인 신드롬을 보았으면 어떤 기분이었을지 참으로 궁금하다.

　신정아를 위해 변명한다. 스탕달도 살았다면 반드시 신정아를 위해 변명하였을 것이다. 신정아의 죄목은 죄목을 떠나서 그녀를 누드로 벗겨 전 세계에다가 내놓은 한국이라는 저질정치의 문명국가가 저지른 인권침해의 피해자가 되었다는 사실을 잊어서는 안되겠다. 무릇 신정아의 누드를 보았던 한국의 국민들은 모두 나서서 죄송스런 마음으로 신정아를 사면해야 한다. 모든 법전에서, 그리고 도덕(道德)에서, 인륜(人倫)에서, 양심(良心)에서 신정아를 사면하지 않으면 안된다! 이미 신정아는 약자가 되었기 때문이다!

불쌍하구나, 2년 未滿의 동포들

기대했던 '메케인-케네디' 이민개혁안이 흐지부지해지면서, 비록 아직까지는 공화당 지도부가 '이민개혁타협법안' 재추진 의사를 밝힌 데 이어 민주당 지도부도 이민 법안의 상원 재상정을 촉구하고 나서 이민자들의 기대가 다시 한 번 높아지고 있다고는 하지만, 보다 미 입국 2년 미만의 조선족 동포들, 그들은 아직도 빚을 갚지 못하고 있는 상황에서, 김소월(金素月)의 시구를 빈다면, '부르다, 부르다 내가 죽을 이름이여!'의 꼴이 되어버리고 말았다.

어림잡아도 1천만 명을 훨씬 넘는 불법체류 이민자들에서 7백만 명은 물론 환호하겠지만 나머지의 3~4백만 명에게는 인생 전체, 나 아가서 중국에 두고 온 가족 전체가 초상을 당한 거나 다름없다는 느낌이다.

만물봉생(萬物逢生)하는 이 눈부신 계절에, 이미 2년에서 5년, 또 는 5년에서 10년 이상씩 거주하며 빚도 다 갚고, 돈도 많이 벌었을 7백만 명을 제쳐두고, 지금 막 밀입국해 들어온 지 2년도 안된 2월의 '부엌데기', 3월의 '소박데기', 4월의 '빚꾸러미'들 모두의 가슴엔 찬 바람만 들락거릴지언정, 이 무슨 날벼락이냐는 아우성도 들리고, 차라리 이대로 다같이 편하게, 두루뭉술하게 살아가면 되잖느냐는 소극적인 막판주의도 들려오는 가운데, 2주 지연된 이번 개혁법안은 현재 '불법이민자 본국귀국이냐, 아니면 영주권이냐'는 최대 쟁점을 놓고 다만 총성만 없을 뿐 격렬한 이민전쟁이 벌어지고 있는 중이다.

4월에 접어들기 바쁘게 불법체류자들을 중범으로 처벌하는 내용을 골자로 한 '센센브레너 법안' 통과 저지를 위해 50만 명의 인파가 거리로 몰려나가 세를 과시했던 로스앤젤레스에 이어 우리 뉴욕에서도 연일 계속되었던 미 전국 동시 행동의 날을 맞으며, 다행스러운 것은 전미조선족동포회가 그 앞장에서 좋은 모습을 보여주었다.

따라서 작년 한 해 동안은 원종운 회장과 전미조선족동포회를 너무 두들겨 패서 올해는 좀 겸연쩍은 마음으로 예쁘게 봐주고 싶어서가 아니다. 전미조선족동포회의 경우 아직도 괴팍한 데가 있고 치부도 적지 않다. 그렇지만 거꾸로 만나는 사람들에게 너스레를 떨며 '저희들은 정치와는 상관없는 봉사단체입니다.'고 양두구육(羊頭狗肉)을 하고, 삽살개마냥 여기저기 플래시가 번쩍거리는 파티장들에만 잘도 들락거리던 어르신네들은 한 작자도 이번 집회장에 광림해주지 않은 대신, 전미조선족동포회가 그래도 실천하며 나가준 것은 얼마나 보기 좋은가, 그래서 금번(今番)의 이민법 개혁안이 성사되면, 그 혜택자들 앞에서 전미조선족동포회야말로 가장 당당한 모습으로 설 수 있게 된 것을 진심으로 기쁘게 생각한다.

칭찬은 그만하자. 당장 2년 미만의 체류하기(Work and Stay)를 바라는 동포들의 대비책 마련이 시급하다. 빨리 서둘러야 할 것이다. 설사 추방된다고 하더라도, 다시 미국으로 들어오려고 할 때, 통상적으로 3년에서 또는 10년으로 입국규제해오던 처벌만큼은 면하게 되었다고 하지만, 그 같은 쥐꼬리만큼의 혜택은 하등에 소용없는 것이다. 가장 좋은 방법으로 꼭 들어맞는 예는 될 수 없으나, 2년 미만자들은, 한족 중국인들 수십만 명이 어제도, 오늘도 그리고 내일도 계속 해먹고 있는, '난민비자(protection visa)' 케이스를 노려볼 만하다. 일단 인터뷰에서 통과되지 못해도 안(案)이 법정으로 넘어가는 동안, 연방법원에까지 상소하다보면 자그마치 3~4년에서, 4~5년이란 합법적인 체류시간을 얻어낼 수 있으므로, 그러는 사이에 풍수(風水)가 다시 또 어떤 식으로 되돌아올지는 아무도 모를 일이기 때문이다.

이런 좋은 기회를 놓치지 말아야 한다. 한족 중국인들이 다 해먹는 '케이스'인데, 우리 조선족 동포들이라고, 그렇게 순수한 척, 애국주의자인 척 외눈감고 못 본 척 할 필요는 없다. 또한 그 몇몇 밀탐(密探)을 자처하고 나서는 자생 스파이들의 눈치를 볼 것도 없다고 본다. 원래 배부른 자는 배고픈 자의 절박함을 잘 모르는 법이다. 자기 배만 부르니 밥 달라고 하지도 않거니와, 배고픈 자에게 빵을 주기 위해 함께 목줄과 핏대를 살구는 나그네들을 하나라도 본 적 있었던가, 이제야말로 자기 살 궁리는 자기가 알아서 할 때다.

빨리 서둘러야 한다. 아마도 11월 선거 이전까지는 숨을 돌릴 시간이 주어질 것 같기도 하다. 민주당은 당론이나 대다수 의원들이 이민옹호법안을 지지하고 있으나 선거전 성사시키는 데 협조할 경우 이민사회의 표심이 부시 공화당에게만 돌아가는 동시에 구호뿐인 이민개혁으로 공화당을 공격할 무기도 잃어버릴까봐, 아마도 11월 선거 이전 확정을 꺼리고 있는 것으로 관측되고 있기 때문이다.

다빈치 코드의 진실

세계 문화, 예술, 교육의 최중심지인 뉴욕에서, 만약 10명 이상의 여성들이 손에 같은 제목의 책을 들고 있다면, 그 책은 반드시 천만 부 이상 팔린 초대형 베스트셀러일 수밖에 없다. 조앤 K. 롤링의 「해리포터(Harry Potter)」가 그랬고, 댄 브라운(Dan Brown)의 「다 빈치 코드(The Da Vinci Code)」가 그랬다.

그렇게 책을 좋아하는 미국 국민들 속에 어쩔 수 없이 함께 휘말려 읽은 「해리포터」에 이어서, 올해 또 읽은 「다 빈치 코드」는 나뿐만 아니라, 전 세계를 경악 속에 빠뜨리고 있다. 특히 하나님을 믿는 크리스천들에게 있어서, 「다 빈치 코드」는 한마디로 소설이라는 미명 아래 진리를 왜곡하고 허위를 내포하고 전파하고 있다고 볼 수 있겠으며, 성경 학자들의 말을 빈다면, 역사적 진실을 터무니없게 왜곡하고, 위증적, 가공적, 그리고 허위적 오류들을 마치 진실인 것처럼 묘사한, 한마디로 '양의 탈을 쓴 늑대'와 같다 하겠다.

그렇지만 또한 소설을 쓰는 작가로서 어디를 뜯어봐도 작가의 기발한 상상에 의해 만들어진 소설임에 틀림없건만, 그토록 전 세계의 기독교인들이 모두 들고일어나는 것을 동의할 수 없다. 물론 그 기인(起因)은 브라운 자신이 TV에서 인터뷰를 할 때, 자신의 소설은 예술적 이론을 제공하고 기독교 신앙에 대한 사실을 말하고 있다고 주장했기 때문이 아니었나 싶다. 실제로 브라운은 여러 편의 글을 통하여 가톨릭교회가 수세기 동안 사람들을 속여왔다고 주장하면서 거리낌 없는 비판을 진행하였다. 또한 이 문제에 대해서 당당하게 논의할 자신이 있음을 장담하고 나선 데서, 결과적으로 전 세계 크리스천들의 반격을 당하게 되었고, 따라서 그의 일련의 소설들은 전부 유명세를 타게 된 것이다.

「다 빈치 코드」는 바로 그런 논란이 만들어낸 세계적인 초대형 베스트셀러다. 그런데 오늘은 그것이 영화로 만들어져 나왔을 뿐만 아니라 곧 개봉하게 된다고 한다. 한국에서는 국내 상영을 막기 위해 한국기독교총연합회가 나섰으며, 며칠 전에는 또 야당 대표 박근혜까지 나서서 '신성 모독 규제'까지 입법화할 수 있는지 검토해보겠다고 밝히고 있지만, 이야기 줄거리 자체는 보통 독자들이 좋아하는 퍼즐, 음모론, 역사, 반전 등의 모든 요소들을 고루고루 다 갖추고 있어서 상당하게 인기를 누릴 것으로 예상된다.

특히 기호학 교수인 주인공이 다 빈치의 그림들을 통해 예수의 비밀을 풀어가는 과정에서, 더구나 예수가 마리아를 아내로 맞아 그 계보가 이어지는 가운데 후손들을 보호하려는 측과 예수의 성경 계보를 지키려는 측이 암투를 벌이게 되는 내용은 가히 교계를 뒤흔들 만큼 충격적이다. 여기서 화가 다 빈치는 이런 예수의 비밀을 지키는 결사체의 일원으로 등장하게 되며, 그 같은 역사적 진실을 자신의 그림들 속에 암호, 즉 '코드(Code)'로 숨겨두었다고 이야기하고 있는 것은 그 책 자체가 성경만으로(sola Scriptura)라는 프로테스탄트들의 주요한 진리를 무너뜨리고 있다고 보고 있는 당대의 성경 학자들에게도 충분한 이해를 보내지 않을 수는 없다.

그런데 이제는 소설도 모자라서 또 영화까지 만드느냐며 반발하고 있는 교계를 향하여 말하고 싶은 것은, 분명 한편의 소설임이 분명한데, 그것에다가 하나님을 믿는 세계 모든 신앙인들의 심령 속에 모셔져 있는 그리스도의 인격을 함부로 거론하지 말라는 것이다. 책한 권 영화 한 편으로 해서 분명한 진리가 비역사적으로 묻혀진다고 아우성치고, 더욱이 포스트모더니즘에 살아가는 현대인의 입맛에 맞추기 위해 영지주의, 여권주의, 그리고 선정적이고 신비적인 글이라고 몰아붙일수록, 그로해서 성도들의 신앙심이 더 굳건해지는 것은 아님을 명심할 필요가 있을 것이다.

잊지 말아야 할 것은, 하나님을 믿는 성도들도 수천만이지만, 믿지 않는 비기독교인들도 또한 수수천만이라는 사실을 간과해서는 안된다. 오늘날 한국 교계, 나아가서 미국의 교계가 보여주고 있는 그같은 일방주의 때문에 비기독교인들은 오히려 기독교인들이 믿는 신앙의 절대 가치와 표준을 심정적으로 동의하지도 않을 뿐더러 받아들이기도 어렵다는 것을 잊어서는 안될 것이다. 특히 다종교사회를 이루는 한국이나 미국에서 상식선을 넘어서고 있는 교계의 지나친 행동으로 말미암아 일반인들에게 기독교와 복음에 대하여 마음의 문을 닫게 할 빌미를 주어서는 안된다. 따라서 별로 하나님을 믿지 않는 조선족 동포들, 그 가운데서나마 열심히 교회생활을 하고 있는 동포들에게는 권고하고 싶다. 그 같은 영화는 부득이 볼 필요가 없다. 가뜩이나 뿌리도 깊지 않은 유약(幼弱)한 신앙심이 흔들릴 수 있기 때문이다.

자, 地獄이여!

'바람구두를 신은 사나이'로 불리는 프랑스 시인 아르튀르 랭보 (Arthur Rimbaud)는 한마디로 어느 날 갑자기 이 세상에 나타난 괴물과도 흡사했다. 적어도 당시의 파리의 시단(詩壇)은 16세의 랭보를 그렇게 받아들일 수밖에 없었다. 마르크스주의 탄생과 함께 '파리 코뮌'으로 세계가 들끓던 1870년대, 공산주의라는 유령이 인류의 삶 속으로 막 스며들기 시작하는 때에, 어쩌면 '세상을 바꾸기 위해선 먼저 인생을 바꿔야 한다.'는 랭보의 시 세계와, 세계 전체를 바꿔야 한다고 주장하는 공산주의는 당시의 사회적 맥락과 어떤 연관이라도 있는 듯싶기도 하지만 그것은 아니다.

사회주의자들이 보았던 공산주의 이상의 종착역과 또 다른 랭보만의 피안은 그 당시 엄청난 사상적 도발성을 가지고 두각을 내밀기 시작했던 독일의 철학가 니체의 '권력의 의지와 초인 사상(Wille zur Macht und Ubermensch)'에서 말한 대로라면, '선악의 피안'으로 요약되기도 한다. 그러나 니체와는 달리 랭보가 추구했던 자유는 한마디로 '자유를 위한 절대적인 자유'였다.

니체가 자유 속에서 보았던 그런 '권력의 의지' 같은 것과는 아무런 상관도 없는, 서로가 다른 것이었다. 오죽했으면 후세사가들이 자유를 찾아 광분하다시피 했던 그의 발에다가 '바람구두'를 신겼을까, 죽을 때에 "난 뼈만 남았답니다. 날 보면 놀라게 될 것입니다."는 편지를 쓰며, 그동안 무기 밀매 상으로 변신 퇴폐와 방탕으로 흠뻑 젖어 더 이상 시를 쓴 적 없었던 랭보의 마지막 인생은 참담하기를 이를 데 없었다.

그가 시인으로 활동한 시간은 16세에서 19세까지 단지 3년에 불과하다. 37세의 한 평범한 장사꾼으로 세상을 하직할 때까지의 그 뒤의 20여 년 인생은, 더도 말고 한시기 동안 그와 동거를 했던 P.베를렌과의 한단락 로맨스만 봐도 얼마나 황당하였던지를 짐작할 수 있다. 동거 중에 동성애로 발전하여 베를렌은 신혼의 아내마저 버리고 랭보와 한 이불 속에서 뒹굴었고, 어느 날 술에 취한 베를렌으로부터 권총에 맞았으나 죽지 않고 살아나기도 한다.

그 후로부터 네덜란드·자바·북유럽·독일·이탈리아·키프로스 등 여러 곳을 유랑하는 도중에는 닥치는 대로 사창가의 기생들과도 놀아나며 어느 날 매독이라는 불치병을 얻게 되지만, 매독에 의한 그 죽음 자체마저도 그 당시 인류를 지배해오고 있었던 모든 종교에 대한 랭보만의 혐오와 함께 거센 반발감으로 드러나고 있음을 알 수 있다.

일생 동안 예수도, 알라도, 마르크스도 믿지 않았을 뿐 아니라 모든 신화의 벽을 부수고 "브알라! 쎄 르 시에클 당페르!(자! 지옥의 세기여!)"라고 외친 그를 기리는 사람들이, 그가 죽은 지 이미 백 년도 더 되는 오늘까지도 그를 좋아하는 원인을 알 것 같다. 한마디로 탕아(蕩兒)였으며, 신동(神童)이었으며, 저항시인(抵抗詩人) 혹은 방랑아(放浪兒)로 불리는 랭보의 자유야말로, 인간의 본원적인 영원한 가치를 내재한 '자유를 위한 자유로운 자유'였기 때문이었다. 다시 거꾸로 설명하자면, 세상에는 자유롭지 못한 자유도 있다는 뜻이 된다. 때문에 영원한 방랑, 미지, 미답의 다른 모습을 완성하면서 매독으로 죽었던 천재 시인을 하나로 관통하는 모습은 오늘을 살아가는 우리에게 구경 무슨 메시지를 던져주고 있는 것일까?

　더도 말고, 바로 며칠 전 미국을 방문한 후진타오(胡錦濤) 중국 국가주석을 환영하는 백악관 환영식장에서 괴물처럼 불쑥 튕겨나와 소리를 쳐댄 중국 여자 왕원이(王文怡)를 놓고 말해보자. 아무리 '민중의 자유를 민중의 손이 닿는 거리에 두는 나라' 미국이라고 해도, 편한 심정으로, 그리고 절대적으로 받아들이지는 못하겠는데도, 오늘 갑자기 백 년 전의 프랑스 시인 랭보를 이야기하는 것은, 중국 현 정권을 반대하는 사람들의 모습을 미국에서 살며 보아왔던 나 자신과, 다시 백 년 전의 랭보가 추구했던 오로지 '자유를 위한 자유'는 서로 만나는 것 같으면서도 결과적으로는 서로 만날 수가 없는, 즉 하나는 권력의 의지를 보는 피안에서, 나는 보다 송두리째 자유의 불덩이로 화한 랭보 쪽의 그 같은 자유를 숭상하기 때문이다.

　그렇더라도 절대 착각하지는 마시라. 가령 CNN 화면에서 생생하게 비친, 후진타오를 향해 "파룬궁을 탄압하지 말아달라."고 소리치는 중국 여자의 당돌한 모습도 역시 미국같은 서방국가에서 부르짖는 자유일 수 있으나, 그것은 필경 파룬궁이라는 수상한 종교 세력의 권력과 그 의지에서 보여지는 자유일 것이다. 공산주의가 산생하던 19세기 후반기의 자유를 치열(熾熱)과 법열(法悅) 속에서 살아갔던 랭보와 그 광경은 결코 하나로 겹쳐지지는 않는다. 마지막으로 랭보의 시 한 구절을 불러보자. '아아, 내 마음의 감동이 열중할 수 있는, 그런 시대가 오게 하라.'

망건 쓰고 갓 쓰냐, 갓 쓰고 망건 쓰냐

당초 노무현 대통령 후보를 좋아했던 원인 가운데, 차라리 상투 틀고 망건 쓰고 갓 쓰고 도포 입고 나앉으면 그 누구한테도 잘 먹혀 들만큼이나 구수한 얼굴 생김생이가 한몫 단단히 했었음을 지금 털어놓는다. 그런 편한 모습의 서민 대통령이 좋을 것이라는 생각은 지금 보면 더없이 허황스런 판단이었음에도, 그나마 요 몇 해 동안 끝없이 빗나갔던 것을 굳이 승인하고 싶지 않았는데, 오는 여름에는 그 외도(外道)가 절정에 닿았듯이, 여차하면 김치맛까지도 쉽사리 변할 것 같은 오월, 노무현 대통령은 어디서 쉬고 뜬 김칫국을 잘못 잡수셨던 모양이다.

또 한번 북한으로 간다고 부득부득 나서는 DJ가 이번에도 또 김정일과 만나 무슨 큼직한 감이라도 하나 물어오게 하기 위하여 자기는 '할만한 양보는 다 할 것'이라는, 금번 해외순방길의 호언(豪言)은 몇 가지 의미로 들린다. 특히 DJ로 놓고 말하면 전임 대통령이라는 체면도 있고 한데 결코 빈손으로 보낼 수는 없지 않으냐, 그러니 현임 대통령인 내가 직접 나서서 몸소 봉물짐을 챙겨드리지 않을 수 없다는 암시 같기도 하다. 이럴 때 미국에서는 엘렌 사우어브레이 인구·난민·이민 담당 차관보가 직접 하원 국제관계위 청문회에 참석하여 "탈북자 6명에게 난민지위를 부여함으로써 미국의 탈북자 망명 프로그램이 정식 가동했다."고 하는 바람에 이번에는 전 세계가 놀라게 되었다.

그동안 빛 좋은 개살구 모양으로, '북한인권법'이라는 것을 만들어 놓고, 줄곧 마른 번개만 치고 정작 비는 별로 내리지 않던 미국이 마침내 북한정권을 압박하기 위한 본격적인 실질 작업으로 들어가고 있음을 선포한 것이다. 즉 이제부터는 벼락도 치고, 무더기비도 내리고, 여차하면 폭우까지도 가차없이 쏟아 붓는다는 소리다. 벌써 어제와 오늘 사이에도 또 탈북자들의 미국 망명에 관한 소식 보도가 연락부절한 가운데 맨해튼을 달구던 탈북연예인 마영애 씨 관련 뉴스도 이제는 뒷전으로 밀려나고 말았다. 특히 북한의 입장에서 볼 때 미국의 탈북자 수용은 그간의 위폐 및 인권공세에 이어 자신들의 주민들까지도 기꺼이 데려가겠다는 것이기 때문에 상당히 심각하게 받아들이지 않을 수 없는 것이다. 그럼에도 불구하고 이 나라 한국 정부만은 어쩔 수 없이 발등에 불이 붙고 나서야 허둥지둥 불길을 털어막는 식의 임시처변으로 그때그때의 위기를 모면하고자 한다.

아닌가, 오늘도 열 명을 잡아보내면 스무 명이 덤으로 묻어나오는 탈북자 문제는 이제 모든 인권을 외쳐왔던 나라들의 체면을 뒤틀어 잡고 집요한 위협과 채근을 멈추지 않고 있지만 당장 피비린내가 나지 않는 이상 노무현정권은 과연 눈썹이나 한 대 꿈쩍하고 있는지가 의심스러울 지경이다. 때때로 심각한 탈북자 문제들이 화농되어 곪아터지는 사건, 이를테면 탈북했던 동포들이 이번에는 다시 탈남하여 미국정부로부터 망명을 승인받는, 그래서 결과적으로 곪은 고름 투성이가 바깥으로까지 터치고 나오는 사건이 생겨나더라도 오늘의 노무현정권은 다만 그것을 일과성(一過性) 뉴스로 지나쳐버리고 있다. 인터넷에서 만난 동반자살자들이 어느 여관에서 시체로 발견됐고, 음주운전 중 승용차가 화물차를 들이박아 몇몇이 죽었고 하는 기사들과 별반 다를바 없는 수위선에서 간주되고, 그러다가도 저 남쪽 제주도나 또는 부산 같은 고장에서 태풍이 들이닥쳐 인명이 손상되고 상전(桑田)이 벽해(碧海)로 되는 큰 사건이 불거졌을 때야 더 말해서 뭣하겠는가.

그래서 우리는 대외적으로 어제의 DJ정권과 함께 오늘의 노무현정권에 이르기까지 배고픈 북한 주민들을 빌미로 무작정 김정일 독재정권의 배만 잔뜩 불려주었던 '햇볕'정책과, 또 대내적으로는 정권을 잡은 이 나라의 386 세대들과 보수우익들 간의 휴전없는 이념투쟁을 지켜보면서, 오늘도 탈북의 길에 오르고 있는 북한의 동포들은 부지불식간에 다 잊어버리고 있는 것이라도 아닌지, 또 남 걱정 잘하는 미국 덕분에 가까스로 숨통을 붙여왔던 한국이었음에도, 이 나라의 땅 평택에서는 작금도 '반미자주화'의 깃발이 휘날리고 있을 때, 배고픈 탈북자들은 중국으로, 몽골로, 동남아로, 여기저기로 살길을 찾아 헤매고 있음을 알아야 한다. 세상 내로라하는 잘난 국회의원들이, 혹은 정치인들이 거의 매일 만나 악수하고 밥 먹고, 골프 치고, 성추문을 일으키고 할 때도, 탈북자들은 죽자 살자 숨어 다니고, 쫓겨 다니고, 잡혀 나오고 팔려가고 있다. 시민단체들이 거리로 나와서 떠들지 않으면 나라가 금방 낭떠러지로 떨어질 것처럼 소리소리 함성을 계속 울리고 있는 동안에도 탈북의 길에 오른 북한의 여인들은 끽소리 한마디 없이 팔려간 집에서 몸을 내맡기고 가고 오는 슬픈 여름을 맞고 있다.

한탄하고 절규한다. 도대체 이 나라 한국은 무슨 나라이며, 국회는 무엇을 하는 곳이며, 시민단체들은 또 왜 저렇게 피나게 발버둥치는지, 거기다가 기세등등하게도 나라의 군경들을 상대로 덤비고 있는 '범대위' 양반들은 또 무슨 도깨비고기를 잘못 잡순 탓인지, 매일과 같이 보기 싫은 정치인들의 얼굴은 거의 매회 뉴스마다 방영되고 지면마다 큼직하게 박아나오는 뻔뻔스러움 속에서 한국은 또 선거전으로 끓고 있을 때, 과연 DJ할아버지 방북은 무엇이 그렇게 시급한 사안이란 말인가, 필시 이번에도 또 도둑놈 보따리를 연상시키는 큰 봉물짐을 마련해들고 김정일 아버지께로 진상하러 가고 있음이 분명하거니와, 한편으로 나라 안에서는 시위대에 얻어맞은 공권력이 진창 속에 자빠져 코피까지 흘리고 있는데도 노무현 대통령은 망건 쓰고 갓 쓰고 도포까지 차려입고 동네마실을 나다니며 청풍명월이나 읊고 나앉은 것이 아닌가 싶다. 알 수가 없다. 때가 어느 때인가, 과연 순서대로 상투 틀고 망건 쓰고 그 위에 갓을 쓴 것인지 모르겠다. 굳이 이 비유가 통할 것 같으면 이 나라 한국의 정치야말로 망건 쓰고 갓 쓰자는 얘기가 아닌 것 같다. 이 그래 먼저 갓 쓰고 나중에 망건 쓴다는 망발이 아니면 무엇이란 말인가! 오호라(嗚呼), 통재로다!

농민이 잘사는 세상이 와야

농번기(農繁期). 갑작스럽게 미국 뉴욕을 떠나, 잠시 중국 연변을 여행한다. 들끓는 인파 속에서 생존이 그 자체의 아귀다툼으로 흠뻑 뒤덮여 있는 뉴욕, 이 거대한 시멘트 공간을 훌떡 벗어나, 연길 공항에서 신풍촌 옛 논두렁길로, 장백시장 뒷동네까지 쭉 뻗어나간 수풀길에서 새삼스럽게 안겨오는 정취에 눈물이 왈칵 쏟아지려고 한다.

중국에서 작가협회를 공식 탈퇴하기 전까지, 처음이자 마지막으로 딱 한번 받아보았던 문학상, '연변일보'가 주최하고 한국 '제일제당'에서 후원하는 2001년 여름 소설부문 수상작품 「오동잎새 아래」를 창작할 때, 소설 속의 원형인물이었던 장백향 신풍촌의 순실이라고 부르는 어린 계집애가 바로 이 수풀길로, 하모니카를 잘 부는 한족(漢族) '개장수'의 아들과 함께 팔짱을 끼고 걸어오고 있었다.

그때 철길을 하나 사이에 두고, 나는 밤에는 철길 이북의 신풍촌 4대에서 자고, 낮에는 철길 이남의 신풍촌 5대로 건너와, 그 마을에서 숨어지냈던 20여 명의 북한 탈북자들과 함께 연길 공군부대 농지를 빌어 몰래 참외농사를 짓고 있었다. 이광수의 소설 '흙'을 읽고, 그 소설 속의 동네 살여울에서 살았던 주인공 허숭(許崇)처럼, 신풍촌을 창작기지로 삼고 생활체험을 하고 있었던 나는, 참외사러 왔던 그 개장수의 아들과 함께 나타난 순실이가 머리를 푹 떨어뜨리고 서서 "순호 아저씨, 나 저 사람한테 시집간답니다."고 말하며 눈물방울을 뚝뚝 떨어뜨리던 모습을 지금도 잊을 수가 없다.

참외밭으로 통하는 오솔길 수풀가에 활짝 피어난 화사한 코스모스와 소박한 들국화가 맑은 바람결에 고갯짓하는 모양에 취해 가끔씩 멍청하니 서서 구경하던 중에도 여러 번 부딪치곤 했던 순실이의 슬픈 마음을 아는지 모르는지 들길 옆 냇가에서는 늙어버린 갈대만 흰 북숭이를 햇살에 번쩍이며 물결처럼 쓸리고 있었다. 바로 그 연길의 농촌 신풍을 연길시 정부에서는 이미 2000년부터 철거하기 시작했고, 내가 연길을 떠나던 2002년의 여름, 신풍촌 철길 이남은 한창 불에 타고 있었다.

오늘 다시 보는 신풍촌 들녘에서는 더 이상 날곡을 쪼아 먹고 살이 찐 참새 떼들이 화라락 하늘로 날아오르는 모습을 구경할 수가 없다. 한마디로 연변 농촌에 대한 이 같은 씁쓸한 추억은, 8억 이상의 농민을 가지고 있는 중국 농촌에 대한 이 나라 해외 화교들이 갖게 되는 정서의 추억들과 별로 다를 바가 없을 것이다. 오히려 연변보다도 더 형편없는 고장들도 수두룩하겠지만, 그중에서도 괜찮은 연변도 이미 돈 벌어드리는 큰 공업들은 모두 망가져버렸다. 무슨 연변고무공장이니, 석현제지공장이니, 개산툰팔프공장이니 하는 것들도 모두 관내(關內)에서 나온 한족들의 손에 넘어가버렸다.

이미 중공업은 철저하게 작살났고, 경공업도 돈 될만한 것들은 거의 모두 팔려버린 상태, 그렇더라도 연변의 가난함은 결코 과거의 인정스러움에 대한 나의 추억을 앗아가지는 못한다. 그 추억 가운데서도 농촌의 추억은 더욱 앗아가지 못한다. 비록 어려웠을망정 정이 가는 시절은 어렸던 우리들로 하여금 추수 끝난 해란강, 두만강기슭의 빈 들을 헤매며 떨어진 나락이삭을 줍게도 만들었고, 또 홑 무명옷에 양말도 없는 맨발로 겨우살이 땔감을 하느라 낙엽 재인 일광산, 모아산을 허기지게 오르게도 했었던 그 추억 말이다.

그런데 이제는 그 농촌도 어제의 농촌이 아니다. 농촌은 젊은이들이 떠나버렸고, 여자들이 떠나버렸고, 다 떠나버렸다. 돈 없어 학교 못 가고 타민족의 노리개로 전락해야 했던 계집애 순실이도 마침내는 한족 개장수집 아들을 헌신짝같이 차던지고 사이판으로 돈 벌러 달아나버렸다고 한다. 이제 내가 보는 들녘은 한 몇 해 전까지만 해도 그나마 늙은이와 아녀자들에 의해 농번기는 장식되고 했지만, 지금은 시골마다 늘어가는 것은 빈 집뿐이다.

부락공동체의 그 정많던 무너진 농촌은 삭막하고 스산하기를 이를 데 없는 농번기 속에서 깊은 슬픔과 함께 고즈넉이 가라앉아 있다. 언제 터질지 모르는 돈 없는 촌놈의 장가 못 든 울분만 하루 이틀씩 그 사타구니 속에서 터져나고 있다. 어떻게 할 것인가, 뭐니 뭐니 해도 농민이 잘사는 세상이 와야만 오늘과 같은 이런 탈 도시의 행렬이 이렇듯이 슬프고도 처참하게 버려져 있는 농촌으로 다시 돌아오게 할 수 있을 텐데 말이다.

오랫만에 찾은 고향 연변의 사라진 농촌 옛 그루터기를 걸으며, 오늘에 비추고 있는 6월의 뚜렷한 햇볕으로 금방 내일의 조락을 보는 듯하여 당황스럽다. 만약 여름 햇볕뿐이 아닌 사회 전체와 체제 전반이 이 가난해가고 있는 농촌을 정녕 살려내지 못하고, 농민들을 정녕 행복하게 만들지 못한다면, 그 막중한 죄의 대가를 어느 정권인

들 감히 감당할 수가 있으랴 싶다. 괜히 발걸음만 무거워지는 이 여
름을 여행하고 있다.

뉴욕의 한인들 왜 이렇게 죽을 쓰나

지금 한창 진행되고 있는 뉴욕주 하원의원 선거에 출마하였다가 민주당 예비후보 자격을 상실한 것으로 판정받은 플러싱 제22지구 테렌스 박 후보의 현상은 과거와 어떤 확연한 차이를 가져다줄 것인가. 언론은 대체로 두 가지 논조로 쓰고 있다. 무작정 테렌스 박을 지지해야 한다는 논조와 테렌스 박 후보만이 우리 코리안의 정치력 신장의 길이 아님을 주장하는 논조다. 한마디로 지지와 반대라고 볼 수 있는데, 그 지지와 반대의 차이, 그리고 과거와 현재의 차이는 무엇인가를 한번 점검해볼 필요가 있다. 다시 말하자면 테렌스 박 후보의 하원의원 선거에 흥취를 가지고 있는 모든 사람들은 매번 '오늘의 테렌스 박 형편과 어제의 테렌스 박 형편은 다르다.'고 한결같이 주장하고 있지만, 정작 필요 시각에서는 어째서 이처럼 도로아미타불이 되고 있는지 생각해봐야 한다.

당초 민주당에서 오랫동안 함께 일해오면서 필요할 때마다 한인 사회를 찾아 지원을 부탁하고 또 실질적으로도 많은 도움을 얻어가곤 했던 존 리우의원이 테렌스 박 후보를 지지하지 않고 같은 계의 중국인을 지지할 때는 그에 대한 배신감으로까지 치달아 올랐던 것이 사실이었지만, 그때도 지금도 한인들은 아주 고약하게 괄목할 만한 특징을 하나 보여주고 있다. 즉 모든 잘못을 '나'밖에서 찾는 버릇이다. 어떤 잘못도 그 원인진단에는 자연스럽게 '나'를 제외한 다른 사람들과, '나'를 포함시키지 않은 이 미국이라는 나라의 사회구조 및 국가제도가 대상이 돼있고, 그렇게 보는 데 오래전부터 이골이 나있음을 보여주는 한 현상이 바로 오늘의 테렌스 박 후보가 처하게 된 처지다.

일단 시간은 급하고 자격은 얻어야겠으므로 주 대법원에 소송을 신청해놓은 것에 할말은 없다. 어떤 결과가 나올지는 아무도 모른다. 그러나 부끄럽다. 한인사회가 정작 지명 청원서 중 표지(Cover Sheet)에 나와 있는 지지 서명자 5백 명도 만들어내지 못했다면, 이것은 이제 단지 테렌스 박 후보의 하원의원 선거를 떠나서 논해봐야 할 심각한 문제가 아닌가 생각한다. 적어도 이민 1세기를 넘기고 있는 한인 교포들의 정치에서 성공적이지 못한 이유는 결과적으로 정치뿐만 아닌 삼교구류(三敎九流) 모든 삶의 모습들에서 그대로 여실하게 드러나고 있음을 본다. 그 가운데서도 한인사회의 전체경제를 보면 문제가 제일 심각하다.

이민 연수가 오래된 사람들이 아직도 하고 있는 사업대부분이 이민 초기에나 하는 사업 그대로이고, 그들로부터 정치에 출마하고자 하는 후보들이 힘을 얻어내기는 글렀다. 많은 인종집단들이 이민 초기에서 벗어나 훨씬 수익이 많은 고급업소로 발전해 가는데 한인들만 늘 그 세탁업, 음식점, 청과물상, 부동산업들이다. 개인적으로는 오늘까지도 청소부가 압도적이라고 한다. 어느 때인가 워싱턴대학

청소부 3백 명 중 1백 명이 한국인이라는 집계가 나왔던 적도 있었다. 보스턴의 배청소도 거의 대부분이 한인들의 독차지다. 그나마 영세업도 한인들끼리 과당경쟁을 하고, 한인들끼리 팔고사서 가격만 터무니없이 올려놓고 있다.

한인 사이 거래가격이 비한인 사이 거래가격보다 쌀 때 한인경제는 나아지겠지만 그 반대가 돼 있으니 공멸할 것임은 뻔하고, 그 마당에서 정치후보생들이 누구한테서 무슨 돈을 얻어내어 활발한 활동을 벌여보겠는가. 그럼에도 불구하고 한인회장들은 입만 열면 40만 한인이니, 50만 한인이니 하고 매일과 같이 뻥치기로 매스컴을 타고 다니지만 정작 한인후보 지지서명자 5백 명도 만들어내지 못하고 이처럼 죽을 쑤고 있는 모습은 결과적으로 한인사회 전체가 스스로 정직하지 않고, 성실하지 않고, 스스로 노력해서 실력을 쌓고 있지 않기 때문이라는 좋은 설명이 된다.

한인사회 대부분이 구조와 제도를 논하는 민주당에 들어 남의 탓만 하다, 정작 '네가 경쟁의 주체가 돼서 네 힘으로 해봐라'는 주체적 상황을 만나게 되니 어쩔 수 없이 이처럼 부끄러움만 당하게 되는 것이다. 그런다고 공화당은 민주당보다 좋고 민주당은 공화당보다 나쁘다는 소리가 아니다. 다만 정치는 구조와 제도를 논하기 전에, 그리고 남의 행위를 탓하기 전에 자기부터 먼저 점검하는 풍토를 가지고 있어야 한다.

그런데 그렇지 못한 한인사회는 자기가 얼마나 도덕적이고, 자기가 얼마나 성실하고, 자기가 얼마나 실력을 갖출 수 있는가를 따지는 버릇이 없고, 그런 의식도 갖고 있지 못하기 때문에 오늘까지도 정치력신장을 성공해내지 못하고 있는 것이다. 이제라도 늦지는 않았다. 오로지 눈을 '나' 밖으로만 돌려 '나'밖의 모든 것이 잘못돼 있다고 생각할 것이 아니라, 먼저 '나'를 찾고 먼저 '나'를 척결하는 데서부터 시작하여 두 번째, 세 번째 테렌스 박 후보가 오늘의 테렌스 박 후보가 마시고 있는 쓴 고배를 다시 마시는 일이 없도록 해야 한다. 그러나 '호사다마'라고 눈앞의 어려움에 낙심하지 말고 계속 분발하기 바란다.

뉴욕의 한인사회와 함께하는 조선족 동포사회

　　뉴욕의 한인사회가 정치력 신장을 이뤄내지 못하고 있는 주책임은 뉴욕한인회가 져야 한다. 뉴욕주 하원의원 선거에 나선 테렌스 박 후보가 민주당 예비 선거에서 당한 낙선의 고배도 뉴욕한인회가 감당해야 할 몫이 크다.

　　예년과 달리 한인들의 역량이 총집결되었지만 유권자 수의 절대적인 역부족 현상을 체험한 데는 그동안 한인회가 커뮤니티 대표기관으로써 자체의 위상과 강화에 실패했음을 보여주는 대목이다. 가장 단적인 현상은 바로 뉴욕에 거주하고 있는 조선족동포들의 한인사회 참정권을 박탈한 데서부터 비롯된다.

　　돌이켜 회고하기도 부끄러울 지경으로 회비를 바치러 온 전미조선족동포회의 집행부 임원들과 기념사진을 찍고 회비까지 받아챙기면서, 그것도 한국 국내가 아닌 미국에서 꼭 같은 이민자들임에 불구하고 '국적'이 다르다는 명분을 내걸고 조선족동포사회와의 인위적인 장벽을 만들어내는 데 한몫을 한 김기철 전 한인회장과 이경로 현 한인회장의 문제점을 주시한다.

이제 뉴욕의 조선족동포들은 적지 않게 중국계를 지지하는 쪽으로 가고 있다는 입소문이 돌고 있다. 그동안 한인사회와 중국계 커뮤니티사이에서 가교역할을 해낸다는 좋은 명분을 내걸고 '각답양지선'한다는 비평에도 불구하고 밥은 한인사회에서 벌어먹고 아첨은 뉴욕중국총영사관에 가서 떨어대는 전미조선족동포회 관계자들의 추한 몰골을 여지없이 보여주는 대목이다.

그러나 그들이 과연 진정으로 뉴욕, 나아가서 미동부지구, 더 나아가서 전 미주지역의 조선족동포사회를 대표하는 커뮤니티로 자리매김할 수 있는가, 또는 자리매김할 수 있게끔 동포들 모두 함께 공감하는가는 앞으로 많은 시간을 두고 달리 의논해야 하는 문제다. 당장 눈앞에서 테렌스 박 후보를 지지하고 응원하는 조선족동포사회의 입장과 변화에는 뉴욕한인회가 반성하고 자성해야 할 몫이 크다는 것을 밝히고 넘어가지 않으면 안된다.

따라서 앞으로 선거에서는 미국 유권자들을 파고들어야 하며, 여기에는 한인들과 함께 특히 영주권, 시민권 신분을 획득한 조선족동포들도 적극 동참해야 한다는 생각이다. 그 과정에서 역시 중요한 것은 조선족동포사회 전체를 포괄하는 한인 커뮤니티 자체의 위상 강화이다.

이번 선거 결과를 지켜 본 필자의 입장에서는 무엇보다도 이경로 한인회장을 위시한 현 뉴욕한인회 집행부가 그 누구보다도 앞장에서 발벗고 뛰어야 하며, 가급적 모든 커뮤니티들에 호소하여 흩어진 역량을 집중시켜야 한다고 주장한다. 그 첫 보조로 한인회는 한인들의 주집거구인 플러싱지역, 나아가서 퀸스지방을 떠나 홀로 동떨어진 맨해튼에 자리잡고 강건너 불보기로 테렌스 박 후보의 처우를 대할 것이 아니라 가급적 플러싱지역 한복판으로 솔선수범하고 들어와야 한다.

뉴욕한인회는 전통적으로 한국의 정치 지도자들이 뉴욕을 오면 꼭 방문하는 커뮤니티대표기관이며, 따라서 뉴욕 한인들의 정치적 대표성을 띠는 기구임에 틀림없다. 이런 대표성을 띠는 기관이 뉴욕에서도 한인들이 제일 많이 모여 사는 플러싱 지역의 삶의 한복판에 솔선수범하고 들어와있지 않고 있는 것 자체가 가장 심각한 문제 가운데 하나이다.

입만 열면 40만 한인사회를 대표한다느니, 50만 한인사회를 대표한다느니 하는 허풍을 그만 놓아야 한다. 필자가 볼 때 현재 뉴욕시에 한인 교포는 10만에서 20만으로 추정된다. 그중 플러싱 지역만은 적어도 2만에서 4만 명의 교포가 거주하고 있는 것으로 판단된다. 유동 한인 인구까지 합치면 5만 명에서 6만 명은 충분히 될 것이다.

또한 눈감고 테렌스 박 후보를 지지하리라 요량되는 99퍼센트 이상의 조선족동포들도 3천 명에서 5천 명 정도 추산한다. 비록 중국계에 다소 밀리고 있기는 하지만 이제 노던 블러바드를 중심으로 새로운 한인 상권이 형성되고 유니온 일각에서는 조선족상권도 슬슬 모습을 드러내고 있는 실정이다. 미국인들이 바라보는 한인들 속에 조선족의 인상은 색다른 구별이 없다.

하나의 코리안으로서 그들의 정치력신장을 위한 응집력은 뉴욕 플러싱 지역에서 나타날 수밖에 없다. 최근 몇 년간 보여준 조선족동포들의 활동도 전부 플러싱지역을 중심으로 진행되었다. 보다 나은 주거 환경을 위해 거주지를 롱아일랜드로 옮기든, 뉴저지 지역으로 옮기든 간에 미국 내에서 우리 한국 이민자들과 중국에서 온 조선족동포들을 바라보는 시각은 플러싱 지역에서 비롯되고, 또 플러싱지역에서부터 시작된다고 할 수 있다.

이번에 민주당 예비 선거에서 중국계 후보들은 미국 주류 정치가들로부터 지지를 약속받았고 그 결과 중국계 후보가 당선이 되었으며 오는 11월 6일 본선거에서도 중국계 후보가 최종 당선될 것으로 보인다. 여기에는 중국계를 지지하고 후원하는 모임에 동참한 조선족동포들도 일부분 존재한다. 그 이유는 역시 중국에서 온 동포들이고 국적상 중국적을 소지하고 있기 때문이라는 점을 무시할 수 없다. 또한 그들 스스로가 '중국인'임을 자청하는 까닭이기도 하다.

그러나 조선족동포들은 99퍼센트가 한인사회에서 일하고 돈 벌어 살아가고 있음을 명심해야 한다. 즉 플러싱을 중심으로 한 한인사회가 조선족동포들의 주생활터전임을 무시해서는 안된다. 이제 뉴욕 한인회와 뉴욕조선족동포사회는 과연 우리 뉴욕 교포(동포)들이 지향하는 가치가 어디에 있어야 하는지를 진지하게 함께 고민해야 하며, 교포(동포) 이민자들의 생활상이 극명하게 드러나는 플러싱 지역에서 한 코리안으로서의 같은 목소리를 집결하는 지혜를 터득해야 한다.

뉴욕한인사회, 따라서 뉴욕조선족동포들의 미국사회를 살아가는 방편으로 정치적인 파워를 키워내는 힘은 오로지 자신들의 생활터전인 한인사회와 함께하는 조선족동포들의 커뮤니티 활동이 왕성해야 한다. 이러한 활동을 나아가서 중국계 커뮤니티들과 미국 주류 사회가 인식할 수 있게 해야 한다. 이미 신분을 해결하고 투표권을 소지한 조선족동포들은 한인사회와 함께 정치에 참여해야 한다. 이 면에서 뉴욕한인회와 뉴욕조선족동포사회는 물론 뉴욕의 모든 한인 언론들은 시비와 흑백에 모호하지 말고 보다 거시적이고 장기적인 차원에서 진지하게 검토해 주기를 기대한다!

세계조선족네트워크 바람직하다

'세계조선족너트워크' 건설에 미국의 '뉴욕조선족통신'도 함께 동참하기로 했다. 해외 조선족의 첫 인터넷 전자신문임을 표방(標榜)하면서 만들어진 '뉴욕조선족통신'은 미 동부지구 조선족 최대 네트워크를 형성하고 있다. 목적은 하나다. 매일과 같이 전 세계로 흩어져 가고 있는 조선족을 하나의 네트워크로 잇는 작업, 여기에 동참하지 않을 수 없다.

발기자인 재일본 조선족 연구회 이강철(李剛哲) 박사는 조선족의 국제화를 실현해보자고 하면서, 여기에 미국의 동포들이 앞장에 서 줄 것을 바랐다. 그러나 나는 국제화에 앞서 지금 미국의 조선족 동포들은 당초 사회공동체를 형성할 때의 초심이었던 '조선족의 정체성 확립'과 '한인 사회와의 융화', 그리고 '한민족 동질성 회복'이라는 거창하던 건설개혁을 모조리 상실했음을 슬프게 생각한다.

그 누구도 의욕적으로 추진하려고 하지 않기 때문이다. 원인은 그 누구도 이 개혁의 지도 지침을 어떻게 잡아야 하는지 알지 못하고 있기 때문이다. 대체적인 동포들의 합의를 추정한다면 조선족은 한국인들과 하나의 핏줄로 이어졌으며, 한 뿌리에서 났으며, 같은 민족이라는 데 반론을 제출하는 사람은 아무도 없다. 다만 살아온 사회와 정치적 배경만이 다를 뿐이다.

지금으로부터 1백여 년 전 우리의 선조들은 아시아로 밀려들고 있었던 서양문물을 외면하다가 나라까지 잃었고, 그 바람에 중국으로 건너왔다. 대신 발빠른 국제화를 추진한 일본은 한국을 식민화할 수 있었다. 그때의 국제화 핵심은 앞선 외국문물을 배워 나도 남과 같이 할 수 있도록 자기변신을 하는 것이었다면, 오늘은 단순히 남의 것을 배워 소화만 하면 되는 것이 아니고, 과감하게 밖으로 나가 전혀 모르던 타민족들과 함께 더불어 살아가는, 즉 기존의 삶의 터전을 버리고 자기 인생 자체를 국제화하는 것이다.

그동안 12억 인구의 운명을 걸고 수십여 년 동안 추진해왔던 중국의 사회주의도 허명뿐인 사회주가 되어버렸다. 사회주의 혁명이라는 명분도 이미 없다. '중국특색의 사회주의'란 결국 '중국특색의 자본주의'라는 말과 전혀 다를 바 없다. 결국 자본주의 경제를 도입하고 국제화 경쟁에 뛰어든 덕분에 옛 사회주의 국가들 속에서 제일 먼저 소생했다. 그 곁에 자그마한 거울 하나가 있다. 바로 북한이다. 1백여 년 전 문 닫아걸고 살다가 나라를 잃어버렸던 대원군의 '쇄국정책'에 못지않게 북한이 자멸로 접어들고 있음을 가장 가까이에서 가장 피부로 느끼며 보아왔던 조선족에게는 얼마 전까지만 해도 중국이라는 국가는 우리 삶의 정치, 경제, 사회, 문화 등 모든 영역에서의 기본 단위일 수밖에 없었다. 그래서 연변의 국경인 두만강과 훈춘의 방천은 우리 삶의 자그마한 테두리를 정해주는 벽이 되어 있었다.

대부분의 사람들은 태어나서 죽을 때까지 그 국경을 넘지 않고 살았으며 평생 한 가지 말을 쓰고, 한 가지 돈을 사용하고, 한 가지 법을 지키고 살다 삶을 마쳐야 했다. 그런데 그 법을 깨버리고 그 시대를 종말지은 것이다. 그리고 그 앞장에 바로 미국의 조선족 동포들이 선 것이다. 누구에 의해, 무슨 정신으로 서있는지 모른다. 삶의 공간이 국경으로 막혔을 때의 인간의식과 사회제도는 삶의 터전이 전 세계로 넓어졌을 때에는 바뀌어야 하는데 바뀌지 못하고 있을 뿐만 아니라 더 퇴보하여 중국의 '문화대혁명' 시기로 되돌아간 듯한 느낌을 주고 있다.

'세계조선족네트워크'의 한 멤버로 동참하게 되는 '뉴욕조선족통신'이 해야 할 일이 생겼고 나아가야 할 방향과 취지도 확정된 셈이다. 이때까지 몸에 배었던 재미 조선족 동포들의 중국 국민이라는 의식을 나무라지 않는다. 그 의식과 함께 세계 시민의식을 갖추지 못하고 있는 제일 큰 문제를 해결해줘야 한다. 그것을 해결하는 데 앞장서야 한다. 무제한의 국제경쟁이 벌어지고 있는 세계적인 시대에 살면서도 자기가 살다 온 국가가 제도적 보호를 해주기만 너무 기대한다면 잘못이라는 것도 깨우쳐줘야 한다.

그렇게 함으로써 그 여느 나라에서 살고 있는 조선족들보다도 의식과 제도의 국제화를 먼저 실현해내는 것이다. 그리고 국제화를 전제로 고쳐가지 못하고 있는 우리의 잠재의식을 좌우하고 있는 낡은 체제, 낡은 교육, 낡은 문화와, 낡은 법제도를 과감하게 고쳐가도록 인도해야 한다. 그러나 고쳐지지 않을 때는 버리게끔 인도해야 한다. 버릴 수 없을 때는 외면이라도 하게 해야 한다. 나아가 바른 국제감각을 가진 사람들로 또 다른 새로운 사회공동체를 건설하게 하던지, 아니면 기존의 사회공동체를 개변시켜내게 하던지 해야 한다. 국제화란 별것이 아니다. 모두 다같이 국제적인 감각을 가지고 살아가는 것이다.

김문학술래에서 헤어나야 한다!

　　이들 소위 김문학반대론자들의 "김문학은 악질 친일파다.", "이완용이나 송병준 같은 '을사오적'들보다도 더 가증스러운 신친일파다.", "한간문인이다.", "이런 미친개는 살려두면 안 된다."는 식의 질타에서 유심히 보아야 할 또 다른 점은, 그것이 이분법의 구조를 명확하게 보여준다는 것이다. 즉 존재와 비존재이든, 삶과 죽음이든, 선과 악이든, 가짜와 진짜든 세상을 분명한 이분법으로 인식하고 있다는 것이다. 더 나아가 이 세상의 모든 사랑과 증오, 옳음과 그름, 그리고 친일파와 반일파를 가장 근원적 이분법 구조인 '있음과 없음'에서, '사랑과 증오'에서, '옳고 그름'에서 철저하게 환원하고 있는 것이다.

　　물론 김문학의 많은 부당한 논조는 동의하지 않으며 침을 뱉는다.

　　그러나 내가 존경하는 김관웅이나 조성일 같은 우리 조선족의 최고 학자요, 평자로써 이런 식으로 세계를 인식하는 이분법식의 한 사고방식에는 분명하게 동의하지 않는다. 학자가 아니고 평자가 아닌 보통 인간들이 이분법적 사고를 하게 되는 것은 무엇보다도 인식의

'편리함' 때문이다. 우리가 감지하는 세계는 삼차원의 세계이며 우리는 그 안에 살고 있다고 믿는다. 그러므로 사고의 대상을 사차원적으로 인식하고 분석하기는 과학적 가설이 아니고서는 불가능하다는 것도 승인한다. 그리하여 대상을 최소한 삼차원적으로 인식하는 것은 가능하지만, 그렇게 되면 사고의 주체가 대상을 자신의 인식 체계 안에서 마음대로 다루기 어렵게 되어 결과적으로 대상에 대한 확실한 '인식적 통제력을 갖고자' 하는 욕망이 더 발랄해지는 것은 불 보듯 뻔하다.

따라서 자연스럽게 대상을 자신의 조건보다 한 단계 낮은 차원으로 환원해서 다루려고 하게 되는 경향이 나타나는 것을, 김관웅, 조성일 브라브라 대(對) 김문학 남영전 브라브라 몇 판 승부가 너무 잘 시사해주고 있다. 또한 이와 같은 이분법적 접근은 김관웅이나 조성일 같은 최고 학자, 평자들의 욕구를 '손쉽게' 충족시켜주며, 그들에게 동조하는 반대론자들의 인식의 효율성에 많은 편리성을 제공해주는 것도 사실이다. 물론 그에 따른 동조자들의 사고의 단순화와 편협함이라는 대가를 지불할 수밖에 없지만 말이다.

물론 이분법적인 사고가 어느 정도 양극이나 또는 음극, 암컷이나 수컷 같은 동방철학의 이원론적 자연법칙에 근거한다는 것도 간과할 수 없지만 그 보다 더 주목해야 할 사실이 있다. 그것은 바로 나를 제일 먼저 포함하여 인간들은 항상 대상을 대칭적, 또는 등가적 이분 구조로 보고 있는데 이골이 터있다는 사실이다.

문제 중의 문제다. 햄릿이 행복과 불행, 사느냐 죽느냐 같은 문제를 항상 대칭적이고 등가적인 이분법으로 보고 있어 헤어날 수 없는 고민에 빠진 것이 아니고 무엇인가. 삼촌이 국왕인 아버지를 살해했다는 사실을 아버지의 유령으로부터 듣고 알게 된 햄릿, 그래서 괴로 위하는 그의 존재론적 고민이 얼마나 심오한지는 모르겠지만, 분명히 드러나는 것은 햄릿이 모든 상황을 등가적 이분 구조 안으로 우겨 넣기 때문에 그는 아무 것도 할 수 없게 된다는 사실이다. 더구나 모든 것을 '존재인가 비존재인가' 하는 근원적 대립과 선택으로 환원했던 것이 바로 그와 같은 결과를 낳은 것이다. 김문학의 찬성론자들에 대한 김문학의 반대론자들의 사고방식과 너무 적중하는 부분이다.

만일 김관웅이나 조성일 같은 사람들이 자신들의 주장을 이분법적 구조로 보지 않았다면 훨씬 더 전략적인 비판의 계획을 세우고 김문학의 수상한 논조와 이 논조에 적극적으로 동조하는 찬성론자들의 의중을 문단사회에다가 백일하게 폭로하고 두 번 다시 기사회생할 수 없도록 철저하게 소멸해버렸을 수도 있었을 것이다. 최근에도 계속 문화대혁명식의 투쟁구호와 흡사한 비판의 발언을 쏟아내고 있는 이 대단한 학자 평자들의 사고방식에는 상당한 문제점이 거침없이 노출되고 있다. 즉 바로 이들의 학자, 평자답지 못한 이분법적 사고가 반대론자들을 심복하게 만들 수 있는 다양한 가능성 자체를 스스로 가로막는다는 사실을 깨닫지 못하고 있는 것이다.

지금 김관웅과 조성일 두 사람은 자신을 이분법적 갈등의 중심에 놓음으로써 스스로 이 이분법놀이의 술래가 되어버렸다. 이렇게 함으로써 그들의 비판의 발언은 그들에게 반대하였던 사람들에게는 당연하거니와 찬성하며 함께 동참하였던 협력자들에게조차도 억압하는 심리를 조성하게 되었다. 이를테면 일괄하게 김문학을 절대적인 '반민족', '한간문인', '을사오적'보다 더 나쁜 '신친일파' 이런 식으로 아주 철저하게 규정지어버리고 과거 김문학을 찬성하였으나 지금은 속으로 옳지 않음을 느끼면서도 다만 체면 때문에 감히 반성하지 않고 있는 반대론자들 내지 참회론 자들까지도 일괄하게 '붉은 것과 검은 것'의 구조 안으로 환원시켜, 그들에게 '비존재의 선택'을 강요하고 있는 것이다. 다시 더 찍어 말하면 '검은 것'에서 '붉은 것'에로 오라고 부르는 것이 아니라 아주 '검은 것'이었음을 강요받아내고, 영원하게 '검은 것'이 되어버리라고 인도하고, 유도하고, 나아가 핍박하고 있는 것이다.

김문학은 나쁜 논조도 많이 발설하였지만, 정말 김관웅이나 조성일 같은 사람들은 열 번 죽었다가 스무 번 다시 태어나도 감히 말할 수가 없을 성 싶은 아주, 그리고 정말 대단하게 좋은 '반문화지향의 중국인'과 같은 글들도 당당하게 써낸 또 다른 장점에까지도 흙탕을 끼얹고 모자라 그 흙탕으로 자신들의 얼굴까지 새까맣게 칠해가고 있는 것은 참으로 안타까운 일이 아닐 수가 없다. 그리고 흙탕을 같이 칠해가면서 '반문화지향의 중국인'과 같은 좋은 비평서를 '반중국, 반공산당 대독초'로 무차별 몰아댄 김관웅의 '조금은 제정신이 아닌 듯싶은 평론'에다가 '연변문학상'까지 안겨드린 것은, 그야말로 김문학이 연변을 가리켜 "극좌병원"이라고 비웃었던 것의 올가미에 아주 노래 부르고 춤춰가며 즐겁게 걸려든 것이다.

난센스라도 이런 난센스가 없다. 이제 김문학의 표현을 좀 패러디하면 '연변극좌문단'의 대표적인 인물이 되어버린 조성일과 김관웅이 소위 직접 편찬해놓은 듯싶은 스물 몇 가지의 "김문학의 '반문화지향의 중국인' 중의 반화(反華) 망언"이라는 것도 하나, 둘 따져보면 평소 바로 조성일이나 김관웅 같은 사람들이 가장 숭배하고 우상화하기에 여념이 없는 항일혁명투사 김학철옹이 일본군에게 다리를 잃고 일본군의 감옥에 갇혔던 형량 몇 배 이상의 형량을 공산당의 감옥에서 지내고 나와 말년에 작품 활동을 진행하면서 가장 많이 모택동을 비판하곤 했던 언론들과 부합되는 부분이 상당하게 많다. 나는 김학철옹이 남영전의 꼬임에 들어 멋도 모르고 김문학을 괴재라고 칭찬했다고 보지만, 적어도 '반문화지향의 중국인'과 같은 좋은 비평서를 김학철옹이 직접 읽어보았다면 남영전의 꼬임이 아니더라도 김학철옹은 김문학을 대함에 있어서 절대로 김관웅이나 조성일식의 이분법이 아니라 오히려 김학철 본인이 아주 미워했던 모택동식, 그리고 공산당식의 '하나는 둘로 나누어야 한다'는 관심법을 적용했을지 모른다는 생각도 해보게 된다.

더도 말고 저 유명한 '있음과 없음'의 독백 직후 오필리아를 만나서 그녀의 정직과 순수함에 대한 논쟁을 할 때에 순수와 비순수의 단순한 대립을 존재와 비존재의 근원적 이분법으로 환원시키면서 오필리아에게 "수녀원으로 가라."고 몇 번씩이나 명령조로 강요하는 햄릿을 생각해보자. 이는 이분법의 자충수에 빠져, 이 이분법의 노예가 되어버린 햄릿 왕자가 오필리아더러 '이 세상에서 없어지라'고 강요하는 것과 무엇이 다르단 말인가. '붉은 것'과 '검은 것' 중의 붉은 김관웅이나 조성일 등 반대론자들이 검은 김문학을 지지하였던 남영전이나 최삼룡, 이임원 같은 사람들을 모두 이 세상에서 없어지라고 하면 저들 붉은 것들끼리만 혼자서 붉은 기 휘두르며 살아가겠다는 것인가.

'검은 것'을 검다고 말하고 '나쁜 것'을 나쁘다고 말하는 용기도 가상하지만, 자신들이 너무 '붉디붉은 것'에 대한 창피함 때문에 그것을 숨기기 위한 방편으로 '붉디붉은 것' 대(對) '슬쩍 검은 것'의 대결투쟁을 매일같이 호소하는 것은 내가 보기에 '검은 것'보다 더 검고 '나쁜 것'보다 더 나쁘다. 김문학도 언젠가는 그자신이 '반문화지향의 중국인'과 같은 상당히 감동적인 좋은 비평서에서 많은 좋은 말을 했듯이, 다른 나쁜 비평서에서 상당히 나쁜 논조를 많이 설파했던 과거를 뉘우치고 자신이 한참 오버했었음을 깨닫게 될 날이 오리라는 것을 확신해야 한다.

미국의 인권운동가 마팅 루터 킹이 말콤 액스가 폭력투쟁의 길을 걷다가 암살되는 비극을 당했을 때에 "이 비극적인 악몽은 우리에게 증오는 증오를 낳을 뿐이며, '칼을 치우라'는 예수님의 가르침이 여전히 유효하다는 깨달음을 준다."고 말한다. 또 "원한과 증오는 숙명의 날을 향하여 전진하는 사람들이 감당하기에는 너무나 무거운 짐이라는 사실을 깨달아야만 한다."고 말한다. 그러면서 또 "증오는 증오의 객체에게나 증오하는 주체에게나 똑같이 해로운 것이다. 발견되지 않고 자라나는 암덩어리처럼 증오는 인격을 갉아먹고 신체의 통일성을 파괴한다."고 말한다.

두말할 것도 없이 우리들의 내부에 존재하는 갈등의 대부분 뿌리가 증오에서 오고 있다. 흑인운동이 활발하게 일어날 때에 킹 목사는 백인들에 대한 흑인들의 증오심을 극복시켰다. 그리하여 흑백 이분법을 넘어섬으로써 흑인운동을 승리로 이끌 수 있었고 그 연장선상에서 백인들까지 앞 다투어 오늘의 흑인대통령에게 투표하는 진정한 승리를 이룩할 수 있었다. 각설하고, 김문학의 찬성론자 가운데 한 사람이었던 연변대 조문학부 교수 유연산은 가는 곳마다에서 나를 가리켜 '미국 중앙정보국의 특무'라고 날조하고 다닌다고 한다. 그러면 그의 피해를 받고 있는 나는 그를 미워할 수밖에 없을 것이다. 나는 그럼 유연산을 까께베특무라고 날조해야 하는가? 그럴 수는 없을 것이다. 유연산이 날조를 널어놓고 있던 마당에서 길림신문사 박문희 부사장이 "유순호가 미국중앙정보국의 특무라고 하면 이런 엄청난 비밀까지도 알고 있는 당신은 무슨 사람인가?" 반문해서 유연산이 입이 꺽 막혀버렸다는 일화를 전해 들었다.

네가 이러면 나는 무엇인가, 또는 나가 이러면 너는 무엇인가, 이러한 논리 앞에서 '너는 검기 때문에 붉은 내가 검은 너를 때린다'거나 '검은 너를 때리는 나는 붉다'는 식의 논리야말로 '자강도의 검둥개 제주도의 흑돼지를 흉보고, 똥 묻은 개가 겨 묻은 개에게 멍멍'거리는 식이다. 좀 더 풀이해서 거꾸로 말하자면, 겨 묻은 개도 똥 묻은 개의 멍멍거리는 소리가 아주 우렁우렁하고 매력적이어서 똥 묻은 개에게 추파를 던지는 다른 개들도 꼬리 젖는 것을 허용하지 않으면 안 된다. 다원주의라면 이것도 다원주의다. 왜 '붉은 것'들만 존재하고, '검은 것'들은 존재하지 못하게 만드는가, '검은 것'도 존재해야 한다. 오히려 '검은 것'이 점점 더 많아지고 '붉은 것'이 점점 더 사라져가는 시대에도 우리는 '붉은 것'의 존재를 허용하고 그 존재의 정당성에 대하여 충분하게 시인하고 있듯이 말이다.

이제 나는 나의 동년배 문인으로써 김문학의 총명하고 뛰어난 재질과 그 재질이 빚어낸 학술적인 탐구에 대하여 승인하지 않으면 안 된다고 호소한다. 김문학이 친일파가 되고, 김문학을 비판하던 홍용암이 희세의 독재자 '김정일 장군님의 전사'가 되던, 그리고 내가 서방제국주의 졸개가 되던 모두 자유여야 한다. 김문학이 이런저런 수상한 논조의 저서들을 물밀 듯이 쏟아내고, 스승을 사기 쳐 돈도 챙기고, 홍용암이 김정일 장군님의 충신이 되어 북한에서 영화에까지 나오고 '나는 장군님의 전사'라는 시집을 수만 권씩 발행하여내는 재간을 승인하지 않으면 안 된다. 김정일이 무서워 장군님의 전사에게는 한마디도 못하는 김관웅이나 조성일이 유독 김문학을 향하여 혼자 잘난 척 갈퀴를 휘둘러대는 것은 어불성설이다. 잘한 일 같지만 결코 자랑스러운 일은 못된다.

그리고 보다는 김문학의 좋은 비평서들에 대해서는 당당하게 인

정하고 칭찬해줄 줄 알아야지 일괄하게 미친개로 치부, 시한부 지나
버린 노신의 명언을 빌어 '죽을 때까지 때려야 한다'는 문화대혁명식
의 발상으로 비약하는 것은 그야말로 금물이다. 다행스럽게도 노신
은 공산당이 나라를 전취하기 전에 일찍 죽었으니 말이지, 만약 죽지
않고 살아 '문화대혁명'을 겪었다면 결과는 두 가지다. 김학철옹처럼
10년씩 감옥살이를 하지 않았으면, 곽말약처럼 풍파문인이 되었을
것은 불 보듯 뻔하다.

이제 김관웅, 조성일 등 김문학논조의 반대론자들은 김문학의 술
래 잡이에서 빠져나와야 한다. 이분법의 사고방식에서도 해방해야
한다. 계속 지금처럼 나가다가는 오히려 응대 한마디 없이 꾸준하게
저술활동을 진행하고 있는 김문학의 패자로 되어버릴 가능성이 십분
크다. 이것은 진정한 위기다. 이 위기를 해탈하는 법으로 김문학의
반민족적인 친일논조를 보면서도 계속 김문학의 역성을 들고 있는
찬성론자들이나, 아니면 김문학의 '반문화지향의 중국인' 같은 좋은
비평서도 속궁리는 빤하면서 '반당, 반화 대독초'라고 몰아붙이는 김
관웅과 조성일 같은 사람들이나 모두 한번쯤 주먹으로 자신들의 콧
등을 때려보기 바란다. 쏟아져 나오는 새빨간 코피가 땅에 떨어져
굳어버릴 때에도 계속 새빨갛게 보인다면 손바닥에 장을 지지겠다.

여기여, 총을 들어라!

　　오래 전 리차드 가넷(Richard Garnett)은 "남성과 여성은 서로 손을 잡아야만 천국으로 들어갈 수 있다."고 말한 적이 있다. 구약성경에서 말해주듯이 함께 떠나왔던 천국으로 남자와 여자가 함께 돌아가야 함을 강조하고 있다고 보면 틀림없을 줄 안다. 그런데 숫자상으로나 생물학적으로나 다수적 위치에서 남자보다 훨씬 우월한 여자들의 위에 군림하려고 했던 인류의 치졸한 남성들은, 어느 날 문득 자신감에 위기를 겪게 되었을 때, 위로는 과학자들이나 사상가들이 먼저 나서서 여자가 남자보다 열등하다는 것을 증명하기 위한 많은 작업을 펼쳐왔다.

　　19세기가 가장 혹심했다고 말할 수 있다. 당시 과학자들은 여성의 두뇌가 남성의 두뇌보다 작다는 사실 하나만으로도 여자들은 남자들보다 지능이 낮으며, 혹은 더욱 감정적이며, 정신적인 압박에 견디지 못하고 창조성이 부족해서 한없이 따분하며, 급한 때는 항상 기절이나 하고 신경질적이며, 몽상이라는 병을 앓고 있으며, 경제에 대한 관념이 희박해서 사회에서 할 수 있는 일은 고작 천한 일이 아니면 반복적인 일, 혹은 하녀나 유모, 그리고 훈련을 잘 받아야 가정교사나 될 수 있을 뿐이라고 단정해 놓고 있었음에도, 여성들의 열등성을 주장하는, 혹은 여성들의 능력을 제한하는 이와 같은 전설들은 깨지기 시작했다.

제1차 세계대전이 끝나고, 제2차 세계대전에 이르기까지, 다음 제2차 세계대전이 끝나고 오늘에 이르기까지 2억이라는 생명이 무참하게 사라지는, 도무지 끝이 보이지 않는 악몽과 같은 전쟁이 전선에서 끝없이 벌어지고 있는 동안 남자들은 무더기로 고기부대가 되어 피범벅으로 스러져갔고, 후방에서는 그렇게 남자들이 앞장에서 죽음으로 지켜가고자 했던 '근육주의'시대가 서서히 종말을 예고해가고 있었다.

얼마나 많은 근육주의 남성들이 비워놓은 직업 전선을 여자들이 차지하기 시작하더니, 어느덧 인류의 여성들 속에는 마리 큐리(Marie Curie)가 나타났는가면, 마리아 헤스(Maria Hess) 그리고 완다 렌도우스카(Wanda Landowska)같은 과학가 예술가들이 나타나기 시작했다.

정말 못나고 치졸한 '근육주의 시대 맹장'들이 어떻게 여자들의 활약상을 비아냥거렸는지는 각설(却說)하고, 위대한 시비주의자들은, 천재들, 화가들, 시인들, 철학자들, 과학자들의 대부분이 남성들이라는 사실을 부인할 셈이냐! 끝없이 이어질 수 있는 이런 사실들을 통하여 여성들을 비교할 때 항상 여성들이 보잘것없는 성적을 보이는 사실을 어떻게 부인하는가 하고! 그러면서 전자는 여성 세계에 레오나르도 다빈치가 있느냐고, 미켈란젤로가 있느냐고, 셰익스피어가 있느냐고, 돈느가 있느냐고, 갈릴레오, 모차르트, 바흐, 칸트, 뉴턴, 그리고 아인슈타인과 프로이드와 같은 인물이 있는가 하고 호소하더니, 후자는 거기에서 모자라 중국 상고적의 은주(殷紂)를 들먹이고 양귀비를 물고 늘어지는 모습이 슬프기까지 하다.

중국의 히스토리만 보더라도 그렇다. 삼황오제에서 시작한 역대 왕조 어느 나라인들 남자 황제들이 망쳐먹지 않았던가, 오히려 망해 가는 나라를 구하기 위하여 한목숨을 초개같이 던져버린 여자들이 참으로 많았음을 잊어서는 안될 것이다. 그 여자들 속에는 물론 천한 기생들까지도 있었음을 우리는 모르지 않다. 여자가 소위 자기능력의 한계를 넘어서는 성취를 이루어낼 때 속좁은 남자들의 옹졸함은 그것을 받아들이지 못하게 되며 여러 가지로 불편함을 드러내는 것을 볼 수 있다.

그러나 그러함에도 불구하고 세계는 어느덧 여상상위시대로 급격하게 돌진해왔다. 인도여성 비자야 락스미 펜대트(Vijaya Laksmi Pandit)가 유엔의 첫 여성총장으로 선출되었던 것이 1953년 9월에 있었던 일이었다. 따라서 1960년에는 서리마보 반다라나이케(Sirimavo Bandaranaike)가 스리랑카의 대통령으로 임명되었고, 또 6년 지나 1966년에는 인디라 간디(Indira Can-dhi)가 인도 수상으로, 그리고 1969년에는 골다 마이어(Golda Mier)가 이스라엘 수상으로, 1970년에는 핀타스실고(Pintassilgo)가 포르투갈 수상으로, 그리고 1979년에는 그 유명한 태쳐부인이(Thatcher)이 영국 수상으로 임명되었다. 위대한 남자 모택동이 다스리던 중국의 문화대혁명 속에서 중국 국민들이 무더기로 굶어죽어갈 때, 과연 이들 여자가 다스렸던 잘사는 나라들이 얼마나 망했는지가 의심스럽다.

치졸한 남자들의 눈에 불편했던 여자 대통령은 그 후에도 볼리비아에서, 유고슬로비아에서, 그리고 도미니카에서도 육속 나왔으며,

노르웨이, 파키스탄, 리투아니아, 하이티, 니카라과, 아일랜드 프랑스 등 국가들에서도 여성 수상을 배출해내기에 이른다. 이렇게 전 세계에 걸쳐 수많은 최고위직을 여성들이 차지하게 되었지만 이것은 아직도 조그마한 시작에 불과할 따름이다.

벌써 지금으로부터 백 년 전 메튜 아놀드(Mathew Arnold)는 "장차 여성들이 일류 발전에 함께 동참하는 날이 온다면 그때 세상은 이제껏 어느 세대도 누리지 못했던 엄청난 힘을 경험하게 될 것이다."고 예언한바 있다. 이미 21세기 인류는 음성양쇠(陰盛陽衰)의 시대를 맞은 지 오래되었다. 영국의 엘리자베스 1세 여왕은 지난 5세기 동안 영어권 세계의 주인공이었고 현재의 엘리자베스 2세 여왕도 여전히 영어권 세계의 중요 인물이다. 네덜란드의 비트릭스(Beatrix) 여왕도 그의 모친 쥴리안 여왕이나, 조모 윌헴미나 여왕 만큼이나 높은 인기를 얻고 있으며, 한국에서는 박근혜, 미국에서는 힐러리가 인기절정을 달리고 있다.

과연 나라와 백성들을 드바삐도 못살게 굴었던 모택동이나, 전 소련의 스탈린, 그리고 그 강대하던 소련공산당을 망쳐먹었던 고르바초프에 이르기까지, 그들은 누구라도 나서서 너무나도 많은 인류의 멋진 여성들을 향하여 "암탉이 울면 나라가 망한다."고 소리를 치지는 못할 것이다.

멋진 여자들과 비할 때에 그에 미칠 수 있는 스스로의 강점(强占)과 미칠 수 없는 스스로의 한계를 탄회(坦懷)하게 승인할 줄 알아야 한다. 그리하여 진실에서 멀어지거나, 고정적인 관념에 사로잡히는 일이 없게 되기를 바란다.

중언부언(重言復言)하지만, 진실이 여성을 해방시켜주는 것처럼 남성들도 진실에 의해 자유로워질 수 있다. 만약 여성들이 여성들의 발전을 가로막고 있는 남자들의 편견과 비아냥에서 해방되지 못하면, 따라서 그렇게 비아냥거리는 남자들 스스로도 편견과 병적인 사고방식에서 해방되지 못할 것은 자명하다. 그렇다면 그것은 슬픈 일이 아닐 수가 없다.

궁극적으로 누가 이 세상의 모든 모습을 바꿀 수 있을 것인가는 질문을 던져온다면, 거기에는 오로지 여자들일 수밖에 없다는 대답이 나온다. 그 첫 보조가 총을 들어 저 고루한 남자들의 편견부터 쏘아 넘어뜨려야 한다고 생각한다. 그리고 한 손에는 문명의 횃불도 함께 쳐들어야 한다. 사회가 어두울수록 높이 쳐든 그 횃불은 더욱 밝게 빛날 것이다. 그 횃불로 진실을 밝혀 여자들 스스로를 해방시켜야 한다. 그리고 편견과 병적인 사고방식에서 허우적이는 슬픈 남자들을 구해주어야 하는 것이 아니겠는가!

미국은 다극화 시대를 새롭게 대비해야

　아무리 변방의 소국에 지나지 않던 영국이 스페인의 무적함대를 침몰시키고 거대 무굴제국 전체를 접수하였던 찬란한 역사가 있었다고 해도, 그리고 아무리 100년도 안 되는 기간에 작은 독일이 유럽 강대국 프랑스를 세 번이나 무참히 패배시킬 수 있었다고 해도, 미국은 더 이상의 강대한 군사력만 동원하여 세계를 제패할 수 있다는 망상(妄想)에서 헤어나지 않으면 안된다.

　미국의 망상은 걸프전에서 본격적으로 비롯됐다. 스마트 폭탄과 크루즈 미사일, 위성항법시스템, 스텔스기 등 최첨단 무기를 앞세우고 한순간에 이라크를 압도해버린 미군은 세상에 무서울 것이 없는 제국주의 초강국으로 부상했고, 다시 2003년 이라크를 침공하는 전투에서 미 육군이 이라크의 수도 바그다드까지 밀고 들어가는 동안 이라크군의 전투기 한 대도 하늘에 뜰 수 없도록 만들었다.

　이 같이 정보혁명시기에 발맞춘 첨단의 군사혁명을 인류의 모든 국가들 앞장에서 가장 먼저 이룩한 미국의 군사력은 결코 모택동의 비유대로 '종이범'만은 아니었고, 미국의 대통령이 한 번 입을 악물고 마음먹기에 따라서 적국의 대통령도 잡아다가 교수대에 매다는 세계 유일무이의 초강대국으로 군림하였으나, 그들이 말끝마다 명분으로 내걸고 모든 사고사건들을 아무런 거리낌도 없이 저지르곤 하는 한 국제사회의 평화는 이뤄지지 않을 것이다.

2007년 한해만 돌아보자. 미국이 주도해오고 있는 대테러전은 내내 역풍으로만 몰아쳤다. 무릇 미국과 함께 했던 동맹국의 지도자들은 하나같이 자국의 국민들로부터 욕설에 얻어터져야 했고 종당에는 모두 권좌에서 물러나고 말았다.

'부시의 푸들'로 조롱받던 토니 블레어 전 영국 총리가 그랬다. 아시아태평양에서 미국의 '대리인'을 자처하던 존 하워드 전 오스트레일리아 총리가 그랬다. 어디 그뿐인가, 부시 행정부의 신보수(네오콘) 세력과 '찰떡 공조'를 자랑하던 아베 신조 전 일본 총리는 참의원 선거 참패에 이은 테러특별법 연장 실패로 임기 1년을 채우지 못하고 중도하차하는 울지도 웃지도 못할 희비극들이 매일과 같이 연속 부절하는 가운데, 미 서브프라임모기지(비우량 주택담보대출) 부실에 얻어맞은 세계의 경제가 휘청거리면서 미국은 마침내 '달러의 패권'을 종언하고 말았다.

중국의 인민폐가 값이 올라가면서 미국 사람들은 감히 해외여행을 못나간다. 미국 국민들에 대한 적성국가의 테러도 무섭지만 이제는 달러값이 떨어지기 시작해서 주머니사정이 신통치 않기 때문이다. 어떻게 할 것인가, 김정일 같은 독재국가의 지도자라면 10년이고 20년이고 한번 결단한 일을 뚝심으로 밀고나가볼 판이지만, 민주국가의 대통령은 말그대로 '단명귀신'(短命塊)이다. 잠깐 빛나다가 날샐 녘에 되니 금방 사라져야 하는 개똥벌레와 같이 슬프다.

레임덕에 빠져버린 부시 대통령의 신변에서는 '백악관의 타짜' 칼 로브 정치고문이 사임하면서 소위 텍사스사단으로 불리는 백악관의 싱크탱크들이 잇따라 곁을 떠나버리고 있다. 차기 대권을 노리는 한 당내의 후보들조차도 부시와 거리를 두기에 애를 쓰고 있다니, 부시에게는 2007년의 겨울만큼 쓸쓸한 겨울도 없을 것 같다.

임기 동안 내내 '악의 축'으로만 몰아쳤던 북한의 독재자 김정일을 호칭함에도 '존경' 두 자가 붙기 시작했다. 이는 무엇을 설명하는가? 대테러와의 전쟁을 명분으로 만들어졌던 동맹은 사실상에서 와해되었음이다. 과거 베트남 못지않은 이라크와 아프가니스탄에서 애꿎은 병사들과 민간인들의 주검은 쌓여 가는데 테러세력이 약화된 조짐은 없고 국제사회가 안전해지고 있는 기미는 보이지 않는다. 대신 제정 러시아 '차르'를 방불케 하는 블라디미르 푸틴 대통령이 이끄는 러시아가 매일같이 위기로 다가들고 존재감이 넓어가는 중국이 큰 구름이 되어 미국 하늘을 뒤덮는다. 거기다 핵무장을 마친 북한도 만만치 않다. 이것이 다극체제가 아니고 무엇인가!

아직도 부시 대통령은 대테러전쟁에 있어서 한치의 양보도 없이 강경하지만 이미 속빈 강정이다. 부시 자신이 내일 모레면 곧 텍사스농장행이다. 부시의 뒤에 올 어떤 대통령도 테러를 때리겠다는 명분을 내걸고 일방주의를 관철하기 위하여 반미국가들을 압박해왔던 자국의 강압적 힘에만 의존하는 세계 전략에 적지 않은 문제가 있었음을 알게 될 것이다. 때문에 미국은 세계 정치에 있어서 북한을 압박해서도 안되거니와 압박해봐야 소용없다는 것을 알아야 한다. 중국과도 마찰을 빚어 좋을 것 하나도 없다.

강압적인 군사력은 뒤로 숨기고 강대한 경제력으로 '하드 파워'와 더불어 미국만이 해낼 수 있는 세계적인 인적교류 확대를 강화하고 일본이나 영국 독일 같은 잘사는 나라들보다 저개발국지원을 대대적으로 늘이면서 파트너십을 강화하는 새로운 전략을 구사해야 한다. 적어도 중국과 러시아를 설득하고 가난한 북한을 독려할 수 있는 능력에 있어서 풍요로운 미국 땅에 남아도는 쌀과 기름과 고기를 그대로 썩히지 말고 없는 자에게 나눠주어야 한다.

2007년이 가고 있다. 대테러전쟁 주도 세력들은 날개를 감추고 역사의 뒤안길로 사라져야 한다. 무력을 앞세운 미국의 일방주의에 이라크와 아프가니스탄은 무너졌지만 반미감정은 오히려 확산됐고 미국을 무서워하지 않는 나라들은 점점 더 많아지고 있다. 이제 2008년 대선을 기점으로 미국 내지 세계 정치를 주도하게 되는 아메리카의 새로운 정권은 부시가 남긴 대테러전쟁의 후유증부터 먼저 치유하고 붕괴되어 가는 미국의 패권을 정상궤도로 바로잡아야 한다. 그리고 나아가서 일방주의만을 강요하는 패권국가가 아닌 다극화되고 있는 국제사회의 앞장에서 자기의 강점인 문화와 아이디어를 활용한 '소프트 파워'에서 제일 앞장서 가는 선진강대국으로 새롭게 거듭나지 않으면 안된다!

자본주의 조선족이 되어야

　조선족은 잘 살기 위하여 자본주의를 하지 않으면 안된다. 조선족이 돈 벌기 위하여 가장 많이 몰려 나가있는 한국과 일본, 그리고 미국은 모두가 자본주의 시장경제가 고도로 발달한 나라들이다. 반면 자본주의를 제대로 키우지 못한 나라나 공산주의를 택하였던 나라들은 경제가 별로 발전 못했거나 아니면 완전히 망해버렸다.

　자본주의가 사회주의와 다른 것은 인위적으로 만들어진 것이 아니고 인류의 조상들이 대대로 경제생활을 해오는 가운데 자연스럽게 형성된 제도라는 데 있다. 때문에 나라와 민족과 지역과 풍습에 따라서 자본주의 역시 천편일률하지 않고 각기 다른 모습으로 성장하고 있다. 미국은 미국식, 일본은 일본식, 그리고 중국은 중국식이다.

　좀 더 찍어놓고 말하자면, 자본주의가 중국에 가서는 '중국특색의 자본주의(또는 사회주의), 쿠바에 가서는 카스트로식 자본주의, 옛날 일본에 가서는 사무라이 자본주의, 그리고 남미에 가서는 인민주의적 자본주의가 되는 것처럼, 자본주의를 찾아간 조선족은 '자본주의 조선족'이 되지 않으면 안된다.

먼저 자본주의를 바라고 나갔던 '자본주의 조선족'은 꼭 '사회주의 조선족'에로 되돌아가 돈 없고 낙후한 '사회주의 조선족'이 선진민족이 되고 잘사는 민족이 되게 하기 위해 그 땅에다가 자본주의를 뿌리내리게 할 필요가 없다. '사회주의 조선족'이 현재 겪고 있는 여러 가지 어려움의 요인을 따져보면 아직도 세상 밖으로 나가 '자본주의 조선족'이 된 사람들이 너무나도 적기 때문이 아닌가 생각한다. 물론 먼저 '자본주의 조선족'이 된 조선족의 선각자들이 자기 민족의 체질에 맞으면서도 세계와 흐름을 같이하는 조선족의 '자본주의'를 제대로 만들어낼 수만 있다면 그것이야말로 금상첨화(錦上添花)일 것이다.

그러나 일단의 현재 처하여 있는 우리 조선족 민족전체의 운명과 진로를 생각하면 다만 모두 같이 '자본주의 조선족'이 되는 일만이 시급할 따름이다. 유감스러운 것은 아직까지 한국이나 일본, 또는 미국같은 나라들에서 묵직한 돈 보따리를 들고 다니는 조선족은 많이 보았지만, 그것은 진정한 의미의 '자본주의 조선족'이라고 말할 수 없다. 굳이 무슨 조선족이냐고 묻는다면 '돈보따리 조선족'이라고 부를 만하다.

그러면 무엇이 진정한 의미의 '자본주의 조선족'이냐, 거기에는 두 가지가 있다. 하나는 정신이요, 다른 하나는 체제이다. 여기서 먼저 정신을 가지고 말해보자. 정신은 두말할 것도 없이 민족의 경제적 가치관이라고 볼 수 있겠다. 그런 가치관을 가진 민족이 경제적인 부를 창조하는 과정에서 생산과 분배를 둘러싼 각 경제주체들 간의 관계를 가리켜 체제라고 한다면, 현재로 볼 때 조선족에는 아직 진정한 의미의 '자본주의 조선족'은 나오지 못했고, 권력 중심의 관료주의 사회 속에서 살아가고 있는 '사회주의 조선족'만이 많다.

먹고 사는 일이 급했던 '사회주의 조선족'은 지난 한세기 동안 조선족이라는 이름으로 불리게 되기까지 민족 전체가 경제적 번영에 눈을 돌릴 겨를이 없었다. 그것은 공산주의라는 하나의 유령과 만난 덕분이었다. 유령이 지배하는 사회는 권력이었지 경제력이 아니었다. 단지 등소평이라는 유령 속의 작은 거인이 나타나 개혁개방을 주도한 뒤로부터 지금은 많은 조선족들이 물질적 풍요를 얻기 위해 열심히 일하고 있다.

그러나 아직도 '사회주의 조선족'은 경제적 성취보다는 권력에 더 매력을 느끼고 있다. 많은 인재들이 민간기업에서보다는 정부나 또는 공권기관에서 한자리 하는 것에 더 흥미를 느끼고 있다. 권력을 얻는 것은 모든 것을 얻는 지름길이라고 생각하기 때문이다. 실제로 권력을 가진 자들이 모두 나라 돈을 훔쳐 횡재하는 세상인 것을 보면 그럴 만도 하다. 그것이 강택민과 이붕 시절에 가장 심했다가 호금도와 온가보의 시대가 열리면서 지금 다소 변하고 있기는 하지만 '사회주의 조선족'은 여전히 '중국특색의 자본주의 정신'보다는 권력에 연연하는 '권본주의 정신'을 갖고 있다고 볼 수 있다.

그런 의미에서 돈 벌려고 세상 밖으로 달려나온 '자본주의 조선족'이 되고자 하는, 오늘의 '돈보따리 조선족'들은 다리를 팔던 옆구리를 팔던 하나같이 땀 흘려 부를 축적하기 때문에 민족과 사회 전체를 경제성취 지향적 자본주의로 만들어가는 데 톡톡히 한몫을 하는 조선족의 의열단이다. 만약 그들마저 없어서 민족 전체가 권력지향의 의식구조에서 빠져 헤어 나오지 못하게 된다면 조선족은 가난뱅이가 되는 길밖에 없다.

과거 개혁개방 이전의 중국 정부를 봐도 그렇고, 오늘날 세계 공산주의 박물관으로 남다시피 하고 있는 북한을 봐도 가난뱅이들을 거느린 정부는, 그나마 가난뱅이들을 먹여 살리고자 기계를 돌려가고 있는 기업들의 먹줄을 죄일 수 있는 높은 위치에서 군림하고 있기 때문에 기업이 영원히 살아날 길이 없다.

'권력을 얻는 것은 모든 것을 얻는 지름길'이라고 생각하는 권력 취향의 사회가 되면 권력자들은 어떤 규제의 그물을 덮어 씌워서라도 기업의 먹줄을 죄여야 돈을 빼앗아낼 수 있기 때문이다. 결국 그런 식으로 기업을 죽이고 나면 나중에 가서 가난뱅이들도 죽고 자기도 죽게 된다는 도리는 전혀 급하지 않기 때문이다. 또 가난뱅이들은 배가 고파 죽게 될 때에 그냥 죽지 않고 폭란을 일으킨다는 도리도 모르기 때문이다.

때문에 뭐니 뭐니 해도 조선족은 가난뱅이가 되어서는 안된다. 잘사는 '자본주의 조선족'이 되어야 한다. 잘사는 '자본주의 조선족'이 되기 위하여 세상 밖으로 나가야 한다. 세상 밖으로 나가 땀 흘려 이룩한 부의 축적이나 경제적 성취가 더러운 권력보다 훨씬 더 자랑스럽고 명예스러운 것이 될 수 있도록 민족을 각성시켜야 한다.

그러자면 조선족은 '자본주의'를 하지 않으면 안된다. 죽어라고 일해서 잘 살아봐야 투기와 재주를 잘 부려 권력에 한자리 잡은 사람 앞에서 맥 못 추는 권력취향주의 '사회주의 조선족'이 되지 말고, 과거 서양문물이 아시아로 밀려들 때에 일본이 발빠른 국제화를 추진하여 불과 몇십 년 만에 한국을 식민화하고, 그 여파로 나라와 집을 잃은 피난민들이 두만강을 건너와 오늘의 조선족이 되었듯이, 오늘의 조선족도 발빠른 '자본주의'를 하지 않으면 안된다.

세상 밖으로 나가 '자본주의 조선족'이 되어 자본주의와 함께 살아가는 적극적 진출로 삶의 터전을 자본주의화하는 것이다. '자본주의 조선족'이 되어 자본주의 세계질서에서 온 세계를 삶의 공간으로 삼아 다른 나라에 나가 공장도 짓고, 회사도 차리고, 연구소도 만들고, 농사도 짓고, 살림집도 마련하는 적극적인 '자본주의 조선족'이 되지 않으면 안된다!

삼일절이냐, 친일절이냐

이명박 새 대통령을 봐줄 수가 없다. 대통령에 부임한 지 이제 며칠인데 벌써부터 이상한 소리를 하고 다닌다. 왜 저러는지 모르겠다. 3·1절을 맞으면서 한다는 소리가 일본을 상대로 '과거사를 묻지 않겠다'는 것이다. 그게 과거 일본의 침략을 받았던 중국을 비롯한 동남아 여러 국가들에서 일본의 식민지배와 침략전쟁의 죄악을 성토할 때마다 역대의 일본총리들이 능청스럽게 해대던 소리가 아닌가. 그것을 이명박 새 대통령이 하고 있다니.

일단 과거에 얽매이지 말고 미래로 나아가는 게 더 중요하다는 메시지로 받아들여도, 과거의 죄악을 반성해야 하는 쪽에서는 먼저 사과할 것은 사과하고 나서 함께 미래를 바라고 나가자고 청을 들어와야 하는 것이 순리가 아닌가, 그런데 순리는 고사하고 도대체 이런 능청스런 괴변에다가 함께 맞장구 쳐주는 이명박 새 대통령을 봐줄 수가 없다.

이럴 때 폴란드의 유대인 추모비 앞에서 무릎을 꿇어 화제가 됐던 독일의 빌리 브란트 전 총리가 생각난다. 그 후에도 또 "부끄러운 마음으로 겸허하게 머리를 조아립니다."며 이스라엘 의회에서 눈물을 흘린 호르스트 쾰러 독일 대통령이 생각난다. 호르스트 쾰러 독일 대통령은 또 독일인들을 향해서도 "우리의 교사·부모·언론인들이 나치의 잘못에 대해 효과적으로 설명했는지, 젊은 세대에게 제대로 역사교육을 했는지 스스로에게 물어보라."고 촉구한다. 독일에서 고개를 들고 있는 극우주의에 대해선 단호한 입장을 보여주었던 것이다.

새해 접어들면서 일본의 새 총리가 중국과 한국 외교를 개선하기 위하여 보여주고 있는 활발한 행보는 보기 좋지만 일본의 야스쿠니(靖國)신사 참배는 여전하다. 그런데 이제는 그것을 말하지도 않고 보는 척도 하지 않겠다는 이명박 새 대통령의 국어사전에도 없는 괴상한 어법대로라면, 그것은 결국 반성이라는 자체가 그동안 줄곧 미래로 가는 발목을 잡아왔었다는 설명이 되고 만다.

실용이라는 슬로건을 내걸고 아주 이상한 어법을 파생시키고 있다. 그것도 삼일절 같은 민족운명의 대대적인 기념행사장에서 손에는 태극기를 들고 '미래만을 이야기하자'는 것을, 일본의 피해당사국도 아닌 미국 의회의 의원들은 어떻게 생각할지 모르겠다.

작년에 위안부 결의안을 통과시켜달라고 활발한 로비활동을 펼쳐왔던 미국 내 한인들의 청원을 감동깊게 지켜보던 미국국회의 의원들이 그것을 방해하는 일본의 거듭되는 로비활동에도 넘어가지 않고 결의안을 통과시켜주었다. 캐나다 의회에서도 이런 비슷한 일이 있었고 유럽 연합에서도 과거사 문제에 대해 발뺌하는 일본을 비판하고 있다. 말하자면 일본이나 한국과는 너무 멀리에 떨어져 있는 유럽과 미국에서도 옳지 못한 과거는 반성하고 정말 진지한 사과를 전제하는 마당에서 다른 이야기가 통할 수 있다는 것이다.

이것은 중학생들도 알 수 있는 국제사회의 상식이다. 역사교과서 왜곡을 앞세운 일본의 우경화는 이미 하루 이틀의 일이 아니요, 일본의 총리를 만나는 동남아의 피해 당사국들은 아무리 일본이 돈이 많다고 해도 일본의 식민지배와 침략전쟁의 과거 죄악을 가지고 자국의 민족운명을 혼동하지 않는다. 일단 사과할 것은 사과하고 반성할 것은 반성한 뒤에 미래로 나가자는 것이 또한 대한민국 역대 정권의 공식적인 태도이기도 한데, 그런 모든 자존심들을 자기절로 던져버린 것이다.

그러니 일본은 얼마나 좋겠는가, 어느 멍청한 신문에 나온 기사를 보니 벌써부터 한국이 일본에 선물을 주었으니 일본도 무역역조를 해결하는 데에 성의를 보이라고 썰렁한 주문을 해대고 있다. 말하자면 대한민국을 대표하는 이명박 새 대통령은 대한민국 국민들의 허락도 없이 자기멋대로 일본의 과거사 죄악에 대한 반성의 의무를 면해주고 말았다. 그것도 삼일절날에 부인까지 대동하고 부부가 함께 손에 태극기를 들고 흔들며 말이다.

올해 삼일절은 이렇게 허무하게 가버렸다. 바로 어제의 일이지만 내년에도 삼일절은 또 온다. 이명박의 임기동안 다섯 번만 왔다가는 것이 아니고 이명박이 물러난 뒤에도 삼일절은 또 온다. 이명박의 문제만 아니고, 대한민국 국민들만의 문제가 아닌 것 같다. 해외 7백만 한인 동포사회가 당한 수치의 소치다. 그리고 일본의 침략에 수십 수백만의 민족을 살육당한 동남아 피해국가 국민들의 고통을 함부로 사고팔아서는 안될 것이다.

멍청한 대통령아! 그렇게 일본총리의 기분을 흐뭇하게 해준다고 해서 일본총리가 함부로 나랏돈 풀어 한국의 돌김을 더 사가거나 생굴을 더 사간다는 착각을 하지 말아라. 야스쿠니 신사를 참배하는 일본의 우익들은 대한민국의 친일파들보다 훨씬 더 총명하면 총명했지 절대로 멍청하지가 않다.

더도 말고 독도를 봐라. 대한민국의 깃발이 꽂혀 있고 대한민국의 군대가 지키고 있는 독도도 언제 하루라도 자기 땅이 아니라고 말할 때가 있던가. 언제 한번이라도 '그럼 독도 얘기는 그만하고, 미래로 가자'고 너스레를 떨 때가 있던가. 벌써 몇십 년째 진드기마냥 대한민국을 괴롭혀오고 있지 않은가, 그들이 들고 있는 독도라는 카드로 다른 무엇을 바꿔갈 것이 있을까 호시탐탐 노려만 오는데, 이명박 새 대통령은 일본의 입장에서 언감생심 바라지도 못했던 너무나도 큰 선물을 덥석 안겨주어버린 것이다.

대한민국 국민들의 고통만이 아닌 전 세계 7백만 해외동포들은 물론 동남아 피해당사국 국민들의 아픔에까지도 아무렇게나 소금을 던지는 이명박 새 대통령의 이런 멍청한 발언권은 반드시 회수해야 한다. '실용'이라는 이름을 내걸고 자기 주변의 땅 투기, 위장전입, 논문표절 등 온갖 부덕한 무리들을 정당화시키는 데는 할 말이 없지만 일본의 과거사까지 변명해주는 것은 용납할 수 없다. 그런 식으로 일본과 함께 미래를 나간다고 일본으로부터 무슨 경제적인 실익을 챙길 수 있다는 망상을 버려야 한다.

아직 일본으로부터 아무것도 받은 것이 없는데 "과거사는 안 묻겠으니 미래로만 가자"는 식으로 혼자 김칫국을 퍼마셔야 되겠는가!

이 대통령은 제왕적 대통령 꿈꿔서는 안돼

쥐도 궁지로 몰리면 고양이를 무는 법이다. 비유가 적절한지 모르겠다. 박근혜 전 대표는 직방 이명박 대통령을 향하여 "원칙과 신뢰가 무너졌다. 저도 속았고, 국민도 속았다." "권력이 정의를 이길 수 없다.", "대표와 지도부는 정치개혁의 철학과 의지가 없고 무능하다. 책임져야 한다."고 말했다. 강재석 대표를 말한 듯하지만 그것이 의도적인 오조준(誤照準)이라는 것을 모르는 사람들은 없을 것이다.

그런데 강 대표는 진짜 열을 내고 있다. 23일 저녁 벌겋게 열을 받은 얼굴로 '총선 불출마'를 선언하는 모습을 보며 정치를 하는 사람이 왜 저토록 천진할까라는 생각을 해보았다. 그런 식으로 살신성인하면서 "내가 의원직을 포기할 테니 공천 결과에 대해 더 이상 시비를 걸지 말라"고 해서 과연 한나라당의 내분이 종식될지가 의문이다. 그리고 그것을 감동적으로 받아들일 국민들이 과연 얼마나 될지도 미심하다.

기자들이 이 대통령의 형인 이상득 국회부의장은 계속 출마하나고 바짝 들이대자 "이 부의장이 대통령보다도 국회의원을 먼저 했다. 당은 노중청이 필요하다."며 싸고도는 한마디는 자신의 살신성인하는 공든 탑을 자기절로 무너뜨린 것이다. 오죽하면 한나라당 내에서까지 "'형님' 살리자고 이번에는 대표를 죽이냐!"는 불만이 터져 나오고 있겠는가. 주유를 찾아가 매맞기를 청하는 황개의 苦肉之計를 연상시킨다. 결국 강대표는 국민의 앞에서 살신성인하는 것이 아니고 대통령의 앞에서 생쇼를 하는 모습으로 비치게 된다. 거기에 안주라도 하듯이 불출마를 선언하는 마당에서 대통령은 전화를 걸어주고 기자들이 보는 데서 생방송을 출연하는 코미디 그 이상 이하도 아닌 듯싶다.

원래 진단이 틀리면 처방도 틀려지는 법이고, 틀려진 처방대로 약을 먹은 환자는 부작용을 일으키기 마련이다. 한나라당 총선 출마자 40여 명이 '이상득 불출마'를 촉구한 것을 권력투쟁의 차원으로 보아서는 안된다. 여기에는 한나라당의 공천을 받은 사람들이 다수가 아닌가. 또한 이 대통령 본신이 대통령으로 당선이 확정되고 나서 한 말이 있다. "당선되기 전에는 네 편 내 편 싸웠지만 이미 당선되었는데 무슨 네 편 내 편이 있냐, 다 내 편이 아닌가!" 옳은 말이다. 정권을 잡았으면 이제 대통령은 정부행정에 집중하고 당권은 내놓아야 한다.

대선 뒤 대통령당선자와의 회동에서 박근혜가 공정한 경선을 요구하였던 것은 바로 "나라의 대통령이 되었으니 당은 나한테 내놓으라."는 메시지였음을 모르지 않는 대통령이 분명 "그렇게 하마."고 약속해놓고, 그 약속이 이행되지 않자 박근혜가 마침내 반발하고 나선 것이다. 그렇다면 이제 병명은 나온 것이다. 진단을 다시 내려야 한다. 피부에 드러난 표면적인 시진(視診)만 해서는 안된다.

이 나라 정치사가 필요로 하는 당권과 대권의 분리는 오늘 어제의 일이 아니다. 과거 김재규 차지철 등 박정희 대통령의 주변에서 권력 주도권 다툼을 벌여왔던 간신배들의 총에 아버지가 죽는 것을 보았던 박근혜가 한나라당의 대표로 되면서 당권과 대권의 분리시키는 조항을 만들어넣은 것은 바로 그런 맥락에서 주목해봐야 한다. 또한 삼권분립의 헌법정신도 바로 그런 것이 아니겠는가.

이 대통령은 나라의 대통령이 되어 정부를 운영하는 국가수반의 위치에까지 올라갔으면 5년 뒤 대통령에서 물러나면서 한나라당으로 복귀하여 다시 당의 배후에서 태상황노릇을 하려는 먼 욕심을 버려야 한다. 지금 당권을 박근혜에게 돌려준다고 해서 한나라당이 5년 뒤에도 계속 박근혜의 당이 된다는 법이 없다. 당장 당권까지 장악하지 않으면 나라를 운영하는 데 힘이 모자랄 것처럼 대권 당권 다 욕심부리다가 일어난 사태를 수습하는 길은 당권을 포기하는 길뿐이다.

이 대통령은 제왕적 대통령을 꿈꾸어서는 안된다. 설사 형님인 이상득 부의장이 다시 재선에 성공하고 당내 중진으로 들어앉는다고 해도 결과는 두 가지다. 하나는 소란으로 시달려야하고 다른 하나는 허망하게 곤두박이는 길이다. 그것도 상대편 적에게 아닌 자기내부의 동지들에게 뒤집혀질 것은 자명한 일이다. 이상득을 뒤집는 힘은 내부에서 외부에서 동시에 몰려들고 있다. 벌써부터 홍사덕, 이규택 등 사람들은 "다시 한나라당으로 돌아가 이재오와 이상득을 내쫓겠다."고 공공연하게 벼르고 있는 상황이 아닌가.

시간이 얼마 없다. 늦게라도 진단을 바로 다시 내리고 처방을 다시 써야 한다. 당권을 장악하려는 욕심을 버리고 강대표의 '농가성진(弄假成眞)'의 코미디를 '농진성진(弄眞成眞)'으로 만들어야 한다. 강대표뿐만 아니라 이재오도, 이상득도 모두 물러나야 한다. 기왕 한나라당을 탈당한 친박연대들이 모두 무소속으로 출마를 선언했으므로 판결은 국민이 한다. 국민이 누구를 찍어주느냐에 따라서 당선된 사람들에게 당을 내놓아야 한다. 이러는 것이 이 대통령의 명지한 선택이며, 이런 선택을 위하여 이제는 대통령이 먼저 살신성인하고 나서야 한다. 그러는 것이 대통령 본인이 차후 국정운영에도 도움이 되는 길이기 때문이다.

영웅 장군주는 조국의 품으로 돌아가야 한다

진정한 군인은 군인이 되는 순간부터 자신의 조국에 신명을 바쳐야 한다. 따라서 자신이 조국을 위한 군인임을 명심하고 자신의 행동에 대한 책임을 지게 되는 것이다. 즉, 자신의 조국을 위하여 생명도 던질 수 있는 희생정신과 어떤 고난이라도 감내할 수 있는 만반의 준비가 되어있어야 하는 것이다. 이런 것을 가리켜 진정한 군인의 정신은 조국사랑에서 표현된다고 말한다. 그런데 이런 사랑에 대한 정신적인 믿음은 마찬가지로 조국도 나를 사랑하고 있으며, 조국은 나를 보호하고 있으며, 조국은 나에게 상응하는 영광을 준다고 확신하는 신념이 받침되고 있다. 아래 몇 가지 사례를 들어보기로 한다.

1. 조선 영웅 이인모

"이인모 동무, 동무를 보고 싶었소."
6·25 당시 포로가 되어 34년간 감옥살이를 하였던 조선인민군의

종군기자 이인모가 1993년 한국 문민정부가 출범하면서 남북관계를 염두에 둔 '인도적 차원'의 결정으로 자신의 조국에 송환된 지 한 달이 채 안된 4월 15일 자신의 생일날 직접 이씨를 병문안한 김일성 전 북한주석이 그를 부둥켜안고 눈물을 흘리며 한 말이다. 곁에 함께 서있던 김정일의 눈에도 눈물빛이 번뜩거렸고, 이 장면을 지켜보는 조선의 인민들이 모두 울고 있었다.

이 얼마나 가슴 뿌듯한 장면이었던가. 이인모는 6·25라는 민족의 비극으로 한국 전쟁 때 조선인민군 종군기자로 참전했다가 남한에서 체포되어 34년간 복역하면서 전향을 거부하여 비전향장기수가 되었던 사람이다. 한국 측의 재판 기록을 보면 1952년 남한 내 빨치산 활동 중 검거되어 7년간 복역했고, 1961년 다시 붙잡혀 15년형을 선고받는 등 34년 동안 감옥에 있었으나 1993년 자신의 조국 조선으로 송환되었으며, 송환된 뒤에는 김일성, 김정일 부자까지도 울리였던 감동의 인물, 조선 최고의 영웅으로 추대되었다. 말 그대로 한편의 영화, 드라마 같은 인생 여정이었다. 실제로 조선에서는 그의 이야기를 가지고 만든 "민족과 운명"이라는 다부작 영화도 나왔다.

2. 한국 영웅 조창호

이인모가 조선으로 돌아간 다음해 1994년 10월 25일에는 한국에서도 감동적인 장면이 출연되었다. 물론 김일성, 김정일 부자까지 총동원되었던 이인모 환영식에는 비할 바가 못 되지만, 한국의 국방장관이 이날 국군통합병원 입원실을 찾았다. 역시 6·25 당시 포로가 되었다가 43년 만에 탈출, 귀국하여 국군 수도병원에서 입원 중이었던 한국군 포병 소위 출신 조창호를 병문안한 것이었다.

"포병 소위 조창호, 국방부장관님께 무사히 귀환했음을 신고합니다."

연령으로 보나 임관 연도로 보나 한참 후배인 국방장관에게 불편한 몸인데 불구하고 황급히 일어나 군인적 기본자세와 예절을 갖춰 43년 만에 임무를 완수하고 무사히 귀환했음을 신고했다. 비록 왜소한 체구에 거동이 불편하고 목소리는 작았지만 노병 조창호 소위는 임관 당시 위기에 빠진 자신의 조국과 민족을 구하기 위해 전장에 뛰어들었던 그때의 기백과 군인정신을 변함없이 간직하고 있었다.

아주 짧은 신고식이었지만 역시 한국뿐만 아니라 한국의 적국인 북한에 있어서도 그리고 이 모든 감동적인 장면을 지켜보는 어느 나라의 군인들과 그의 가족들에게 진정한 군인이란 모진 세월과 삶의 풍파가 아무리 거세다고 해도 군인정신만큼은 결코 녹슬어 사라지지 않는다는 것을 직접 확인하는 아름다운 순간이 되고 있었다.

조창호 소위는 자신의 조국 한국으로 살아돌아오기 전 한국 국립묘지에 전사자로 분류되어 그 위패가 봉인되어 있기도 하였다. 그러나 끝까지 죽지 않고 살아 돌아옴으로써 조 소위는 전사자로 기록된 자기 이름을 손수 지웠다. 그러나 국립묘지에 봉인된 그 이름은 지울 수 있어도 조선인민군의 포로가 되어 조선의 감옥 지하 2백 미터 광산 막장에서, 그리고 병든 몸으로 방황하였던 그의 43년간의 인생에 드리웠던 고난은 누가 지워줄 것인가.

3. 중국 영웅 김무태(金無怠)

중국 공산당의 첩보영웅 김무태(金無怠)가 미국 연방조사국에 의해 체포된 뒤 얼마 안되어 중국 외교부장 이조성(李肇星)은 북경에서 다음과 같은 성명을 발표하였다.

"우리 정부는 김무태와 아무런 관계도 없다."

이것은 1986년 2월에 있었던 일이다. 자신이 구원될 가망이 전혀 없다는 것을 눈치챈 김무태는 미국 버지니아감옥에서 비닐끈으로 목을 매고 자살하고 말았다. 30년 넘게 미국 중앙정보국 내에 잠복하여 CIA 아시아국 중국담당 책임자로 승진하였을 뿐만 아니라 은퇴하기 직전에는 중앙정보국 부국장에까지도 오를 뻔 했던 어마어마한 인물이었다.

오늘날 김무태의 신분은 더는 숨길래야 숨길 수 없게 되었다. 당시 중국정부 안전부 북미지역(北美情報司) 담당 책임자였던 유강생(俞强生)은 호북성위 서기 유정성(俞正聲)의 친동생이었다. 부친 황경(黃敬, 即俞啓威)은 일찍 천진직할시 시위서기를 담임한 바 있었던 중국공산당의 원로로서, 어머니 범근(范瑾) 역시 문화대혁명전 수도 북경시 부시장을 담임했던 혁명가였다. 이런 가정을 배경으로 두고 있었던 유강생이 어느 날 갑자기 자신의 조국과 공산당을 배신하고 미국으로 도주하면서 유강생이 직접 장악하고 있었던 김무태의 신분이 폭로되고 말았다.

김무태는 1922년 북경에서 태어났고 연경대학 신문계를 졸업하고 당시 주상해미국총영사관에서 통역관으로 일을 시작하였다. 1944년에 주은래에 의해 직접 중국공산당에 가입했으며 장개석군의 패망과 함께 홍콩으로 조동하여 여전히 홍콩미국총영사관에서 근무하다가 1952년에 마침내 미중앙정보국에 침투하는 데 성공, 1982년 폭로되기 직전까지 주로 한국과 일본, 대만 등 아시아지역국가들에 미중앙정보국의 특수요원으로 활발한 활동을 펼쳐왔었다. 그의 업적 가운데 가장 빛나는 것은 지난 1970년 10월에 중국 정부와 외교관계를 수립하기 위하여 일련의 활동을 펼쳐오고 있었던 미국 닉슨 대통령의 동향을 아주 소상하게 중국 정부에 제공한 것이었다. 최근까지도 미 연방조사국에서 추적하고 있는 베트남전쟁기간에 유출되었던 미군 측의 정보에 김무태의 흔적이 묻어있음이 육속 드러나고 있다고 한다.

중국공산당의 첩보사상에서 가장 성공한 영웅으로 불리고 있는 간첩 3걸(間諜三杰) 이극농, 전장비, 호북풍도 이 김무태에게는 비할 수가 없다. 김무태는 자신의 조국과는 적국이었던 미국이라는 가장 강대한 제국주의국가에, 가장 오랫동안 잠복하여 있었으며, 가장 많은 정보를 훔쳐냈을 뿐만 아니라, 가장 높은 직위에까지 올라갔었다. 그러면서도 김무태 자신은 단 한번이라도 실수한 적 없었고, 그가 폭로된 것은 순수 반역자 때문이었다. 반역자 유강생의 제보로 신분이 드러난 김무태는 자신이 조국을 위하여 정보활동을 해왔으며 공산당원이며 중국인민해방군의 고급정보관이라는 것을 승인하였다. 중국 군내에서의 군사직함은 소장(少將)이었다.

김무태가 자신의 조국 중국에 대한 충정과 사랑을 안고 미국의 버지니아감옥에서 자살할 수밖에 없었지만, 김무태에 대한 중국정부의 공식적인 발표는 오늘날까지도 여전히 "우리와는 상관없는 사람"이다.

기가 막힌 일이 아닐 수 없다. 그러나 이와 같은 사례들이 세계 간첩사상에 부지기수인 것을 감안하면 더는 할말이 없어진다. 더도 말고 제2차 대전에서 연합군 승리에 엄청난 기여를 한 '세계 역사상 가장 성공적' 간첩의 한사람으로 불리는 소련 홍군 첩보원 리하르트 조르게가 바로 그중의 한 사람이 아니던가. 그런데 조르게도 역시 1944년 일본에서 간첩죄로 사형당하고 자그마치 20년이 지난 1964년에야 비로소 소련정부로부터 영웅으로 추대되었다.

4. 중국 조선족의 영웅 장근주

오늘 우리에게는 또 다른 신분의 특별한 영웅 장근주라는 77세의 노인이 아직까지 죽지 않고 살아 자신이 사랑했던 조국 대한민국으로 돌아가기를 기다리고 있다. 조선족이라고 부르기 애매하지만 1945년 일제패망 직전이든 직후든, 아니면 6·25 직전이든 직후든 중국에서 정착하게 된 모든 한인들에게 붙여진 중국 정부의 공식적인 민족호칭에 준하면 조선족으로 살아온 것은 분명하다.

6·25라는 민족의 비극으로 1951년 7월 미 극동군사령부 예하 13개 켈로(KLO)부대의 하나인 극동공군사령부 소속 정보유격대 호염(湖鹽)부대에 소속되어 상부의 명령에 따라 1952년 9월 13일 동료 공작원 5명과 함께 선박을 타고 당시 장씨 본인에게는 적국이었던 중국 측 영해로 이동해 첩보수집 활동을 벌이다 발각돼 교전을 벌이던 중 생포되었다. 그로부터 40여 년 동안 자신의 조국으로 돌아갈 길이 막혀버린 장씨는 중국 정부 법원에서 15년의 징역형을 선고받고 1965년 14년 만에 감형 석방되지만, 실제로 1992년 10월까지 따로 갈 데가 없는 처지에서 줄곧 감옥에서 목수로 일하다가 이제는 늙고 지친데다 신장암말기라는 병원의 진단까지 나왔다.

연합뉴스에서 보도되고 있는 장씨의 사진을 보니 뼈에 거죽만 붙어있는 상태다. 한 눈에도 "곧 세상을 떠날지도 모른다."는 불안감을 떠올리게 만드는 장씨는 가쁜 숨을 몰아쉬며 죽기 전 자신의 조국으로 돌아가는 게 마지막 희망이라고 말하고 있다. 어떻게 할 것인가.

맺는 말

우리는 북한의 이인모나, 남한의 조창호나, 그리고 중국의 김무태와, 중국 조선족의 장근주가 모두 훌륭한 군인들이며 진정한 애국자들이라는 것을 승인하지 않으면 안된다. 김일성을 위해서였건 아니면 이승만을 위해서였건, 아니면 중국 공산당을 위해서였건 아니면 국민당을 위해서였건 이들은 명령을 따랐고 명령을 내린 자신의 조국에 충성을 다한 군인 중의 군인들이다.

이런 애국자들에 대하여 조국이 외면한다는 것은 말이 되지 않는 소리다. 이미 죽은 김무태를 놓고 중국 정부가 해야 할 일은 늦게나마 중화민족에도 리하르트 조르게와도 비할만한 위대한 첩보영웅이 있었음을 세계에 자랑하고 떳떳하게 추대하는 일이다. 따라서 아직까지 죽지 않고 숨이 붙어있는 장근주에게도 대한민국이 국가보호의 책무를 촌시도 주저해서는 안된다. 20대의 젊은 청년으로 자기의 조국을 위하여 피난생활 도중 군에 입대하여 적지로 파견받고 나갔던 사람이 77세의 할아버지가 되어 지금 죽기일보 직전에서 신음하고 있는 장근주 씨에게서 조국 잃은 설음과 멍에를 걷어주어야 한다. 그리하여 더 늦기 전에 그에게 국가와 조국 그리고 국민들이 그들을 잊지 않았다는 것을 알려주어야 한다.

한국은 늦었지만 이제라도 남은 단 한사람의 장근주 씨와 같은 포로들에게 돌아갈 조국을 돌려주어야 한다. 그러는 것이 장근주 씨를 위해서이고, 보다는 장근주 씨를 지켜보고 있는 대한민국의 선열들과 후손들에게도 부끄러운 조국이 되지 않기 위해서다.

* 이 글을 마치고 10여 일 후, 장근주 씨가 타계하였다.
  안타깝게 살다 가신 고인의 명복을 빈다.

티베트사태 유감

중국 정부의 제일 큰 문제는 정부에 대한 인민들의 불만이 극단적인 방법으로 표출되는 데 대하여 유연하지 못하고 무서워하는 것이다. 그리고 더욱 무서워하는 것은 외신으로 보도되어 세계각지로 흘러 나갈까봐서이다. 그것을 막기 위하여 관련 국가기관들이 총동원되어 신문, 방송, 텔레비전 등 매체들을 통제하고, 차단하고 모자라 봉쇄하고 여차하면 기자들까지 내쫓기도 하지만 언제나 보면 그 같은 행위자체가 종당에 가서는 불만을 품은 인민들이 극단적으로 드러내보였던 행위보다도 오히려 더 엄중하게 국가적인 망신만을 초래하는 희비극을 낳고 있다. 참으로 유감스럽다고 말하지 않을 수 없다.

티베트사태가 바로 그렇다. 그것을 왜서 차단한단 말인가? 군대와 경찰이 인민들에게 총을 쏘았고 인민들은 죽었다는 식으로 소식이 흘러나와 티베트 바깥의 다른 지방 소수민족들에게 전달되어 예기치 못할 연쇄반응이 일어날지도 모른다는 우려심 때문일 것이다.

그러나 우려심을 넘어 무서워해서는 안된다. 누가 뭐라고 변명해도 정부가 소식을 차단하고 봉쇄하고 덮어감추는 것은 무서워하기 때문이라는 설명밖에 안된다. 그렇다면 무엇을 무서워하는 것일까?

두말할 것 없다. 인민해방군과 인민경찰은 총을 쏘았고, 총에 맞은 인민은 죽었기 때문이다. 그렇다면 가만있는 인민에게 총을 쏘았을까? 그럴 수는 없을 것이다. 인민은 반항을 했고, 반항에 대한 행동을 극단적으로 보여주었기 때문이었다. 어떤 극단적인 행동인가는 자명하다. 총없는 인민은 돌을 뿌리고 불을 지르고 했다. 이쯤 되면 인민이라고 부를 것이 아니라 폭도라고 불러도 별문제는 없을 것이다. 불을 지르기 시작하면 군경은 언제든지 진압해야 한다. 진압하는 과정에서 총알이 날아나갔음을 시인해야 하고, 그것이 세계로 알려지는 것을 무서워해서는 안되는 것이다. 점잖게 데모하는 인민들에게 총을 쏠만큼 무분별하고 잔인한 중국 정부가 아니다. 하다면 왜 그렇게 외신에 흘러나가는 것을 무서워한단 말인가, 그렇게 무서워하니 오히려 정말 죄없는 인민들에게 총을 쏘아 사람을 무단학살하긴 했구나, 하고 더욱 오해만 불러일으키는 것이다. 어차피 종이로 불을 감싸지는 못하는 법이다.

호금도나 온가보같은 사람들은 세상 구경을 많이 해본 사람들이다. 미국에도 왔다갔다. 백악관 정원 앞까지 뛰어들어와 항의하는 사람들과 만났다. 아무리 민주주의 수도라고 해도 미국도 이쯤 되면 경찰이 달려와 데모자들을 끌어내지 않으면 안된다. 그럴 때 설사 데모하러 왔던 사람들이 돌을 뿌리고 불을 질러보아라, 미국 경찰의 총에서 총알이 날아나가지 않는다면 그게 오히려 이상하다. 법을 위반하고 폭도로 변한 쪽은 먼저 불을 지른 쪽이다. 그리고 그것을 진압하는 과정에서 경찰이건 군대건 총을 쏠 수 있는 것은 당연지사가 아닌가, 그런데도 중국 정부는 왜 그렇게나 덮어 감추고 숨기고 거짓말하고 하는 것일까?

참으로 한심한 정부다. 정부의 배워먹지 못한 부분 당권자들이 더 문제다. 그런 사람들의 자의적인 애국주의 해석이 나라 망신을 시키고 있는 것이다. 그렇게 큰 체통의 중국정부가 당당하게 나서서 티베트 분리주의자들이 돌을 뿌리고 불을 지르고 해서 그것을 진압하는 과정에서 총을 쏘았다고 승인해버린다면, 지금처럼 8월로 예정된 베이징올림픽을 눈앞에 두고 중국 정부는 딜레마에 빠지는 일은 없었을 것이다. 아니 올림픽을 하는 나라, 1만 명의 운동선수들과 2만 명도 넘을 외국 언론들과 수만 명의 관객이 몰려들 판인데, 어떻게 정보가 새어나가지 않을 것이라고 그렇게 창졸하게도 용단한단 말인가!

드디어 베이징올림픽 성화봉송이 시작되었고 쫓아냈던 기자들도 다시 불러들여 티베트에 대한 취재도 허용했다. 물론 강력한 감시하에서 진행되지만 기자들은 바보가 아니다. 티베트의 인민들도 백방으로 기자들에게 접근하여 자기들에게는 종교의 자유가 없음을 역설하고 있다. 그래도 좋다. 있든 없든, 그 같은 반론들이 자유롭게 흘러나올 수 있는 중국 정부의 유연(悠然)함을 보여주었으면 좋겠다.

그리고 중국 정부에 항의하는 모든 반화세력들도 각별히 명심해두어야 할 것이 있다. 이번 올림픽은 중국이 세계경제의 기관차 겸 국제무대의 강자로 부상하는 도약대이기도 하다. 한마디로 중국의 국가적 자존심이 걸려 있는 문제다. 때문에 이런 자존심을 건드려서 좋을 것이 하나도 없다. 건드려봐야 건드린 쪽에서 당한다. 당하면서까지 자신들의 불만을 세상에 드러내 세계적인 이목을 집중시켜보려 해서 얻는 이익이 클 것이라는 착각을 가져서는 안된다.

런던의 잡지 이코노미스트 특파원이 우연히 티베트 현장을 취재했고 현장을 목격한 서방과 일본의 관광객들이 티베트 여행을 마치고 나왔을 때 서방 언론과 회견했다. "라싸 구 시가의 중국인 상인들은 시내가 화약고로 돌변했다는 사실을 보안군보다 더 잘 알았다. 3월14일 티베트인 군중이 중국 기업체 건물에 돌을 던지고 불을 지른다는 소문이 나돌기 무섭게 중국 상인들은 상점 문을 닫고 피신했다. 예기치 못한 사태에 직면한 보안당국이 사태를 방관하는 사이에 시내는 수십 년 중 최대의 반중국 항의시위로 뒤덮였다."는 기사가 새어나왔다.

세상에! 왜 중국의 인민들은 데모한다는 것이 걸핏하면 돌을 던지고 불을 지르는가? 남들처럼 고함도 질러보다가 안되면 노래도 불러보고, 또 모여앉아 박수도 쳐보고, 배고프면 돌아갔다가 시간을 정하고 다시 나와 떠들어도 보고 하면서 자신들의 불만은 전단지에 써서 사처에 날려놓을 수도 있을 것이다. 그저 그쯤에서 경찰과 군대가 총을 쏠리는 없을 것이다. 그리고 데모도 그쯤으로 멈춰야 한다. 경찰이 굳이 전단지를 몰수하지 않아도 볼 사람은 다 볼 것이고 보고 나서 던진 것을 청소부가 쓸어가도록 기다려줄 줄 아는 유연함을 가져야 한다. 그런데 그것을 갖고 있지 못하는 중국 정부에 대하여 내가 말하고 싶은 유감(遺憾)은 다만 이 한두 가지뿐만이 있을 뿐이다. 혹시 너무 과람한 것인가!

빛나가는 민족주의 경계해야

서울 하늘에 휘날리는 붉디붉은 오성홍기를 보면서 하마터면 '필승 코리아'를 외치던 한국의 '붉은 악마'인 줄 알았다. 그런데 이게 뭐란 말인가, 못된 기자놈들은 고약한 장면만 찍어 동영상에 올리고 있다. 전 세계로 전파되는 '따스타(打死他)' '완쑤이(萬歲)' '따오치엔(道謙) 등 생소하지만은 않은 오성붉은기의 부름같은 것을 연상시키는 혁명의 '납함'(魯迅) 바로 그것이다.

민망도 할시고! 어쩌다가 우리의 오성붉은기가 이런 위대한 원정(遠征)을 단행하게 되었는지 모르겠다. 그리고 앞장에는 중국의 미래라고 할 수 있는 젊은 유학생들이 서있다. 총만 들지 않았을 뿐이지 깃대를 총대처럼 휘두르는 유학생들도 있는가 하면, 탄약만 없을 뿐이지 탄약대신에 장지(長指)를 빼들고 '이거나 먹어라'고 야유하는 유학생들도 있다.

하긴 기고만장(氣高萬丈)할 만도 하다. 왜 아니 그렇겠는가, 그들이 휘두르고 있는 저 찬란한 오성붉은기를 보라, 깃발 속의 다섯 개

별, 그중 가장 큰 공산당의 별과, 공산당의 별을 둘러싼 싼 네 개의 작은 별들은 차례로 노동자의 별과 농민의 별, 그리고 소자산가의 별과 민족자산가의 별이다. 말하자면 사(士), 농(農), 공(工), 상(商)이다. 뜻인즉 '공산당을 중심으로 혁명 인민이 단결하여 중국 대지를 고루 비춘다'는 것인데, 오늘은 중국 대지뿐만 아닌 서울의 대지에까지 훨훨 나부끼게 되었으니 말이다.

어쩌면 오성붉은기의 위대한 힘을 보여주었다고 할 수 있다. 힘과 함께 중국 인민의 양식과 양심, 그리고 의식수준도 남김없이 보여주었다고 할 수 있겠다. 이런 것을 좋아해야 할지, 아니면 기뻐해야 할지, 아니면 가슴 뿌듯해야 할지는 아직 잘 모르겠지만 우리 조국 중화인민공화국의 올림픽 성화봉송이 서울에서 무사히 진행된 것에 대하여서만은 참으로 다행스럽게 생각한다.

돌아보면 어제까지 영국, 프랑스, 캐나다, 미국 등 나라들에서 우리의 성화봉송대가 당했던 봉변을 생각하면 부끄럽기도 하고 창피하기도 했다. 능히 예수, 석가모니와도 비길 만한 공자와 맹자를 낳은 나라, 그것도 이 세계에 종이와 인쇄술, 화약과 나침반까지 발명하여 선물하였을 정도로 위대하였음에도, 이제는 별 보잘것없는 나라들까지도 해보겠다고 척척 손을 내미는 올림픽, 심지어는 나치 히틀러까지도 벌써 반세기 이전에 해먹었던 올림픽을 우리가 이제사 한번 해보겠다는데 시작을 앞두고 성화봉송이 이렇게 수차례씩 꺼져야하고 봉송차대는 반대자들의 시위에 몰려 뉘집 큰 창고에 숨었다가 뒷문으로 나와 계속 달려야 하는 등의 수모까지도 겪어야만 했는가.

모르긴 해도 지구를 돌고 있는 이 성화봉송을 지켜보는 호금도나 온가보같은 우리 중국의 정치가들은 속이 새까맣게 탔을 것이다. 걱정스러운 것은 중국인민들도 마찬가지다.

여전히 고약한 기자놈들로 표현하자. 속탄 중국인민들의 심정은 아는지 모르는지 기사 제목도 기가 막히게 잘 지어내고 있다. 무슨 '유럽에서 뺨 맞고 서울에 와서 옆차기를 한다'는 식인데, 내가 볼바에 이건 옆차기가 아니라 완전히 복싱을 연상시킨다. '바른턱 올리치기'에 '면상내리까기'에다가 모조라서 남의 '불알통까지 걷어차기'다.

아닌가, 글쎄 아무리 오성붉은기를 '사대주 오대양'에 나부끼고 싶다고 해도 남의 나라 서울에서, 그것도 그 나라에 찾아온 다른 나라의 관광객들한테까지 욕설을 퍼붓고, 각목을 던지고 한다면 이것은 정말 해도 해도 너무하지 않나 싶다. 과연 나치 히틀러의 올림픽 때도 독일의 유학생들이 한손에는 구부러진 갈고리 모양의 십자가를 새긴 하켄크로이츠플라게를 들고 다른 한손으로는 장지를 빼들고 '이거나 먹어라'고 했던지 의문이다.

슬프지만 이제 승인할 것은 승인하고 넘어가지 않을 도리가 없다. 재수없는 티베트사태에서부터 시작되어 오늘의 서울 성화봉송에 이르기까지 세계평화의 상징인 올림픽 정신은 이미 훼손될대로 훼손되었다. 만신창이가 된 데에다가 소금까지 뿌린 한국의 중국 유학생들이 참으로 대단하다.

묻고 싶다. 왜서 꼭 그렇게 해야만 하냐고, 왜서 전 세계가 함께 즐겨야 하는 올림픽을 붉은 깃발로 도배하려고만 하냐고, 한국에 있어서 중국이 얼마나 강한지를 새삼 보여주려고 함이냐고, 만약 그런 거라면 적어도 몇백 년 전의 '삼전도의 치욕' 하나만으로도 족할 텐데, 굳이 남의 나라 서울에서까지 버젓이 폭력을 저지르고 소수자를 쫓아가서 오성붉은기를 휘둘러대는 것은, 그것도 자유 민주주의 국가에서 유학하여 공부하고 있는 젊은 유학생들이 이렇게 한다는 것은 누가 봐도 참으로 황당하기를 이를 데 없다.

　더욱 황당스러운 것은 이처럼 오성붉은기를 휘두르면서 오성붉은기를 욕보이는 젊은이들의 행위에 대하여 그것을 부끄러워할 대신 '애국주의'와 '민족주의' 감투하에서 자랑스러워하고 기뻐하는 중국 인민들이 더욱 많다는 사실은 무지몽매를 넘어 슬픔까지 자아내게 만든다. 반대로 왕천원같은 유학생의 집에는 인분이 뿌려지고 매도와 조소가 날아드는 세상이 되어간다면, 이런 '빗나가는 민족주의'와 '빗나가는 애국주의'에 의해 우리에게는 무조건적인 적대문화가 싹트게 될 수 있음을 각별히 경계하지 않으면 안된다.

　아시아의의 대국이요, 세계 문명의 발상지로써 중국은 이제 세계 시민들의 평화의 축제인 올림픽을 주최할 만한 힘과 경제력을 키워냈다. 그것을 더 비약시키고 자랑해야 할 때에 붉은 총대를 휘둘러댄다는 것은 말이 되지 않는 소리다. 총대는 집어넣어야 한다. '자신을 억제하고 예에 맞게 행동(孔子)'하는 중화민족의 아름다운 미덕을 보여주어야지 부수고 때리고 남의 목을 자르는 중국혁명의 전통을 보여주어서는 안된다. 역사적으로 세계 문명의 중심국이라는 문화적 자부심을 붉은 총대가 아닌 중화민족의 아름다운 문화로서 보여주어야 한다.

중국은 올림픽을 잘 치러
국제무대에서 도약해야 한다

우리의 조국 중국의 빗나가는 민족주의가 화제에 올라있는 것에 우려를 느낀다. 지난 4월 7일 파리의 성화 봉송 과정에서 친티베트 시위대로부터 성화를 지켜내 일약 중국의 영웅으로 되었던 김정(金晶)까지도 마침내 하루아침에 다시 매국노로 지탄받는 일들이 육속 발생하고 있다.

아홉 살 때 골수암으로 다리를 절단하고 휠체어 신세를 지는 중국의 장애인 펜싱선수, 그런 그가 중국인의 까르푸 불매운동에 대해서는 "그런 식으로 의사를 표현해선 안 된다. 까르푸의 수입이 떨어지면 결국 우리 동포들이 일자리를 잃게 된다."라고 말했기 때문이다.

노스캐롤라이나 듀크대학의 유학생 왕천원(王千源)도 티베트 인권을 옹호하다가 배신자로 낙인찍혔다. 왕천원은 학교 내의 친중·반중 시위대의 충돌을 우려해 중개자로 나선 것이 화근이었다. 그는 부모이름, 신분증번호, 고향주소, 출신학교 등이 인터넷에 공개되어

귀국하지도 못할 처지가 됐다.

화제가 된 왕천원의 말은 이렇다.

"티베트 독립에 반대한다. 다만 티베트의 인권에 관심을 갖자."

국제사회가 티베트사태에 대한 중국 당국의 책임을 거론하고, 각국 인권단체들이 올림픽 보이콧을 주장하며 성화 봉송 저지에 나서자 중국인이 결집하는 현상을 보이고 있다. 나쁘다고 말할 수는 없으며 자연스러운 현상이다. 베이징올림픽을 잘 치러 개혁 개방의 성과를 만방에 과시하고 선진국 진입의 발판을 마련하고 싶은 것은 모든 중화민족의 염원이며 이 민족의 한 구성원으로 자리 매겨 있는 조선족을 포함한 모든 소수민족들의 한결같은 마음이다. 이와 같은 좋은 염원에도 불구하고 감성적인 감정 표출이 이성을 짓밟으며 이상한 양상으로 펼쳐져 가고 있는 데 대하여 우려를 표시하지 않을 수 없다.

서울에서의 성화 봉송도 그렇다. 한국에서 살고 있는 우리 동포들에게 자부심을 느끼게 하는 한바탕 축제로 너무나도 훌륭하게 진행될 수 있었을 것이다. 중국과 친하고 싶어하는 한국은 자국 국민이 맞는 것에 미처 신경을 쓸 새도 없이 성화 봉송주자에 대해 특급 경호를 펼쳤기 때문에 성화봉송은 아주 성공적이었다. 그런데도 중국인 유학생들은 탈북자 강제북송이나 티베트 유혈진압에 항의하는 일부 탈북자와 시민단체 회원들에게 먼저 폭력을 휘둘렀다는 것이 사실로 드러나고 있다. 애당초 양측의 숫자는 비교도 안 되는 상태였는데도 그랬음이 사실로 확인되고 있다.

사회주의 시장경제로 세계 4위의 경제대국으로 성장한 중국인의 정서가 빗나간 민족주의로 흐르고 있는 것에 주의를 돌리지 않을 수 없다. 지난 3월 미국 CNN이 티베트사태를 보도하는 과정에서 일부 잘못된 사실이 포함되자 중국 네티즌들은 조직적인 반CNN 시위를 벌였는가하면 프랑스 유통업체 까르푸가 달라이 라마를 지원한다는 보도가 나오자 까르푸 불매운동을 벌이고 있다.

필자는 이와 같은 현실을 우려하며 걱정한다. 공산주의 국가에서 민족주의란 가당치도 않은 개념이다. 공산당선언에서는 "전세계무산자는 연합하여라."고 호소했으며 공산주의를 지향하는 국가라면 이 선언의 호소를 받들어야 한다. 더욱이 역사적으로도 중국은 한족 정권이 몇 번 없을 정도로 몽골족, 여진족, 거란족 등 타민족의 침입을 많이 받았고, 이런 뼈아픈 상처들을 딛고 오늘에 이르기까지 여러 민족이 한데 섞여 살고 있다.

그런데도 중국이 이 세계화의 시대에 인류와 평화의 상징인 올림픽을 주최하면서 느닷없이 이와 같은 민족주의에 빠져드는 것은 서구열강의 침입을 받았던 근대사의 경험 탓일 수도 있으나 이런 경험 때문에 민족주의에 빠져 세계화로 가는 길에서 스스로의 덫에 발목이 걸려 있어서는 안된다.

오늘의 세계는 지구가 통째로 하나의 네트워크로 엮이고 인종 이념 민족 간에 경계가 사라지는 시대다. 이런 때에 편협한 민족주의는 결코 도움이 되지 않는다. 더구나 젊은 지식인들이 앞장에서 민족주의에 빠져드는 것은 결과적으로 자신도 해치고 자신이 소속된 민족도 해치고 민족이 하나로 뭉쳐 살고 있는 조국도 해치는 씨앗이 될 수 있다.

필자는 나의 조국 중국이 정말로 베이징올림픽을 잘 치러 국제무대에서 도약하기를 바란다. 그러자면 보다 젊은 지식인들이 감성을 자제하고 이성을 선택해야 하며 먼저 앞장에서 설익은 민족감정을 표출하기보다는 민주시민으로서의 자질함양에 더 애써야 할 것이다.

강대한 중국, 위대한 인민 그리고 성실한 정부가 되어야 한다

중국 정부가 성실해지고 있다. 결국 중국의 정치지도자들이 정치를 잘해가고 있다는 소린데, 참된 정치란 강제보다 설득에 무게를 둔다는 것은 인류의 정치사가 이를 증명하고 있다. 그리고 설득은 진실에 바탕을 둘 때 절로 신통력이 생겨, 인민이 호응하는 정치가 구현되고 인민이 믿고 따르는 정부가 서게 되는 것이다. 그리고 이런 정부를 향한 자국 내의 인민들은 물론, 국제사회의 칭찬이 쏟아질 때에 이런 정부를 운영하는 집권정당의 위상이 높아간다는 것은 두말할 것도 없는 일이다.

중국 정부의 집권정당은 중국공산당으로서 정부에 대한 타 정당의 형식적인 참여는 허락하지만, 본질적인 집권은 불허하는 정당이다. 이런 정당에 대한 국제사회의 비판은 독재정권이라고 한다. 그런데 독재정권이던 민주정권이던 인민을 잘 살게 하는 정권이면 좋은 정권이다. 인류의 역사에서 백성들을 잘 살게 하였던 정권치고 진실하지 않았던 정권이 없다. 강압적이고 거짓말 잘하는 정권이 백성들을 잘 살게 했던 적이 없고, 백성들이 못사는 정권이 백 년을 넘겼던 적이 없다. 때문에 정치의 세계에서 진실은 아름다울 뿐 아니라 막강하고 위대하다. 그런 정부만이 국가의 안전과 발전에 강한 힘을 유감없이 발휘할 수 있기 때문에 인민들이 믿고 따르게 된다.

가설하여 한국이나 일본, 또는 미국 같은 엄청 돈 많고 발전한 나라들에서 올 초 설을 앞두고 발생한 중국 남부지역의 눈사태와 산동성 열차 충돌 사고, 뒤이은 티베트사태, 세계 곳곳에서 빚어진 성화봉송 마찰 사건, 까르푸 불매운동 등 반서구 운동, 게다가 최근에 확산되고 있는 치명적인 장바이러스 전염병에서 마침내 수천채의 가옥이 무너지고 수만 명이 죽어나가는 지진같은 대 재난이 발생했다고 하자. 부산에서 태풍이 들이닥쳐 농가들이 모조리 풍비박산이 나는 때에 한국의 국무총리란 사람은 골프치러 다니다가 들통이 나서 망신당했고, 허리케인 카트리나가 휩쓸고 간 동안 휴가를 즐기던 미국 대통령과 행정부 관료들이 욕설에 얻어터졌던 어제를 돌아보면, 오늘의 중국 공산당을 지도하는 호금도나 온가보같은 정치지도자들의 모습은 너무 아름답다.

자본주의 강대국을 자처하는 미국에서 가난한 노동자와 민중들이 재앙 앞에서 쩔쩔매며 홀로서기를 하던 모습과 비하면 오늘의 중국 정권은 과거 허위와 강제를 두 기둥으로 삼던 정치에서 많이 탈피되어 있음을 볼 수 있다. 특히나 3년 전 사스(중중급성호흡기증후군) 때와는 대조적으로 이번 지진 참사에 대하여 중국 정부는 언론을 통해 실시간으로 현장 소식을 전하였다. 사건 발생 뒤 2시간여 만에 벌써 재해지역에 도착한 온가보 총리가 눈물을 흘리며 구조작업을 진두지휘하는 장면은 전 중국의 인민들뿐만 아니라 이를 지켜보고 있는 세계인의 심금을 울리기에 넉넉했다. 티베트사태와 성화 봉송 사건 등으로 서구 세계와 날카로운 대립을 빚으며 강한 '애국주의' 열풍에 휩싸였던 중국의 인민들이 이번 지진 참사를 계기로 다시 한 번 '대동단결'하는 모습은 오로지 진실하고 성실한 정부만이 해낼 수 있는 것이다.

행여라도 32년 전의 당산지진 때처럼 다시 한번 소식을 봉쇄하고 국제사회의 지원을 일절 거부하는 옛 방식으로 나갔더라면 진짜 큰일 날 뻔했다. 그런 식으로 소식을 봉쇄하고 무엇을 감추기에는 이제 어떤 방식으로도 통하지 않는다는 것을 바로 얼마 전에 발생하였던 티베트사태에서 중국 정부는 너무나도 통절하게 실감하였다. 그렇게 감추다가 들통이 나버렸을 때 인민들을 향하여 아무리 미사여구를 늘여놓고 아무리 교언영색을 뇌까려도 진실이 없는 한, 그것은 메아리 없는 독백에 그치기 쉬운 것이다. 일시적으로 일부를 속일 수는 있어도 영속적으로 모두를 속일 수는 없는 것이었다.

어디 티베트사태뿐인가, 1989년의 천안문 6 · 4 사태에서도 바로 탱크로 밀어붙이고 다음 날 아침에 대학생 한 사람도 죽지 않았다고 거짓말로 일관하였던 중국 정부의 어제와 오늘의 모습은 대조적이다. 어제까지 그런 거짓말로 신뢰를 잃고 자신을 잃다보니 설득이 아니라 물리적 강제를 동원하여 믿지 않는 인민들을 강박적으로 믿게 하였던 발가벗는 힘으로 다스리는 야만정치가 지금은 진실로 호소하고 눈물로 감동을 주는 진정한 의미에서의 인덕정치를 하고 있는 것이다.

당장에서 민주사회를 표방한다는 것이 무리일지나 인덕정치는 중국의 전통문화와 부합하는 것이다. 결국 중국의 지진참사와 이 참사에서 보여준 중국 정권의 성실한 자세와 개명한 처리방식은, 진실을 가지고 인민을 설득하느냐, 아니면 허위로써 인민을 속이느냐의 갈림길에서 허위와 강제를 두 기둥으로 삼는 보기에 가장 흉한 정치를 버리고 인민의 지지에 바탕을 두고 일조유사시(一朝有事時)에도 얼마든지 큰 힘을 발휘하여 세계를 경탄케하는 아름다움뿐만 아니라 막강하고 위대한 정치 쪽을 선택하였다는 것을 말해준다.

이제 중국은 더는 과거의 비겁하고 거짓말하는 정부로 돌아가서는 안된다. 독재의 본질은 바로 비겁함이고 비겁하면 거짓말하게 된다. 어느 나라 어느 정권인들 거짓말하지 않느냐고 말할는지도 모르지만 많이 하는 것과 조금 하는 것, 크게 하는 것과 작게 하는 것은 차이가 있고 구별이 있다. 더욱 주요한 것은 거짓말하고 발각되는 것과 발각되고 나서 과감하게 시인하는 것의 차이고 시인한 뒤에 그것을 시정해나가는 구별이 있음을 알아야 한다.

거듭 말하고 싶다. 세계화로 선진화로 가는 중국은 거짓과 강제의 두 기둥에 기탁하는 정치가 아닌 진실성과 공정성의 문화에서 적극적으로 국제사회의 규범에 적응하고 자신을 성장시켜야 한다. 중국의 변화는 궁극적으로 중국 정부가 큰 뒷심으로 되고 있는 미얀마의 국사독재정권을 개변시킬 수 있고 중국 정부가 후원하는 북한 독재정권을 변화시킬 수 있다. 따라서 미얀마가 변하고, 북한이 변할 때에 아시아에 평화가 오게 될 것이다.

진실은 위대하고 진실만이 모든 것 중에서 가장 아름답다. 그리고 진실만이 가장 강한 것이라는 것을 중국뿐만이 아닌 재난 중에 있는 북한과 미얀마의 당권자들도 알게 될 날이 반드시 올 것이다. 그런 날이 빨리 오기를 바란다!

남한과 북한은 중국과 대만을 따라 배우야 한다

따져놓고 보면 혈통(血統)상 우리의 조국인 남북한만 분단국가인 것이 아니라 국적(國籍)상의 우리 조국 중국도 엄연한 분단국가이다. 이 두 분단국가에서 두 개의 공산정권과 두 개의 민주주의 정권이 각기 서로를 상대로 통일외교정책을 펼쳐가고 있다.

특히 남북한은 이명박정권 출범 이래로 불과 100여 일 만에 관계가 급격히 냉각하여 북한에서는 연일 이명박정부를 비난하는 목소리만 높이고 있고 여차하면 무장충돌까지도 일으킬 것처럼 여기저기서 미사일도 쏘아대고 있는 가운데 이번에는 이상하게도 남한이 먼저 한미동맹 강화를 통한 한·미·일 삼각 군사동맹 체제를 공고히 하겠다고 밝히면서 신 한반도 및 동북아 냉전체제를 조장하고 있다.

가장 좋은 실례가 3월 초 미국과 함께 키 리졸브-독수리 연합전시 증원훈련을 감행하여 핵항공모함과 핵잠수함 및 대규모 무력 시설을 증강 배치하면서 대북 침략연습을 벌인 것이다. 이명박정부는 군사훈련을 두고 연례 훈련이니 방어를 위한 훈련이니 하면서 대북침략

전쟁 훈련이라는 의도를 감추려 하였지만 훈련의 규모와 성격상 작전계획 5027 작전계획에 입각한 대북 핵 선제공격 훈련이었음이 드러났다. 여기에 발맞춰 3월 26일에는 취임을 앞둔 김태영 합참의장이 인사청문회에서 언급했던 대북선제타격 발언은 이명박정권의 대북적대정책이 완전히 노골화되었음을 시사하고 있다.

그런데 대조라도 되듯이 중국과 대만은 사천 대지진을 배경으로 양안관계 증진에 박차가 가해지고 있다. 신임 총통 마영구(馬英九)의 취임 후 국민당 오백웅(吳伯雄) 주석의 대륙 방문을 계기로 '제3차 국공(國共)합작'이라는 것이 이뤄지고 있다. 중국과 남북한을 동시에 조국으로 두고 있는 우리에게는 참으로 자랑스러우면서도 또한 부러운 일이 아닐 수 없다.

중국을 지배하는 공산당정권인 중화인민공화국과 대만의 중화민국이 양안으로 갈라선 지도 어언 반세기를 훨씬 넘어섰다. 등소평의 '일국양제(一國兩制)' 정책 이후로부터 오늘의 사천 대지진에 이르기까지 두 정권의 관계는 추웠다, 더웠다, 맑았다, 궂었다하며 변화가 끊임없었지만 유독 하나만은 절대 변하지 않고 계속 꾸준하게 무르익어왔으니 그것은 바로 '인도주의적 친척방문'으로 시작된 양안 간의 교역량이었고 증대되는 교역량과 함께 서로 떼려야 뗄 수 없는 상호 간의 민생의존관계였다.

이런 관계를 대만에서는 이등휘(李登輝)나 진수변(陳水扁)은 물론 오늘의 마영구(馬英九)에 이르기까지 그리고 중국에서는 호요방이나 조자양, 그리고 강택민과 호금도에 이르기까지 아무도 어떤 정치적인 목적하에서 함부로 파괴하려고 하지 않았다.

진수변(陳水扁)이 대만독립을 주장할 때에 중국공산당은 무력도 불사하겠다는 엄포를 꽝꽝 놓았고 실제로 대만해협에서 대대적인 군사훈련도 진행하였다. 정말 중국이 대만을 무력진공하게 될 경우 대만의 군사력으로 어떻게 대응하느냐가 아니라 며칠을 버텨낼 수 있을까 하는 의혹이 제기되었고, 미국의 군사전문가들은 대만이 3일은 넉넉하게 버텨낼 수 있을 것이라고 진단했다. 이에 화가난 진수변(陳水扁)은 3일이면 족하다. 3일 내로 중국의 삼협(三峽) 저수지를 폭격하여 무너뜨릴 수 있다고 장담했고, 그렇게 될 경우 중국 남부도시들이 모조리 물바다에 잠기게 됨은 물론이거니와 수십 년 동안 쌓아올린 개혁개방의 경제성과가 모조리 날아갈지도 모른다는 진단이 또 잇달았다. 물론 인명 살상은 1억 명을 감돌 것이라 한다.

가설하여 이렇게 되었다고 하자. 어림없이 대만은 평지바다가 되었을 것이고, 2천만쯤 되는 대만의 인구에서 절반은 죽어야 할 것이 아니겠는가. 과연 대륙에서 1억, 대만에서 1천만을 죽게 만드는 전쟁의 불꽃을 감히 먼저 터뜨릴 수 있는 정신나간 정권이 과연 이 세상에 있을지가 의문이거니와 실제로 이런 상황이 발생하리라는 것을 믿는 사람은 하나도 없었다. 그리하여 정권은 정권대로 서로 좋았다 궂었다하면서 신경전을 펴는 사이에도 서로 오가는 양안의 민심은 한번도 멎어서지를 않았다.

중국 정권의 눈에는 과거의 이등휘(李登輝)나, 어제의 진수변(陳水扁) 총통은 어린 아이나 다를 바 없었다. 국제상에서 대만의 외교정책에 대한 봉쇄는 거의 절대적으로 먹혀들었고 대만정권의 외교관들은 가는 나라들에서마다 골탕을 먹고 설움에 빠져야 했다. 그럼에도 불구하고 대만의 평민들은 끝없이 대륙으로 친척방문을 올 수 있고, 대만의 기업가는 대륙에 들어와 공장을 지을 수 있었으며 드디어는 대만기자가 북경에서 기사를 취재하여 제멋대로 대만에 직접 타전할 수 있는 관계까지 왔다.

이 얼마나 대견스러운 발전인가! 이제는 진수변(陳水扁)까지도 물러났다. 하버드의 박사 출신으로 개명파인 마영구(馬英九) 신임 대만 총통은 직접 베이징으로 날아와 호금도와 만날 준비를 하고 있다고 한다. 여차하면 오는 8월 베이징올림픽에 중국과 대만 선수단의 동시 입장도 가능하게 되었다는 소식들이 전 세계로 확산되고 있을 때 중국을 방문한 남한의 이명박 대통령은 북측이 반발하는 핵문제 해결 우선론과 북한 개방론 등을 언급, 냉각된 남북관계를 개선할 의지가 전혀 없음을 거듭 강조했다.

이미 자국내 국민들 속에서 인기가 20% 이하로까지 곤두박질쳐 버린 이명박 대통령의 사천 대지진 현장 방문은 아리송하다. 참사 현장에서 어린이들을 안고 눈물을 글썽이는 모습은 감동적이다. 그러나 그는 북한이 심각한 식량난을 겪고 있다는 보도가 줄을 잇고 민간단체들의 대북 지원이 이뤄지는 상황에서도 대북 식량지원 문제 등은 전혀 언급치 않는다. 이러한 이명박 남한 대통령에게 무슨 좋은 말을 더 해줄 수 있을 것인가가 고민이 아닐 수 없다.

대신 대만의 마영구(馬英九) 신임 대통령은 지난 20일 취임식에서 "대만 국민들은 당파를 가리지 말고 모두가 중국 재해지구에 원조를 아끼지 말아야 한다."고 호소하고 있다. 이에 호응이라도 하듯 지난 30일까지 지진피해 구호 및 복구를 위해 성금을 낸 상위 10개 외자 기업 가운데 대만 기업이 5개나 차지했고, 외자 기업의 기부액 순위 상위 10개 기업 가운데 대만 플라스틱그룹 등 5곳의 이름이 올려졌다.

이것은 그냥 자랑스럽고 부러운 정도가 아니다. 이처럼 판이한 모습의 통일정책이 추진되고 있는 지구상에 존재하는 유일한 두 개의 분단국가를 조국으로 두고 있는 우리들은 아주 특별한 민족군체

임에 틀림없다. 이제 우리는 중국대륙에서 불고 있는 대만과의 평화무드에만 취해있으면서 남북한의 경색되어 있는 외교관계를 남의 일처럼 구경만 하고 있을 것이 아니다. 이명박 남한 대통령의 방중에서 드러난 엉터리 실용주의 외교를 비판해야 한다. 뿐만 아니라 독재자 김정일도 비판하지 않으면 안된다.

진정한 실용주의는 오늘의 중국과 대만처럼 서로 상대를 인정하면서 서로 이익을 취할 수 있는 상황을 조성하고 이용하는 것이다. 때문에 남한과 북한은 중국과 대만을 따라배워야 한다. 따라서 이명박과 김정일도 호금도와 마영구(馬英九)를 따라배우지 않으면 안된다. 특히 김정일은 독재를 하면서도 일단의 경제력부터 발전시키고 보자는 원칙을 '불변의 가치'(以不變) 삼아야 한다. 과거 반세기 이상 불구대천(不俱戴天)의 원수로 지냈던 대만의 국민당정권과도 넉넉하게 손을 잡는 중국공산당의 '이불변'(以不變)에 '응만변'(應萬變)하는 좋은 지혜를 호금도나 온가보같은 중국 정치가들에게서 배워야 할 필요가 있을 것이다.

새시대를 이끄는 대통령의 자질을 생각한다

이명박정부의 정치적 무능력이 점점 바닥을 드러내고 있는 요즘, CEO 출신 대통령만 뽑으면 경제를 잘 살릴 거란 환상에 빠졌던 대한민국 국민들의 천진했던 꿈도 함께 풍비박산이 나고 있는 요즘, 선명하게 드러난 몇 가지 흥미 있는 사실이 있다.

우선 실용이라는 빛 좋은 개살구 때문에 실전경험이 하나도 없는 교수, 학자 출신의 이론가들이 청와대로 대거 몰려들 때도 눈감아주었고, 돈 많고 땅 많은 강남부자들로 내각이 만들어지고 각료팀이 묶어질 때도 입 다물었더니 어느 사이에 독재 정부시절의 백골단이 부활하고, 공안경찰이 활개치고, 서민을 위한다는 생필품 가격 50개 집중 통제도 다 엉터리가 되어가고, 이명박 대통령의 '톨게이트 발언' 때문에 12곳 톨게이트 근무자 45명만 잘려나갔다. 그것도 비정규직만 말이다. 누가 보기에도 고속철이 탈선할 것처럼 기우뚱하는데도 이 교수, 학자들로 만들어진 내각과 참모들 속에서 누구도 나와 브레이크를 밟지 않고 서로 마주 바라보다가 드디어 국민들이 들고 일어나기에까지 이르렀다는 것이다. 로렌스 피터(Laurence J. Peter)와 레이몬드 헐(Ramond Hull)이 지금으로부터 백여 년 전에 펼쳐냈던 '피터의 원리(The Peter Principle)'로 보면 여느 국민들보다도 책을 많이 읽었다는 이론가들이 실전에서 빵점들을 맞고 모두 물러나게 된 것은 첫째로, 이론과 실전은 완전히 다르다는 것, 따라서 학자는 학문을 해야지 정치를 해서는 안된다는 것을 설복력 있게 설명해주고 있다.

다음으로 말하고 싶은 것은, 당시 한나라당의 대권주자였던 이명박 현 대통령을 빗대놓고 노무현 전 대통령이 "실물 경제 좀 안다고, 경제 공부 좀 했다고 경제 잘하는 게 아니다."고 했던 말이 적중하였다는 것이다. 실제로 경영전문가 출신 대통령이 오히려 경제를 파탄내고 경제를 모르는 민주적 리더십의 대통령이 경제를 살려낸 경우가 미국의 역사 속에 여러 번 있었다.

경제 파탄의 한 예로, 제31대 미국 대통령 후버가 바로 그러했다.

대통령이 되기 전에 광산업과 토목업을 아우르는 다국적 기업을 창업한 그는 뛰어난 경영능력으로 30대 후반에 무일푼에서 억만장자 반열에 올라 미국인들의 영웅이 되었고 한편으로는 살아있는 전설로서 모두의 우상이었다. 그런 그에게 대통령이 될 수 있는 기회가 만들어진 것은 바로 1920년대 말에서 1930년대 초에 발생하였던 미국 경제의 대공황 때문이었다. 그러나 그와 같은 대공황 속에서도 당시 미국의 산업은 여전히 세계 시장을 석권하고 있었다. 이와 같은 위치를 잃지 않기 위하여 미국 국민들은 실물 경제에 해박한 성공한 경제인 후버를 선택했고, 그렇게 당선된 후버는 물러날 때까지 자기 자신의 도그마에 빠져, 결국 미국경제를 더 망쳐먹고 말았다. 후버는 미국경제 펀더멘털이 건전하다고 주장하면서 현실경제 하향곡선을 인정하지 않았고 대신 "후버댐 건설" 등 토목공사와 건설경기에 치중하다가 경기가 나빠지자 증시는 폭락하게 되었고, 제멋대로 관세율을 올리다가 유럽으로부터 보복관세를 당하여 국내 경기 침체로 이어져 주가는 더욱 땅바닥을 기게 되었다.

이명박 대통령이 대권주자로 나섰을 때 나는 미국에서 이명박을 후원하는 사람들의 모임에 여러 번 취재하러 갔었다. 그때마다 그들은 이명박이 대통령이 되어야 하는 이유를 설명하면서 나에게 기사를 쓸 때 "이명박은 CEO 출신으로서 대한민국을 잘살게 할 수 있다."는 말을 꼭 써넣어주기를 간곡하게 당부하곤 했다. 당시 나는 후버에 대하여 말해주고 싶었지만 신분도 신분이거니와 말을 할 수가 없었다. 지금 생각해봐도 대한민국의 다수 국민들이 모두 CEO 출신 이명박을 열창할 때 왜 후버를 생각하지 않았는지는 도무지 알다가도 모를 일이다.

어디를 뜯어봐도 단지 실물경제를 잘 안다는 아집과 독선으로, 실용을 부르짖으면서 디플레이션을 막을 수 있는 경제정책 실시타이밍을 놓쳐가고 있는 이명박 대통령이 어쩌면 한국의 두 번째 IMF를 맞아오게 될지도 모를 위기로까지 가고 있다. 여기저기서 적지 않은 업계들이 이미 IMF체제로 돌입하고 있다는 심상찮은 보도가 쏟아져 나오고 있는 것에 경각성을 높이지 않으면 안된다. 경영인으로서 한국의 후버라고도 불릴만큼 무에서 유를 창조하였던 신화적, 경제 상징적 인물 이명박이 자칫 잘못하면 미국의 역사상 경제를 망치고 가장 무능한 대통령으로 채점받고 있는 후버 대통령의 복사판이 될지도 모른다는 것에 경각성을 높이지 않으면 안된다.

그런데 후버가 쑥대밭을 만들어놓은 미국 경제를 바로 잡아놓고 경제적 대공황을 타개한 사람이 아이러니하게도 "경제의 경"자도 모르는 루즈벨트 대통령이었다. 후버와 비슷한 인물이 또 있다. 미국의 하버드대학에서 경제학 박사까지 마친 멕시코의 살리나스다. 그도 미국에서 유학생활을 마치고 조국 멕시코로 돌아가 대통령이 되었다. 결과는 어떠했던가, 머릿속 가득한 해박한 경제지식을 하나도 제대로 써먹지 못하고 멕시코의 경제를 완전 거덜내고 종당에는 멕시코에서 추방당하고 말았다. 여기에 루즈벨트와 비슷한 인물도 또 하나 있으니, 역시 "경제의 경"자가 무엇인지 모르는 이류급 탤런트 출신 대통령 로널드 레이건이 아니었던가.

경제를 살려낸 이들의 성공비결은 "경제의 경"자와 별로 상관없었다. 말이라는 언어매체를 통해 국민들과 마음을 함께 나누는 기술이었다. 제2차 세계대전의 지도자로 동맹국을 지도했던 루즈벨트같은 어마어마한 대통령이나 재임 중 세계 최대의 공산국가 소련을 무너뜨리는 데 성공했던 레이건같은 대통령도 늘 쉽고 따뜻한 말은 많이 하면서도 절대로 오늘의 이명박 대통령처럼 국민들이 모두 광우병 우려가 있는 미국산 쇠고기를 먹지 않겠다고 떠들고 있는데도 미국 대통령 부시를 만난 자리에서 "설사 광우병이 발생한다고 해도 미국산 쇠고기 수입을 중단하지 않는다."는 아주 용감한 말을 함부로 내뱉지 않았다. 물론 이명박 대통령으로서는 억울할 수도 있고 내가 뭘 잘못했는데 하고 고개를 쳐들 수도 있을 법하다. 주먹구구로 계산해도 10억 달러치 쇠고기를 수입하고 대신 500억 달러치 자동차와 휴대폰을 수출하는데 뭐가 어떻단 말인가 하고 따져볼 수도 있을 것이다.

그러나 그것은 장사꾼의 이론이고, CEO의 이론이지 정치가의 이론이 되어서는 안되는 것이다. 지혜로운 정치가는 절대로 국민을 상대로 시비를 하지 않는다는 것은 역사 속에 널리 살아있는 교훈이다. 설사 자기의 주장이 옳고 국민의 주장이 틀렸더라도 틀린 주장에 복종한다. 먼저 복종하고 나서 다시 반전의 기회를 노리던지 아니면 국민들이 스스로 자신들의 틀린 주장을 깨닫고 철회할 때까지 기다려야 한다. 그렇지 않고 이명박 대통령처럼 "나는 대한민국주식회사의 CEO"라는 발상을 가지고 국민들을 회사원 다루듯이 하다가 오늘날 지지율이 10%대로 추락하고 본인은 물론 내각과 측근 참모들까지 모두 함께 최단기간에 최악의 지지율을 기록하는 대한민국의 정치사에서 아주 유례가 없는 사태를 빚어내고 있는 것이다. 이 얼마나 황당무계한 일인가.

이상은 지금까지 드러난 이명박정권이 출연하고 있는 풍경인데 앞으로 나는 여기에 이와 같은 난국을 타개할 수 있는 방편으로 먼저 이명박 대통령이 스스로 자신은 장사꾼인 CEO가 아니라 정치가인 대통령이라는 자각을 다시 갖추기를 바라면서, 이제부터라도 국민을 CEO 수하의 회사원이나 또는 장사꾼 상대의 흥정꾼으로 간주해서는 절대로 안된다는 점을 각별히 지적하고 싶다.

이미 이명박 대통령은 취임 100일 만에 과거 현대건설 사장, 서울시장 시절 각종 현안을 거침없이 추진하던 찬란한 활력을 거짓말처럼 다 잃어버리고 말았다. 하는 일마다 국민의 원성을 사고 있고 전국에서 벌어지는 촛불시위는 앞으로도 얼마나 더 계속되고 또 얼마나 더 격렬해 질런지는 아무도 가늠할 수 없지만, 미국의 대통령들 속에는 "경영인 출신 대통령이 경제를 망쳐먹은 사례"가 있었듯이, "경제의 경자도 모르는 대통령이 오히려 경제를 살려낸 사례"도 있는가 하면, 오늘의 이명박 대통령처럼 취임 초반부터 형편없이 망가졌지만 난국을 타개하고 반전의 기회를 잡아 성공한 대통령도 있었다는 것을 말하지 않을 수 없다.

그는 바로 아이브래햄 링컨 대통령이었다. 링컨 대통령이 처한 현실은 오늘의 이명박 대통령보다 훨씬 더 심각했다고 볼 수 있다. 집권한 지 얼마 안되어 미국 연방정부 가운데 절반이 분리 독립을 선언했는가 하면 여소야대의 정국에서 여당인 공화당에서조차 그를 대놓고 비판하다보니 링컨 대통령은 자기 마음에 드는 각료 한 명을 임명할 수가 없는, 완전 허수아비 대통령에 불과했다. 그러나 링컨 대통령은 그와 같은 참담함 속에서도 중심을 잃지 않았다. 국가를 재건해야 한다는 신념으로 워싱턴 정가의 모략과 패전의 위험에 맞섰고, 링컨 본인이 켄터키주의 한 오두막에서 태어나 노예해방론자로 되었음에도 불구하고 정작 남북전쟁이 발발했을 때 "나의 최고의 목적은 연방을 구출하는 일이지 노예제를 구하는 것도 없애버리는 것도 아니다."라고 선언할 만큼 대의를 위해 자기를 버린 빛나는 사례를 만들어냈다. 특히 1864년 선거에서 예상을 뒤엎고 부통령 후보로 적대당인 민주당의 앤드루 존슨을 지명했고 재선되자 남북전쟁으로 분열된 국론을 통합하고자 가장 자신을 많이 헐뜯던 사람들을 국방장관으로 기용하면서 "그 누구에 대해서도 악의를 품지 않고 모든 사람에게 자애로운 마음을 가지는 박애와 관용의 정신"을 호소했었고 실제로 실천에 옮겨냈다.

오늘날 얼마나 많은 민주국가의 정치가들이 대통령이 되기 위하여 링컨의 정치철학을 벤치마킹하는지 모르지만 모두 흉내 내는 데서 그치고 만다. 오죽했으면 노무현까지도 재임 중에 "링컨 흉내 좀 내려고 해봤는데 재미가 별로 없다. 욕만 바가지로 얻어먹었다."고 이실직고하고 말았을까, 전쟁까지 치러야 했었던 링컨에 비하면 이명박 대통령의 오늘 상황은 아직 고립무원에 사면초가까지는 아니다. 비록 전국민의 밉상이 되어버렸지만 여론조사에 보면 그래도 앞으로 경제를 살려줄 수 있을 것이라고 믿는 국민들도 적지 않다. 때문에 얼마 남지 않은 믿음까지 잃기 전에 빨리 성난 국민들의 분노를 가라앉히고 다시 환심을 되사기에 모든 노력을 아끼지 말아야 한다.

그러자면 해야 할 일이 몇 가지 있다. 좀 어렵겠지만 국민들이 미워하는 부자 내각을 해체해야 한다. 그리고 제구실을 못하는 교수, 학자 출신의 탁상공론가들을 모두 학교로 돌려보내야 한다. 관료형 정치꾼이 싫다고 해서 귀신같이 국민들의 눈치를 잘 살피는 정치꾼의 약삭빠른 꾀까지도 모조리 싫어할 필요는 없다고 본다. 이명박 대통령은 자신도 아직은 장사꾼 수준의 계산법으로 나라를 경영하고 있잖은가, 그러나 진정으로 멋진 장사꾼이라면 쇠고기협상을 그렇게 해서는 안된다. 가혹한 개발독재자였으면서도 죽은 뒤에도 여전히 국민들의 70% 이상 존경받는 박정희 전 대통령이 종아리를 걷어붙이고 농부들과 모내기하고 햇볕에 까맣게 탄 얼굴을 들고 턱수염이 길게 자란 촌로와 막걸리를 들이켰던 것을 생각했으면, 이명박 대통령도 미국 쇠고기는 문제가 없다고 국민을 설복하기에 앞서 자기가 먼저 쇠고기를 먹어보여야 한다. 그리고 자기 가족도 모두 함께 먹고 또 내각의 장관들과 측근 참모들이 모두 미국산 쇠고기를 먼저 먹어보여야 한다. 30개월 넘은 쇠고기가 아니라 설사 50개월을 넘은 쇠고기래도 좋다. 취임 100일 여론조사에서 95.7%를 얻었던 김영삼 전 대통령이 한국의 밀 칼국수를 고집하면서 청와대 직원과 청와대에 찾아온 손님들까지도 풀어진 국수를 숟가락으로 떠먹었던 일화도 있잖은가.

당장 아무 꾀도 떠오르지 않으면 이런 생쇼도 한번쯤 벌여보기 바란다. "농가성진(弄假成眞)"이란 말도 있듯이, 시작은 쇼에서 끝은 진실한 감동으로 다가서는 과정이 어쩌면 장사"꾼"에서 정치"꾼"으로,

그리고 정치"꾼"에서 진정한 정치"가"로 성장하는 과정일지도 모른다. 정치가가 되어 집념과 책임감과 함께 관용과 포용의 대명사로 불리는 링컨의 정치철학을 벤치마킹하여야 한다. 그리하여 가장 먼저 찾아가서 사과해야 할 사람이 패자로서 아름다운 승복을 했던 박근혜다. 박근혜에게 약속을 어겼던 점을 죄송하다고 사과하면 이명박 대통령은 한순간에 거대한 정치적 후비군을 얻게 될 것이다.

다음 "경제의 경"자도 모르면서 미국의 경제를 살려냈던 루즈벨트 대통령의 정치철학도 벤치마킹해야 한다. 이명박 대통령 본인이 국민과의 소통을 제대로 하지 못했음을 사과했듯이, 국민과의 소통에서 달인으로 손꼽히는 루즈벨트 대통령을 따라배워 직접 국민들과 소통할 수 있는 미디어형 정치장치를 마련해야지 돈 많은 기업가들과만 직통전화를 개통하고 핸드폰 번호를 주고받음으로써 돈 없는 국민들의 빈축을 사는 일만 골라가며 해서는 안된다.

아이브러햄 링컨과 프랭클린 루즈벨트 대통령에 이어서 마지막으로 로널드 레이건 대통령의 아주 단순하다 싶을 정도로 간단하면서도 순수했던 따뜻한 친화력을 벤치마킹해야 한다. 레이건은 절대로 국민들이 알아듣기 어려운 골치 아픈 경제 용어를 사용하는 법이 없었다. 국민이 일상생활에서 쓰는 물가나 세금이란 말도 국민들이 부르고 말하는 언투를 그대로 흉내냈고 본받아 말했다. 때문에 레이건에게는 '위대한 전달자(Great Communicator)'라는 영예스러운 호칭도 하나 주어져 있다. 걸핏하면 참모진들은 물론 공직사회와 전체 국민들까지도 상대로 "부처이기주의에서 벗어나야 한다." "하루에 몇 번이라도 비서관에게 직접 전화할 것이다." 등의 표현들을 삼가해야 한다. 그렇게 하여 모든 사람들에게 긴장감을 조성하고 지켜보는 국민들까지도 불안하게 만드는 딱딱하고 직설적인 화법보다는 이럴 때에 정적에게도 유머를 구사하면서 온 국민의 사랑을 받았던 영국 총리 처칠의 정치철학도 벤치마킹할 필요가 있을 것 같다.

한마디로 재미없는 대통령에서 국민이 모두 좋아하고 따르는 재미나는 대통령이 되기를 바란다. 앞서 대선 때도 "정동영만큼 잘 생기지도 못했고, 목소리도 좋지 않고, 말도 못하는데 어떡하나." 하고 걱정했으면서 정동영을 이기고 대통령에 당선되지 않았던가. 못나면 못난대로 당당하게 국민들 앞에 나서시라. 넥타이를 풀어헤치고, 소매를 걷어붙이고, 미국산 쇠고기 걱정 말라고, 30개월 이상 쇠고기를 꼭 막아내겠다고, 그러나 설사 막아내지 못하면 청와대부터 먼저 먹고 대통령부터 먼저 먹겠다고 가슴을 때려라. 그렇게라도 해서 국민들이 감동하면 그때는 모든 것이 다 풀릴 것이 아니겠는가.

탈선하는 민주주의 바로 잡아라!

촛불들고 나왔던 평화의 시위대가 쇠파이프를 휘두르고 새총을 쏘고 거리바닥에서는 전투경찰이 방패와 헬멧을 빼앗긴 채로 시위대에 의해 집단폭력을 당하고 있다. 꼭 마치도 페레클레스가 기원전 5세기 아테네 사람들에게 설교하면서 '자유는 행복이다. 그러나 이 행복은 오직 용기있는 인민만이 누리는 특권이다.'고 말했던, 그런 인민들이 지금 기관사 이명박이 싫어서 이 대한민국이라는 기관차를 스스로 탈선시키고 있는 것이다.

기관차는 탈선하면 당장에서 전복하게 된다. 그렇게 되면 어떤 인명피해가 발생할지는 아무도 모른다. 그런데 용감한 대한민국의 국민들은 그런 것을 두려워하지 않는 위대한 전통을 가지고 있다. 이승만독재정권과 박정희독재정권, 그리고 전두환독재정권에 이르기까지 '우리는 다시 노예가 되지 않으리라'는 산도르 뻬테피의 시를 낭송하면서 젊음도 청춘도 다 바쳐가며 피를 흘려왔기 때문이다. 한마디로 오늘의 자유민주주의 대한민국은 피를 마시며 성장했다고 할 수 있다. 그리하여 페레클레스의 이 설교는 오늘날 빛깔이 희던, 빛깔이 붉던 모든 시대착오적인 독재체제에 저항하고 있는 자유인에게 보내는 격려의 메시지라고 하지 않을 수 없다.

그러나 용기있는 사람들이 목숨을 초개처럼 버리고 싸운다고 하여 자유여신이 그 즉시 찾아오지는 않는다. 행복한 나라, 정의로운 사회가 바로 전개되지 않는다. 오랜 시간을 두고 참고 견디고 피흘리며 굽히지 않은 뒤에야 맞이하게 되는 투쟁의 성취다. 간단치 않다. 열사들이 흘린 피를 마시며 성장한 오늘의 이 자유민주주의, '용기있는 인민'만의 대한민국을 과연 누가 지켜줄 것인가. 당연히 '인민' 스스로가 지켜나가야 한다. 어떤 방법으로 지켜나갈 것인가는 '인민' 스스로가 알고 있다. 바로 법치주의다.

세계 각국의 역사적 상황에 따라 법치주의란 단어는 조금씩의 의미의 차이를 지니고 있겠지만 보편적으로 법치주의라고 할 때 그것은 인(人)의 지배가 아닌 법(法)의 지배를 의미하며, 국가 권력은 국민이 제정한 국회가 정한 법률에 따라 발동한다는 원리로 이해되고 있다. 이렇게 볼 때, 법치주의란 국가가 국민의 자유와 권리를 제한하거나 국민에게 새로운 의무를 부과하려 할 때는 반드시 국회가 만든 법에 의거하거나 그에 근거를 두고 있어야 한다는 원리로 받아들여질 수 있는 것이다. 이럴 때 한번쯤 국회를 만든 창조주가 누구냐는 질문을 던져본다. 바로 국민들 스스로가 아닌가. 국민들 한 표 한 표의 투표에 의해 태어난 국회의원들이 모여서 국회를 열어가고 있지 않은가.

그런데 이 국회가 열리지 못하고 있는 대한민국의 법치주의를 지금 국민들 스스로가 훼손하고 있다. 촛불을 켜들고 쇠파이프를 휘두르고 새총을 쏘아 부수고 있다.

‘빨갱이’ ‘좌파대통령’이라는 평판을 받던 노무현 전 대통령까지도 자신의 정치적 자산이었던 시민단체를 향하여 “청와대로 가봐야 별 의미 없다. 국회로 향하라.”고 터놓고 말해주었는데도 시위대는 듣지 않는다. 밤만 되면 서울 도심을 무법(無法)의 해방구로 만들어놓고 요즘은 국가권력의 상징인 경찰까지도 비틀어놓고 인민재판식 심판 놀음을 벌이고 있는 것은 이미 이 국가의 법치주의 형상이 불성모양이 되어있음을 말해주고 있다.

‘국민 건강권을 지키자’던 평화적인 촛불집회 성질은 사라졌고, 시위를 주도하는 ‘꾼’들은 폭도화(暴徒化)되어버렸다. 전경과 경찰이 조롱당하고 시위 차단용 경찰버스가 시위‘꾼’의 밧줄에 끌려 다니고 부수어지고 하는 일이 발생하고 있는 것에 경악을 느끼지 않을 수 없다.

이쯤 되면 정부도 국민도 빨리 제정신을 차려야 한다. 진정으로 자유와 평화를 사랑하는 대한민국의 국민들은 이 자유와 평화를 지켜주는 대한민국의 법치주의를 부수려고 드는 시위‘꾼’ 폭도들과 갈라서야 한다. 국민의 이름을 팔아 ‘광우병국민대책회’라는 허울을 내건 시위‘꾼’ 폭도들과 이 폭도들이 일으키고 있는 폭력난동의 주동자들을 빨리 제보하고 검거해야 한다.

촛불을 든 1만 명의 시위대와 여기에 엉거주춤 자세로 들러리를 서고 1만 명의 구경꾼들 앞에서 겁을 집어먹고 이들이 국민 5천만 명을 대변하는 것처럼 오판하는 이명박정부에 호소한다. 그리고 이명박정부는 이제 5천만 명의 국민들을 상대로 호소해야 한다. 진정으로 자유와 평화를 사랑하는 국민들은 이 자유와 평화를 지켜주는 법치주의를 훼손하고 있는 시위‘꾼’ 폭도들과 갈라서야 한다고. 그리하여 국민들은 촛불과 쇠파이프, 새총을 내려놓고 자신들이 선출하였던 국회의원들을 향하여 하루빨리 국회를 열고 법의 힘으로 자신

들이 옳지 못하다고 생각되는 정부의 행위와 싸워달라고 부탁하여야
한다.

원래 법이란 모든 국가적 활동과 국가공동체적 생활의 근거가 아
닌가!

이 근거에 바탕을 두고 일을 이루어가지 않는 정부를 이 법으로
규탄해야지, 자기들 스스로 먼저 이 법을 망가뜨리면 나중에 가서 이
정부가 군대를 동원하고 장갑차를 들이밀 때에 이것과 맞받아싸울
수 있는 법적 근거마저 잃어버리게 된다. 당연히 정부는 폭도들을
진압했다고 할 것이고 이에 대하여 쇠파이프를 휘두르고 새총을 쏘
아대고 전경을 두들겨 팼던 시위대는 "우리는 평화시위를 했다."고
오리발을 내밀수도 없게 된다.

똑똑한 국민들은 이제 촛불을 끄고 집으로 돌아가 생업에 종사해
야 한다. 자신들의 손으로 뽑은 국회의원들에게 빨리 국회를 열게 만
들고 국회의 힘으로 자신들이 원하는 법규범을 새롭게 마련하여 국가
기능과 조직형태를 통한 자유와 평등, 그리고 정의를 실현하게끔 닦
달해야 한다. 그리하여 국회의 말을 듣지 않는 대통령을 국회의 힘으
로 탄핵해야 한다. 그리하여 만약 탄핵이 통과되면 천하 어떤 군주라
도 하루아침에 나떨어져야 하는 것이 바로 민주주의가 아닌가.

이렇게 위대한 힘을 가진 국민들 스스로가 자신의 기회이자 무기
를 포기하는 것은 바보스러운 행위다. 적법수순을 무시하고 쇠파이
프를 들고 나선다는 것은 스스로 피해자가 되고 낙오자가 되고 반대
자가 되는 길이다. 하루라도 빨리 탈선하는 기관차를 국민들 스스로
가 나서서 바로잡아야 한다.

금강산 도깨비관광 집어치워야

금강산 도깨비관광이 끝내 사고치고 말았다. 세계 어느 관광지에서도 호텔 주변에 출입금지 울타리를 세우고, 그 경계선을 넘었다고 군인이 연약한 여자 관광객에게 총을 쏘았다는 사례를 본 적 없는, 그런 도깨비 같은 짓을 북한이 거침없이 저질러버린 것이다. 대동강 물 팔아먹었다는 평양의 봉이 김선달이 알았어도 아마 두 눈이 열 번은 더 뒤집혀졌을 것이다. 김선달 못지않게 3·8선을 치고 앉아 금강산을 팔아먹는 김정일이 과연 김선달의 자손인지는 딱히 알바 없으나 아무래도 김선달 쪽에서 더 김정일을 싫어할 것 같다.

물론 북한의 설명은 초병이 통제구역으로 들어온 관광객에게 정지명령을 내렸지만 말을 듣지 않고 돌아서서 달아나는 바람에 실탄 사격을 했다는 것인데, 거기에 과연 관광객에게 총까지 쏘아야 할 만큼의 보호가 급박한 군사시설이 있었는지 의문이다. 설사 있었더라도 50대의 여성이 아닌가. 쫓아가서 포박해도 얼마든지 가능할 비무장 상태의 여성에게 대고 방아쇠를 당겨버린 것이다.

　사람을 죽여 놓고 북한정권은 아무런 공식적인 정부수준의 입장 발표조차 하지 않는다. 이렇듯 사람 죽이는 것을 하찮게 생각하는 북한정권의 한 단면이 그대로 적나라하게 드러난 것이다. 고작 회사 차원에서 사람을 파견하여 현대아산에 너희 사람이 피격당했다고 알려준 것이 다다. 돈벌이에 혈안이 된 현대아산은 자기 관광객의 피격 사망사실을 9시 20분에 통보받아서 2시간을 넘긴 11시 30분에야 통일부에 알리고 통일부에서도 또 2시간을 넘겨 청와대에 보고하였을 때에, 이명박 대통령은 국회에서 "6·15 공동선언, 10·4 정상선언을 어떻게 이행해 나갈 것인지에 대해 북측과 진지하게 협의할 용의가 있다."고 연설하고 있었다.

　물론 이 대통령은 이런 연설을 할 때에 이미 자기 나라 국민이 금강산에서 관광하다가 총에 맞아 죽은 것을 알고 있었다. 이미 준비했던 연설 내용이라서 아무런 재고도 없이 그대로 낭독했다는 것이다. 이에 대한 비판이 일자 "남북관계 큰 방향을 강물의 흐름이라고 한다면 가운데 돌출적 사안도 생길 수 있다."는 도깨비 같은 설명을 청와대가 하고 있다. 한마디로 관광객에게 총을 쏘는 나라도 도깨비 같은 나라지만, 총에 맞아 자기나라 국민이 죽었는데도 정치대망론을 펴면서 때와 장소도 모른 채로 해대는 이와 같은 설명은 그야말로 '상식'과 'ABC'와 '기본'에 무지한 행위라고 말하지 않을 수 없다.

　돈벌이에 혈안이 된 기업은 눈에 돈밖에 보이는 것이 없고, 촛불시위에 혼쭐 맞은 이 나라 정부는 냉각되어 사태 판단능력 자체가 정지돼 있지 않나 싶다. 더 한심한 것은 일인당 2천불씩 퍼넣으면서 온정리에서 출발하여 만물상, 구룡폭포 등 몇 군데만 수박 겉핥기식으로 구경하고 쫓기듯 돌아오는 한국 관광객들이다. 1998년부터 지금까지 194만 명이나 금강산을 찾았다고 한다. 올 상반기만도 19만

명, 거기다 개성 관광객도 한 달에 1만 명씩 된다니 이 많은 관광객이 관광객 대접도 제대로 받지 못하고 종당에는 북한군이 쏘는 총에 엉덩이와 잔등을 맞고 사람까지 죽는 일이 생겼다.

누구를 탓하랴! 방아쇠를 당긴 북한군 병사만의 문제가 아니다. 보다 큰 문제가 이런 도깨비 같은 관광을 다녀오고 있는 한국 국민들의 경제사정이 과연 관광 나다닐 사정인지도 생각해보아야 한다. 더구나 금강산은 오늘 내일 없어지는 산도 아니다. 통일 후에 자유롭게 막걸리 마시며 빈손으로 유람해도 될 것을 이렇게 나라와 백성이 값 비싼 입장료까지 내가며 너무 극성스럽게 금강산에 다녀오는데는 문제가 있다.

아무리 소비가 미덕이요, 세계화시대라고 흥청망청 향락에 돈을 물 쓰듯 하는 나라들 가운데서 한국은 둘째가라면 서러운 나라다. 그나마 금강산관광에 돈 쓸 때는 정말 장엄한 명분이라도 있었던가 보다. 경제사정이 어려운 북한동포들에게 지원하는 인도적 차원, 그리고 이산가족과 실향민 간판도 한몫 단단하게 작용했음은 분명하다. 그것 때문에 한국판 80세 카우보이 정주영의 소떼 1천 마리를 시작으로 동해안 속초 앞바다에 북한 잠수함이 나타났을 때도, 서해 교전 때도 그리고 정몽헌이 자살했을 때도 금강산으로 가는 관광길은 멈춰서지 않았다.

이렇게 해서 북한이 손에 쥐는 돈이면 북한의 연간 부족식량 수천 톤도 해결할 수 있는 재원이 아닌가. 특별한 시설투자가 크게 없이 있는 그대로의 금강산을 밟게 하는 대가로 달러를 벌어들이는 도깨비 방망이 같은 좋은 비즈니스를 하면서도 무엇이 모자라서 돈 안고 오는 한국 관광객에게 총질하였는가. 총을 쏜 초병이 상부의 지시에 따랐을 수도 있고 아니면 본인의 평소 훈육대로 내린 판단이었을 수도 있지만 한마디로 사람을 쉽게 죽이는 북한정권의 야만성을 그대로 드러내놓은 것이다.

속담에 중이 고기맛을 알면 절간에 빈대가 남아나지 않는다고 한다. 이렇게 관광객에게 총까지 쏘는 상식이 통하지 않는 북한의 무법자 집단으로 금강산 관광객들이 계속 줄서서 들어간다면 김정일은 어느 날 금강산의 나무뿌리 돌부리까지 뽑아서 모조리 팔아먹으려고 들 것이다. 절대 이런 날이 오게 해서는 안된다.

베이징올림픽을 결산한다

　　서구적인 시각에서 볼 때 온갖 부정적 그림자로 드리웠던 베이징 올림픽이 제대로 치러나 질지 조마조마하던 17일간의 열전을 끝내고 오늘 마침내 서서히 막을 내리고 있다. 이 올림픽에 대한 세계 언론들의 평가가 나오고 있다. '요미우리'는 "자원봉사자들의 중국 미소", "세계가 중국을 더 잘 이해하는 계기가 됐다."고 칭찬하고 있고 '시카고 트리뷴'은 "차분한 민족주의 속에 성공적인 올림픽"이라고 칭찬하고 있으며, '캐나다 글로벌 포스트'는 "당나라의 황금시대 재현", "중국 관중 매너"야말로 "금메달감"이라고 칭찬하고 있다.

　　한마디로 지난 1997년 7월 31일 영국으로부터 홍콩 주권을 돌려받아 '서세동점' 시대에 종언을 고한 데 이어 11년 만에 세계에 위대한 중화 부흥의 서곡을 울린 이 올림픽은 '중국판 르네상스'를 예고하고 있다. 약 200년 전 프랑스의 나폴레옹이 중국을 가리켜 "자는 사자를 깨우지 말아라. 깨어나면 큰일 날 것이다."고 했다는 경계의 말이 응험하고 있기라도 한 듯하다. 또 100년 전에는 전 열강들로부

터 '동아병부'로 조롱당했던 중국이 전 세계를 상대로 4백억 달러짜
리 큰 잔치를 벌여낸 것이다.

그야말로 잠 깬 사자의 위용이요, 동아병부의 치욕을 씻어낸 중화
민족사에 크게 기재할 만한 잔치다. 결과에 다른 여러 올림픽을 치
렀던 나라들처럼 '後'올림픽증후군을 앓을 것인가, 아니면 한국처럼
민주화가 일어날 것인가 같은 지저분한 걱정들을 쏟아부으며 이 잔
치를 무리한 잔치라고 꼬집는 서방세계에 이 잔치야말로 '무리(無理)'
가 아닌 '유리(有理)'였음을 힘있게 증명하기도 했다.

개막식 국가별 입장 순서가 전 세계 통용어인 영어 알파벳이 아닌
중국어 간체자 획순으로 한 것이나 또는 올림픽 기간 선보인 3G 이동
통신의 기술표준을 CDMA 2000이나 WCDMA 대신 자체 TD-SCDMA
를 채택한 것 등을 보면 강대해진 중국의 어마어마한 뚝심과 배짱을
보여주고 있다. 결과는 어제까지 미국 주도의 서구세계가 표준으로 내
세워왔던 적지 않은 기준들이 깨지게 될 것 같다. 이제부터는 이른바
중국 고유의 것이 세계적인 기준으로 슬슬 바뀌어갈지도 모른다. 이렇
게 중국 기술을 국제표준으로 만드는 차이나 스탠더드(China Standard)
도 구체화되어가고 있는 때다.

이런 때 우리는 결코 쉽게 간과하지 말아야 할 것이 있다. 여차하
면 "담을 높이 치고 빗장을 닫아건 울타리 안에서 벌여낸 자기들만
의 잔치판"이 될 뻔했던 점과, 이와 같은 세계평화의 상징인 올림픽
축제도 "10만 명의 중무장 병력이 베이징 시내에 주둔하고 주경기장
인근에는 지대공 미사일이 배치됐으며 첨단 전투기는 물론 헬기와
해군 함정, 생화학 병기도 동원"되는 준계엄상태하에서 치러지지 않
으면 안되었다는 세계평화 속의 비평화라는 사실이다.

그리하여 이 비평화 속에서 재현된 중국의 황금시대는 제대로 된

개방성과 관용, 공정성 등의 자질을 갖추지 못하여 아직도 사회는 경직되어 있고 분위기는 딱딱하며 백성들은 고달프다. 그것을 증명이라도 해주듯이 크게 우려됐던 신강자치구 분리주의자들이 일으켰던 역내 테러와, 외국인의 티베트의 분리 요구 시위 등이 발생하기도 했지만 그러나 이 모든 소란들은 올림픽에 전혀 영향을 주지 못하였다. 말 그대로 '찻잔 속의 태풍'으로 끝나버리고 말았다. 그만큼이나 중국은 강대해졌고 위대해진 것이다. 지난 30년간의 개혁·개방을 통해 축적된 경제적 부의 덕분이라고 해야겠고, 이 개혁 개방을 성공적으로 이끌어낸 등소평의 공로라고 해야겠다. 바로 이 개혁개방의 갈림목에서 여차하면 좌초했을지도 모르는 1989년 6·4 천안문사태에서도 '앉아버티기'를 하던 어린 대학생들을 탱크로 밀었던 어마어마한 '범죄'까지도 어쩌면 이해가 되고 용서가 될 만큼이나 등소평도 공산당도 큰일을 해냈다고 봐야할 것이다.

결과적으로 중국 공산주의자들이 선호하는 슬로건 가운데 하나였던 "일체는 혁명의 승리를 위하여"가 "일체는 개혁개방을 위하여"서에서 "일체는 올림픽성공을 위하여"로 바뀐 것이 아주 적중하게 먹혀든 것이다. 수확한 금메달 수가 미국도, 러시아도 모조리 제치고 세계의 제일 앞장에서 독주하고 있으니 탱크로 밀었던 미사일로 쏘았던 하나도 무난하지 않다. 이 올림픽의 개막식을 총설계하였던 장예모가 일찍 공산당의 입맛에 감칠맛을 돋우는 영화 '영웅'을 만들어 "천하통일이라는 위업을 이룰 진시황을 암살하기보다는 자신이 목숨을 버리는 것이 대의에 걸맞다."는 이유를 정당화시켰던 부분과도 상당하게 어울리는 대목이다.

결산하면 이 올림픽은 여전히 과정주의가 아닌 결과주의다. 수많은 역설을 업고 정설로 돌아선 것이며, 수많은 비정의를 딛고 정의로 탈바꿈한 것이다. 정설로 봐도 정의로 봐도 중국은 강자이며 승자가 되기에 충분하다. 어쩌면 베이징올림픽에서 세계의 인류사가 배워야 할 또 하나의 교훈일지 모른다. 메달순위도 나라마다 산정방식이 다르기 때문인지 미국은 자기들이 1등을 했다고 주장한다. 총 메달 수가 제일 많다는 이유다. 그러나 금메달 수는 중국에 뒤진다. 당연히 중국은 세계 제1이다.

그런데 이것은 중국과 미국의 자기들만의 주장일뿐, 국제적으로 공인된 것이 아니다. 국제올림픽위원회(IOC)에도 순위결정에 대한 명확한 기준이 없다. 각국이 알아서 집계한다. 그런데 미국 국민들은 그러는 자기나라 언론을 픽픽거리고 웃는다. 그래도 금메달 순위(Rank by Gold)가 앞이지, 은메달이나 동메달을 아무리 많이 따도 금메달 한 개에 미치겠냐며 미국 중국 할 것 없이 전 인류가 전형적인 '승자독식(The Winner-Take-All)'의 방식에 취해있고 중국은, 아니 중국공산당은 이 거대한 중국을 '승자독식'에서도 아주 용케 미국이나 러시아같은 나라들을 모조리 이겨내게 만들었다.

미국이 아무리 '공리주의적 선호체계'를 부르짖고 금메달만 빼어나지 않고 총 메달 수가 모조리 합쳐 '최대 다수의 최대 행복'이라는 추구이념을 주장해도 올림픽세계에서는 금메달이 은메달보다 위대하고 은메달이 동메달보다 위대한 것이다. 다른 이들을 제치고 정상에 오르기까지는 남다른 눈물과 땀이 배어있는 운동원들과 이 운동원들을 키워낸 중국과 중국공산당에 찬사를 보낸다.

지금은 스펜서 존슨의 지혜를 따라 배울 때

얼마 전부터 스펜서 존슨 (Spencer Johnson)의 책들을 사서 닥치는 대로 읽기 시작했다. 사우스 캘리포니아 대학에서 심리학을 전공하고 현재 세계 정상의 컨설팅 기업인 '스펜서존슨파트너'의 회장으로 활동하고 있는 그는 전 세계 수천만 명의 삶을 바꾸어 놓은 글로벌 밀리언셀러 『누가 내 치즈를 옮겼을까』의 작가이기도 하다. 국경과 인종을 초월해 수천만 독자들이 열광하는 작가 스펜서 존슨의 '선물', '선택', '행복', '멘토' 등 작품들은 모두가 변화하는 이 세계를 살아가는 인간들에게 어떻게 슬기롭게 대처하여야 하는가를 가르쳐주고 있다. 우리에게 인생의 지혜를 일깨워주는 최고의 작가다.

『누가 내 치즈를 옮겼을까』를 읽어보면 이 세계에는 과연 스펜서 존슨과 같은 스토리텔러이자 스테디셀러를 따라잡을 만한 작가가 다시 나올 수 있을까 하는 의문까지도 들 지경이었다. 읽다가 갑자기 이 이야기 속의 스니프와 스커리라는 두 생쥐 외에도 헴과 허라는 이 두 꼬마 인간은 다른 누구의 이야기가 아니라는 생각에 자기도 모르게 한숨이 나왔다.

특히 창고에 가득 쌓여 있는 온갖 치즈를 마음껏 먹으면서 걱정 없이 살던 스니프와 스커리, 그리고 헴과 허가 어느 날 그 많던 치즈가 갑자기 사라졌을 때, 즉각 새로운 치즈를 찾아 나서느냐, 아니면 끝까지 여기서 치즈가 다시 나타날 때까지 기다리느냐는 선택을 해야 한다. 이 장면을 읽으면서 역시 이들 생쥐 못지않게 선택과 변화의 고민에 빠져있는 우리 동포들 생각에 어안이 벙벙해지지 않을 수 없었다.

일단 두 마리의 생쥐와 두 사람의 꼬마 인간은 치즈가 없어진 사실을 믿을 수가 없었다. 그러나 믿지 않을 수도 없었다. 일단의 치즈가 다 사라졌으니 말이다. 스니프와 스커리는 즉각 행동한다. 치즈가 자기절로 다시 나타나주리라고 기다리는 것은 허황하다. 즉시 새로운 치즈를 찾아 나서지 않으면 안된다. 그러나 헴은 이를 거부한다. 다시 나타날 때까지 끝까지 기다리겠다는 속셈이다. 다소 무식하고 행동적인 생쥐와 생각만 복잡하고 행동성이 부족한 꼬마 인간의 이야기에 그대로 비쳐져 있는 우리 해외조선족군단을 먹여 살리던 치즈라고 이 세계경제를 쑥대밭으로 만들어놓은 월스트릿트의 재난 앞에서 무사할 리가 없는 것이다.

한국에서, 일본에서, 그리고 러시아에서, 미국에서, 세계 각지에 흩어져 돈들을 벌어 중국으로, 연변으로, 고향으로 보내고 있었던 우리 동포들의 꿈을 가능케 했던 자본주의 치즈가 지금 사라져가고 있는 것이다. 지난 십수 년 동안 우리 민족에는 '장밋빛'의 꿈이나 다를 바 없었던 치즈였다. 낙후하기를 이를 데 없고 어디 큰 돈이 나올 데라고 없는 가난한 고향을 먹여 살리고 숨쉬게 하였던 은혜로운 치즈다. 이 치즈를 생산하는 세계 제일의 창고였던 뉴욕의 월스트릿 치즈 창고가 텅텅 비기 시작한 것이다.

한화와 엔화 달러들을 그득그득 모아두었던 우리들의 꿈이 하루 아침에 잿빛 담벼락 밑으로 굴러떨어지게 생겼다. 이 장밋빛 꿈은 돈만이 만들어낼 수 있는 꿈이다. 돈 놓고 돈먹기식 무한이윤추구만이 쌓아낼 수 있는 꿈이다. 환율이 높을 때 한화와 엔화, 달러로 인민폐를 바꾸어 아파트도 사고 자가용도 사고, 가게도 열려고 계획하였던 모든 꿈과 부귀영화를 담보해주는 희망의 '치즈 창고'였다. 이 치즈창고에서 해외로 나올 때 졌던 빚들을 다 갚고 이제 막 돈을 벌기 시작한 동포들과 돈을 많이 벌어 옆차기가 불룩해진 동포들은 치즈의 맛과 향에 취하기 바쁘게 스니프와 스커리 두 생쥐의 신세가 되고만 것이다.

왜 우리는 진작 생쥐들처럼 치즈의 상태를 점검하지 않았을까? 치즈냄새를 자주 맡아보면 치즈가 상해가는 것을 알 수 있고 새로운 방향으로 움직여 보는 것은 새로운 치즈를 찾는 데 도움이 된다는 것을 진작 알아야 했을 것이다. 그랬더라면 우리는 오늘의 사태에 절대 무방비로 당하지는 않았을 것이다. 그런데 우리에게는 그런 재간도 지식도 없었다. 이자돈을 한짐씩 브로커들에게 가져다 바치고 미국으로 밀입국할 때 우리는 치즈를 얻기 위해 간단하지만 비능률적으로 실패에 실패를 거듭하였던 생쥐 이상도 이하도 아니었다. 그런데 한국으로 일본으로 미국으로 들어와서는 갑자기 "치즈를 가진 자는 행복해. 우리는 그럴 만한 자격이 있어." 하면서 행복에 빠져 선택과 변화에 무딘 꼬마 인간이 되어버리고 만 것이다. 때늦게 읽는 우화지만 지극히 교훈적이다.

마침내 스니프와 스커리가 떠나간 뒤에 남았던 두 꼬마 인간 중에서도 하나가 굶주림을 참지 못해 어느 곳이든 나가자고 하자 다른 하나가 "나는 이곳이 좋아. 편해. 다른 곳은 어떤지 모르잖아? 다른 곳은 위험해." 하고 말하며 이를 거절하는 모습을 출현하고 있다. 언제까지 기다려 한화나 엔화, 달러가 다시 오를지 아니면 더 바닥으로 내려갈지 모르니 이대로 안고 있을 수도 없고 그렇다고 부랴부랴 팔 수도 없는 상황이다. 어떻게 할 것인가.

나는 근로 용감하며 근면 성실한 우리 해외조선족의 모든 동포들이 이 우화 속의 꼬마 인간들보다 생쥐를 따라배우라고 말하고 싶다. 아마도 계속 기다려봐야 어느 곳에도 치즈는 없을 것이다.

그런데 우리는 이미 살길 찾아 떠나버린 스니프와 스커리의 뒤에 떨어진 꼬마 인간이 되어버리고 말았다. 그나마 한 꼬마가 말한다. 결국 인생도 변하고 계속 앞으로 가고 있는데 우리도 그렇게 할 수밖에 없다고 결론을 내리고 그곳을 떠나고 있는데 세상에서 제일 잘났다는 우리의 조선족동포들이 좋았던 시절의 추억과 새로 떠나는 길에 대한 두려움으로 망설이고 있어서는 안된다.

변화를 거부하고 사라져 버린 치즈의 추억에 매달리면서 하루하루 도태되어가고 있다니 말이나 되는가. 이제라도 늦지 않았다. 우리는 변화의 의지를 갖고 새로운 출발을 하는 생쥐에게서 모험의 즐거움을 배워야 한다. 그리하여 새로운 치즈를 찾아나서는 생쥐들이 마침내 달콤한 치즈 향기를 코끝에 느끼게 되는 그들의 여정 자체의 아름다움에 함께 취하는 모습으로 다시 태어나지 않으면 안될 것이다. 그리하여 변화에서 또 변화를 즐기지 않으면 안될 것이다. 모험 속에서 흘러나오는 향기와 새 치즈 맛을 추구하는 멋 또한 얼마나 고무적인가.

떠오르는 태양과 함께 죽어가는
사나이의 미소가 고웁다

오늘은 한국의 저명한 시인 구상 선생의 「여명도(黎明圖)」가 떠
오르는 날이다.

>동이 트는 하늘에
>까마귀 날아
>
>밤과 새벽이 갈릴 무렵이면
>카스바마냥 수상한 이 거리는
>기인 그림자 배회하는 무서운
>골목……

1945년 일본의 패망으로 제2차 세계대전연합군인 미국과 소련이
해방된 한반도를 38도선으로 나누어 남에는 미군이 북에는 소련이

진주하면서 자유민주주의와 공산주의가 대치현상을 가져왔던 그 다음해 1946년에 구상은 이런 아름다우면서도 퇴폐적인 시를 북한의 원산문학가동맹에서 펴냈던 동인지 『응향(凝香)』에 발표한다.

> 이윽고
> 북이 울자
> 원한에 이끼 낀 성문이 뻐개지고
> 구렁이 잔등같이 독이 서린 한길 위를
> 횃불을 든 시빌이
> 깨어라!
> 외치며 백마(白馬)를 달려

　이 시를 아름다우면서도 퇴폐적인 시라고 평론하는 사람들이 꽤나 있는 줄 안다. '동이 트는 하늘에 까마귀 날아'에서 시작하여 '떠오는 태양 함께 피 토하고 죽어가는 사나이의 미소가 고웁다'로 끝나는 시다.

　어림없이 북조선문학예술총동맹은 이 시를 반사회주의 시로 규정, 구상도 반동작가로 판정, 비판이 막 시작될 무렵에 구상은 북한을 탈출한다. 그리고 몇해 지나 1950년이 왔다. 구상의 시에서 전쟁을 예견했던 듯싶은 '떠오는 태양 함께 피토하고 죽어가는 사나이의 미소가' 이 한반도땅에 비껴들기 시작했다.

　남쪽은 1948년 헌법의 제정과 함께 '대한민국'이라는 단독정부가 수립되고 북한에도 '인민공화국'이라는 공산주의 정권이 자리했다. 이 공산주의 정권이 사회주의 종주국가인 소련과 신흥공산대국인 중국을 등에 업고 '민족해방전선'이라는 명분하에서 6·25 전쟁을 일으켰다. 38선에서 낙동강까지 밀렸던 국군이 미국을 비롯한 16개국 유엔군의 합동작전으로 다시 북상하여 38도선을 넘어 북진했고 남한은 1950년 10월 1일을 국군의 날로 선포하기까지 한다.

잘 알려지다시피 1950년 6월 25일에 폭발하여 3년간 진행된 남의 나라 전쟁에 중뿔나게 참전한 미국과 중국 두 나라의 사상자가 합치면 2백만 명을 넘어선다. 물론 명분은 모두 그럴듯하다. 북한은 '민족해방전쟁', 남한은 대한민국 헌법이 명시한 '자유와 평등의 실현을 위한 자기방어 전쟁', 미국과 유엔군은 '유엔 헌장에 명시되어 있는 자유와 평화를 쟁취하기 위한 전쟁', 그리고 중국은 '항미원조 보가위국'이었다.

왜 '보가위국'이냐? 자유민주주의와 공산주의 이념이 대치하고 있었던 상황에서 자유민주주의 종주국가인 미국의 군대가 압록강변까지 내려오면 북한과는 순치(脣齒)의 관계인 중국은 입술을 잃어버리게 된다. 입술이 없으면 이가 시리다. 그러니 이가 시리기 전에 입술을 지켜야겠다는 중국의 속셈이었다.

때문에 이 전쟁은 빨리 나라를 통일하고 싶었던 젊은 김일성의 용맹과 이를 종용했던 스탈린에 의해서 일어났지만 결과는 직접 자신의 아들까지도 전장에 내놓았던 진정한 공산주의자 모택동의 자아희생정신에 의해 백만 명도 훨씬 넘는 중국인민의 아들딸들이 함께 죽어야 했다. 물론 여기에 우리 조선족의 수만 명 참전용사들도 함께 속해 있다.

돌이켜보면 이 전쟁은 구경 무슨 전쟁이었는지 얼떨떨하다. 마침내 전쟁이 끝나고 나서 남북한은 각기 구석기시대처럼 초토화되어버린 자기 나라 땅을 건설하면서 서로 전쟁은 대방이 먼저 일으켰다고 덤터기를 씌우고 이긴 쪽은 자기들이라고 주장한다. 그러면서도 구경 이 전쟁이 무슨 전쟁이었는지 갈피를 못 잡고 있다. 국내전쟁(내란)인지? 아니면 국제적 전쟁(유엔군 참전)인지? 동족상쟁의 세력 싸움인지? 아니면 '자유민주주의와 공산주의 이념전쟁'인지? 어제까지도 의견이 분분하다.

그러나 오늘날 나는 다음과 같이 판단하고 싶다.

이 전쟁은 한마디로 미국, 소련, 중국 등 거대국의 앞잡이로 이상도 이념도 모른 채 강대국이 시키는 대로 싸운 어릿광대 전쟁이었다. 이런 슬픈 어릿광대 전쟁을 일으킨 배후에서는 국제공산주의 운동 자체가 자기 자신이 내포하고 있는 복잡성과 미숙성 그리고 사업 과정에서 저지른 잘못과, 범한 죄행으로 말미암아 이미 값비싼 대가를 치렀다.

그것은 바로 이 전쟁 직후에 들어와서 폭로된 스탈린의 '피의 숙청'과 모택동의 '문화대혁명', 그리고 폴 포드의 '살육정책'과 김일성, 김정일 부자의 대를 잇는 왕정시대를 본뜬 세습정치에 의하여 순수하고 아름다웠던 공산주의 이상은 이미 모독될대로 모독되었으며 거의 치유 불가능한 깊은 상처를 입었다.

특히 범죄의 내용과 깊이에 있어서 그리고 그 수법의 더러움과 잔인성에 있어서, 스탈린이나 모택동, 폴 포트도 비교가 되지 않을 김정일정권에 대하여 조선족은 터놓고 비판하지 않는다. 왜냐? 바로 6·25라는 이 어릿광대전쟁에 뛰어들어 이 정권과 함께 피를 나누었기 때문이다. 때문에 오늘의 조선족은 한국에 돈 벌러 가서 절대로 '우리는 항일 독립군의 후대인데 왜 알아봐주지 않느냐?'고 억울하다고 호소할 때 모름지기 우리의 조상들이 공산당이 쥐어주는 총대를 메고 한반도 땅에 와서 자기 동족을 살해하였던 부끄러운 역사가 있었음을 잊어서도 안될 것이다.

　그러나 이 전쟁 속에서 죽어갔던 조선족의 영혼들은 불쌍하고 억울하다.

　'미제침략자가 도발한 침략전쟁인 줄로 알았던 이 성스러운 항미원조 보가위국'전쟁이 실제로는 사회주의 공산주의자들이 먼저 일으켰다는 사실로 밝혀졌기 때문에 불쌍하고 억울하고 어처구니까지 없다. 멋도 모르고 '침략전쟁'에 뛰어들어 청춘과 젊음을 바치고 간 조선족 참전자들과 전사자들의 덕분에 오늘을 살고 있는 우리 조선족은 이제 더는 만주 항일 독립군의 후예라는 자랑만 하고 있을 처지가 못 되었음을 스스로 자각하고 반성해야 할 때다.

　구상의 「여명도」는 이렇게 끝난다.

말굽 소리
말굽 소리
창칼 부닥치어
살기(殺氣)를 띠고
백성들의 아우성
또한 처연(凄然)한데

떠오는 태양 함께 피 토하고
죽어가는 사나이의
미소가 고웁다

조선족의 '노블레스 오블리제'를 말한다

조선족사회가 돈 때문에 죽어가고 있다. 신의 죽음을 선포하였던 니체가 죽은 해부터 20세기가 펼쳐지고 우리의 20세기가 반쯤 지났을 때 구조주의자들은 인간을 죽임으로써 신이 살아있음을, 신이 없이는 인간이 존재할 수 없음을 역설(力說)하고 다녔다. 결과적으로 신도 살고 인간도 살아남은 21세기에 와서 이와 같은 역설은 역(逆)설로 되어버린다. 신 덕분에 인간이 살아남았다면 조선족이 죽지 않고 살아남은 것은 공산주의라는 신 덕분이었다고 해야 할 것이다.

그런데 요즘이 어떤 세상인가. 입으로 믿는 공산주의를 말하는 사람은 아직도 많지만 마음으로 믿는 공산주의를 마음으로 말하는 사람은 한 사람도 없다. 아마 공산당도 공산주의를 믿는 것 같지 않다. 나라를 망쳐먹는 큰 도적들은 전부 공산당 대오 안에서 먼저 나오고 있으니, 이들이 먼저 앞장에서 이 나라를 절벽을 향해 내달리는 쥐떼를 연상케 하는 너죽고나죽자식 돈벌이세상으로 만들어놓은 것이다. 그리하여 남자가 나가서 돈 버는 집의 여자나 여자가 나가서 돈 버는 집의 남자나, 그리고 남자 여자 모두 나가버린 집안의 노인네들과 하루 이틀씩 커가는 아이들은 모두 이렇게 말한다. 내 눈에 안 띄면 다지. 돈 벌면서 뭐하고 어떻게 지내는지 알고파서는 뭣하나. 이렇게 제일 가까이에서 피를 나눈 가까운 이들까지도 서로의 삶의 환경과 구조를 관계하지 않고 외면하는 풍토하에서 돈벌이에 미쳐버린 조선족의 사회환경이 눈에 띄게 죽어가고, 죽어가는 환경하에서 조선족 전체가 죽어가고 있다.

이유는 아주 간단하다. 위로는 조선족의 노블레스 오블리제(noblesse oblige)가 무너지고 안으로는 공산주의에 충성했던 조선족의 정신세계가 무너지고 밖으로는 가정이라는 세포가 산지사방으로 흩어져가고 있기 때문이다. 이렇게 위와 아래가 무너지고 안과 밖이 무너지고 조선족의 신과 조선족의 가까운 이들이 무너져가고 있기 때문이다. 그런데 이런 위기에 항상 등장하는 우리 사회의 가장 많이 배웠다는 사람들로 구성된 노블레스 오블리제들은 입만 열면 남의 행동 탓하고, 사회구조를 탓하고, 국가관리를 탓한다. 물론 혁명하다보니 돈을 멸시해왔던 공산주의가 자본주의를 잘 몰랐기 때문에 매일과 같은 시행착오가 연락부절하고 있다.

밖으로 나가버린 조선족이나 안에 남아버린 조선족이나 모두 공산주의보다는 돈을 더 사랑하게 되었다. 조선족은 공산주의보다 돈에 의해 커져야 한다는 것을 주장하는 사람들이 많아졌다. 이런 때에 제일 더럽고 치사스런 조선족의 노블레스 오블리제들은 누구보다도 더 돈과 명예에 탐욕스러우면서도 돈보다는 공산주의 사상에 충성한 척 한다. 그게 가짜라는 것은 유일하게 공산당만이 모를 뿐이다. 그러면서 이 치사스런 자들은 넌지시 말한다. 조선족은 공산당의 따사로운 햇빛을 떠나 살 수 없다고 한다. 민족은 군체 이상으로 정신이 중요하다고 한다. 개체 이상으로 마음 닦음이 더 긴요하다고 한다. 내남없이 우리 전통사회가 가지고 있던 당에 대한 충성, 조국을 열애하던 충정을 다 팽개치면 안된다고 한다. 그런데 이런 번지르르한 가훈과 가풍하에서도 조선족의 사회가 돈 때문에 공산주의를 팽개쳐버리고 이를 공산당이 더는 관계할 여념이 없고, 공산당에 붙어 한자리씩 해먹으면서 자신의 민족사회에 대한 도덕적이고 정신적인 인프라를 만들 생각은 하지 않고 지낼 때 사람의 정신과 사람의 마음이 우리의 민족사회에서 자라고 있는 것이 아니라 동물적 본능이 그 사회에서 번창하게 된다. 아니, 이미 번창하고 있다.

그래서 돈에 미쳐버린 조선족의 사회는 사람이 거리를 걸어 다니는 것이 아니라 동물들이 질주하고 있는 것이나 다름없이 되었다. 밖에 나간 여자가 옆구리 팔아 번 돈으로 안에 남은 남자가 다른 여자의 옆구리를 열어가는 일들이 다반사로 일어난다 해서 하나도 이상할 것이 없다. 모두 우리 민족 사회에서 '도덕적으로' 민족의 구성원들을 키워내지 못한 노블레스 오블리제들의 자업자득이다. 어쩌다가 청명, 추석에 고향으로 돌아와 조상의 묘소에 절은 하면서도 조상이 남겨주었던 돈보다도 더 좋은 많은 것들을 송두리째 내다버린 대가다.

그리하여 우리 사회가 받고 있는 참혹한 대가는 죽음을 앞에 두고 있는 천민(賤民)구조화다. 공산주의보다는 돈을 선택한 조선족 전체의 행태적 천민화가 바로 그것이다. 그럴 바에는 차라리 계속 공산주의만 믿고 공산당에만 충성하면서 혁명하는 조선족이나 되어버리면 날개달린 추락의 비장함이라도 있으려니와, 이제는 중국의 소수민족들 가운데서 제일 못사는 소수민족이 되어버리고 콤플렉스만 잔뜩 살아서 그것을 보상받기 위해 제일 못 살면서 제일 돈을 잘 쓰는 민족이 되어버린다. 바로 죽음을 앞에 두고 사용가치는 모르고 소유가치만 아는 정말 못난 조선족이 되어버린 것이다.

아무리 공산주의에 충성하고 공산당을 따라 혁명을 해봐야 그런 것이 다 돈보다는 못하다는 것을 알게 되었을 때 하마터면 쪽박차고 거리바닥에 나앉을 뻔하였던 뼈저린 가난을 되새기며 소유결핍증환자가 돼 있었던 어제를 통탄하는 어정쩡한 민족이 되어버렸다. 이런 통탄이 어떤 수단이든 동원해서 그 소유욕구를 충족하기에만 급급한 죽어가는 조선족으로 만들어놓고 있다. 이런 소유욕구에 광분한 사람들 속에서 나타난 갑작스런 졸부(猝富)들이 새삼스럽게 우리 사회의 여기저기에서 기웃거리며 스스로 노블레스 오블리제가 되어버릴 때 우리는 인류역사상 최장수 국가로 번성하였던 로마제국까지도 하루아침에 무너지고 멸망하였던 어제를 생각하여야 한다.

조선족사회의 멸망은 공산주의에 가짜로 충성하는 조선족의 치사스런 노블레스 오블리제들과 돈밖에 모르는 갑작스런 졸부들에 의해 하루하루 앞당겨져가고 있다. 영국과 아르헨티나가 싸웠던 포클랜드 전쟁 당시 헬기 조종사로 참전했던 영국의 앤드류(Andrew) 왕자같은 노블레스 오블리제가 없는 조선족의 멸망은 잠깐 눈감고 상상만 해도 영화 속의 씬마냥 흘러간다. 앤드류 왕자가 조종하는 헬기의 직책은 전함의 주위에 떠 있으면서 전함으로 날아드는 미사일을 대신 맞는 것이었다. 이렇게 민족을 위하여 자신이 먼저 죽겠다는 노블레스 오블리제들의 책임감이 없는 조선족사회가 어떻게 죽지 않고 살 수가 있겠는가.

가장 대표적인 예가 바로 위로는 공산당의 중앙에까지 진출한 조선족의 최고위급 공산주의자들이다. 그리고 그들을 정신적인 힘과 지주로 생각하는 조선족들이다. 현재 조선족 사회를 천민사회로 만들어가는 장본인들이 바로 이들이고 현재 조선족 사회의 몰락을 추진하는 적나라한 실재(實在)가 바로 이들이다.

문제는 천민사회와 천민민족으로 굴러가고 있는 조선족의 노블레스 오블리제 최우두머리에 위치하여 있는 이들과 이들을 정신적인 기둥으로 마음속에 품고 사는 조선족의 가장 많이 배웠다는 학자, 교수, 지식인들의 행태가 오히려 이미 천민화되어버린 민중들보다도 더 지독하게 민족에 상처를 입히고 있다는 데 있다. 그들에게 실제 피해를 보지 않았다 해도 그들의 존재만으로 제일 먼저 돈 맛을 알고있는 밖에 나간 사람들은 내 몫이 박탈당하고 있다고 생각한다. 그런 노블레스 오블리제들의 행태를 직시하는 것만으로 내 귀중한 것이 그들에게 빼앗기고 있다고 생각하게 된다. 그들이 우리 민족사상의 어떤 큰 흐름이나 소용돌이에서, 혼돈과 위기가 느껴질 때에 항상 민족을 위하기보다는 먼저 자신의 안일과 영달을 위하여 공산당에 가짜로 충성하는 행태 때문에 소위 말하는 상대적 박탈감이 자꾸만 끝없이 생성하게 되면서 조선족은 스스로 이 조선족이 싫어지게 된다. 결과적으로 이런 싫어지는 염증이 이 민족사회의 기강을 무너뜨리고 규범을 파탄하게 만든다.

이제 죽기 일보 직전의 조선족은 더 이상의 더러운 노블레스 오블리제들을 허용해서는 안된다. 내 운명은 내가 쥐고 있으며 내가 쥐고 있는 내 운명의 정신적인 힘도 나한테 있다는 자신감을 회복하여야 한다. 죽지 않고 살겠으면 말이다.

중국공산당은 개혁을 다시 개혁해야 한다

중국공산당 제17기 중앙위원회 제3차 전체위원회가 열렸다.

회의 주요의정은 중국농촌개혁발전문제라고 하는데, 이에 대한 중국 관방 언론의 보도내용은 상당하게 획일화되어있다. 거세차게 개혁의 발걸음을 다그쳐왔고, 우선 농촌으로부터 개혁이 돌파를 가져왔고, 30년 동안 농촌의 사회생산력이 지대한 발전을 가져왔다는 사실을 모두 승인한다. 그러나 중국의 개혁발전이 관건적인 단계에 들어섬에 따라 농업 및 농촌개혁발전 역시 많은 새로운 상황과 새로운 문제에 봉착하고 있음에 대하여 반중건중으로 승인하면서도, 도대체 중국의 농촌문제가 어떤 상황에 부딪쳐있으며 어떤 문제점에 봉착하여 있는지에 대한 자세한 보도를 하지 않는다.

중국 언론, 정확하게 중국공산당의 언론은 항상 이것이 문제다. 손자병법에도 '지피지기 백전백승(知彼知己 百戰百勝)'이라고 했는데, 남도 아닌 자기의 상황과 문제점도 과감하게 드러내놓지 못하면서 어떻게 자기도 아닌 남과 싸워서 이길 수 있겠는가. 유념할 필요가 있다. 중국공산당은 일찍 2002년 제16차 전국대표대회에서 '사회주의 조화로운 사회를 건설할 데 관한 몇 가지 중대한 결정'을 제출하였고 2005년부터 본격적으로 추진하기 시작했다. 입 가진 당 간부들이 회의 때마다, 연설 때마다 입만 열면 부르짖는 소리가 조화로운 사회(和諧社會)가 되었지만, 진정으로 무엇이 조화로운 사회인지를 중국 공산당은 스스로도 제대로 터득한 것 같지 않다.

쉽게 말하자면 인간과 인간이, 그리고 인간과 자연이, 더 나아가서 이 나라의 인간과 이 나라의 자연을 다스리는 정권이 서로 조화롭게 공존하는 사회가 되자는 말이 되겠다. 이것은 공산주의라는 유령이 아직 이 지구상에 탄생하기 몇천 년 이전에 성현 공자가 하였던 말씀이오, 이 말씀을 모조리 들부셨던 공산당이 지금은 다시 이 말씀을 보배처럼 받들어모시기 시작한 것이다. 의중을 뒤집어보면 금방 문제점이 드러난다. 중국사회의 현실 속에서 인간과 인간, 인간과 자연이, 그리고 인간, 자연과 정권이 얼마나 서로 조화롭지 못하고 불편하며 서로를 적대시하고 서로를 기시하게 되었는가를 여실하게 반증하고 있는 것이다.

일찍 '공산당선언(Manifest der Kommunistischen Partei)'이 마르크스에 의해 집필되어 23쪽짜리 정치팸플릿에 담겨 이 세상으로 나올 때의 세계가 바로 그랬다. 산업혁명 후 자본가들에 의해 생산수단이 독점되면서 노동자들이 마땅히 가져야 할 잉여가치를 자본가들이 모두 독식하여버리고 말았다. 굶주림과 압제에 시달리다가 죽느니 몸부림이라도 쳐보고 죽겠다는 가난한 노동자들의 심정을 이 '공산당선언'이 대변하였고, 이 선언을 품에 안고 싸워왔던 공산주의자들은 노동자, 농민의 무산 대중, 즉 프롤레타리아가 잘사는 나라를 만들고 계급 없는 사회를 만들기 위하여 자본가도 때려잡고 국가도 전복시켜야 했다.

더도 말고 공산주의, 사회주의 종주국가였던 소련을 예로 들어보자.

레닌과 스탈린은 이 혁명을 완성하기 위하여 거짓말이나 방화를 불사하였다. "목적은 수단을 정당화한다."는 이념을 철저하게 실천으로 옮겨갔다. 1956년 2월 소비에트 전당대회에서 소련공산당의 새 지도자 흐루시초프가 폭로한 바에 의하더라도 스탈린은 1936년에서 1938년 사이에, 10월 혁명 이전에 공산당에 입당한 사람 90%를 죽였고 그 후에 입당한 사람은 50%를, 군 장성급 60%를 처형시켰다고 하니, 이 혁명의 시발점이 되었던 가난한 자들에 대한 자본가들의 압박과 착취가 얼마나 무시무시한 결과와 후과를 초래하게 되었던가를 모르는 사람이 없다.

신흥공산대국이었던 중국도 예외는 아니었다. 철두철미한 마르크스 레닌주의 숭배자였던 모택동은 역시 공산주의 혁명을 핑계로 중국인민들을 도탄 속에서 허덕이게 만들었고 자신의 가장 절친한 동지였던 유소기를 비롯한 수많은 공산주의자들을 핍박했다. 이와 같은 전제와 폭력하에서도 죽지 않고 오뚝이처럼 살아남았던 등소평의 개혁개방정책하에서 계급없는 사회, 모든 소유를 골고루 나눠가지고 평등하게 잘사는 지상천국 유토피아는 없었다.

그런 천국을 만들기 위해 자본가를 때려잡고 노동자, 농민, 무산대중이 주인이 되어 돈과 재물을 공동 분배하자던 생산력의 모든 시스템이 다시 자본가의 손으로 슬슬 넘어가기 시작했고, 이들 자본가, 기업가들에 대한 명칭도 중국 공산당의 당장 속에서는 '선진생산력'으로 바뀌어버렸다.

등소평과 강택민, 호금도 등 중국 공산당의 지도자들은 인간은 생태적으로 "소유욕"을 가지고 태어났고 "내 것"을 갖기 원하는데, 아무리 열심히 일해도 "내 것"이 안 되고 "소유욕"을 만족시킬 수 없을 때 누구도 열심히 노력하려고 하지 않으며 누구도 창의력을 발휘하려 하지 않는다는 것을 알게 되었다. 부르주아가 권력을 잡으나, 프롤레타리아가 권력을 잡으나 인간의 탐욕은 마찬가지로 작용하고 있다는 것을 알게 되었다. 이런 탐욕들이 한때는 공산주의, 사회주의 사상으로 퇴치되는 듯도 했으나, 사상운동만 하다보니 아무리 인민공사를 만들고 대약진운동을 하고 강제 노동을 시켜도 생산력은 올라갈 리가 없었다.

순수했던 공산주의는 모욕되었고 경제는 바닥이 났으며, 중국은 세계에서 가장 못사는 거지대국으로 전락하고 말지 않았던가. 이런 거지대국을 불과 30여 년 만에 세계에서 가장 강대한 미국과도 능히 대적할 만큼의 위대한 경제강국으로 다시 부흥시킨 중국 공산당은 세계가 주목하는 고도성장을 구가하면서도 다시 이 성장 속에서 하루도 멈추지 않고 일어나고 있는 인간과 인간, 그리고 인간과 자연, 더 나아가서 이 나라의 인간과 이 나라의 자연을 다스리는 정권 사이의 불협화음 때문에 몸살을 앓아오고 있는 것이다.

무서운 것은 약자들의 신음소리다. 개혁개방이 안고 온 선진생산력과 노동생산력 사이의 빈부격차, 도시와 농촌의 차별, 연안과 내륙의 차별, 거기다 생태위기까지 덮치고 하루 이틀 시장개혁이 더욱 심화되면서 특히나 사회적 약자들에게 의료와 교육 환경이 따라서지 못하는 상황이 조성되었고, 이런 상황하에서 13억에 달하는 인구 중에서 겨우 3분의 1에 못 미치는 사람만이 의료보험이 되고 설사 여기에 속한 사람도 50% 이상의 의료비를 자기 돈으로 지불해야 하는 것은 물론이거니와, 초등학교에서부터 징수하는 각종의 잡부금 때문에 자녀교육을 포기하는 사례가 느는 등 교육문제도 그냥 개혁개방이라는 큰 명분으로 눌러버릴 수 있는 사태가 아니다.

참으로 마르크스의 '공산당 선언'이 어느 별나라에서 어느 날 자기절로 뚝 떨어진 것인 줄로 착각하고 가진 자(Haves)'와 '못 가진 자(Have-Nots)' 사이의 갈등이 고착화될 때 세상은 또 한번 못 가진 자에 의해 가진 자가 뒤집어지는 역사를 재현한다는 사실도 까먹어서는 안될 때가 온 것이다.

이번 중국공산당의 제17기 중앙위원회 제3차 전체위원회는 중국의 13억 인구 다수를 차지하는 농민들이 못사는 가운데 잘사는 선진생산력이 자신들의 즐거움을 위해 노동생산력의 잉여가치를 너무 많이 독식하는 데서 사회주의, 공산주의사상보다도 더 무서운 사상이 생겨날까봐 우려하여 열리고 있는 것이라고 보면 틀림없을 것 같다. 이럴 때 공산당의 신문에서 칼럼을 쓰는 공산당의 전란작가들은 못사는 농민들이 잘 알아듣지 못할 고리타분한 이론은 적게 말하여야 한다.

중국공산당의 '조화로운 사회건설'은 실현가능하다. 많이 가진 자가 자각적으로 못 가진 자에게 내놓지 않으니 이럴 때야말로 공산주의 혁명전통을 발휘하여 강압적으로라도 잘사는 자들의 세금을 많이 징수하여 못사는 농민들에게 나눠주어야 할 때가 왔으며, 그냥 나눠만 주는 것이 아니고 자기절로 부유해줄 수 있게끔 돈도 주고 또 땅도 팔고살 수 있게끔 만들어주어야 한다.

그리하여 생산력 수준이 허락하는 한도에서 못사는 자도 잘사는 자 못지않게 체면 있는 생활을 누릴 수 있도록 공산당이 나서서 농민들의 뒤를 받들어주지 않으면 안된다. 그리하여 공산당은 영원히 잘사는 사람들보다는 못사는 사람들과 더 친하다는 것을 알려주어야 한다. 못사는 사람들과 더 친한 정당이 될 뿐만 아니라 잘사는 사람과 못사는 사람 위에 군림하지 말고 이 두 집단 속에 하나가 되어 화목하되 부화뇌동하지 않는 군자(君子) 정당으로 다시 태어나야 한다. 못가진 자들이 일어나 싸우도록 폭란을 조장하는 '공산당선언'은 유럽의 고물시장으로 되돌려 보내고 천 년 전의 우리 고전을 다시 찾아와야 한다.

진정으로 '조화로운 사회를 건설'하자면 공자의 논어에서 '군자화이부동, 소인동이불화(君子和而不同 小人同而不和)'하는 공존과 평화의 원리대로 해야 한다.

작은 도둑은 큰 도둑에 의해 진화된다

일본말에 "민나 도로보데스(皆泥棒です)"라는 말이 있다. 한글로 번역하면 "민나"는 "모두", "도로보"는 "도둑", "데스"는 "이다"이다. 즉, "모두가 도둑"이라는 뜻이다. 필자가 연변에서 살 때 보았던 한국 TV드라마 "거부실록"에서 나오는 대사 중의 한마디다. 충청도 갑부였던 친일파 김갑순이 하는 말이다.

당시 한국 방송을 보자면 돈 주고 위성수신기와 안테나를 사서 몰래 설치하여야 했다. 그런데 정부에서 베란다 밖에 매달았던 안테나를 몰수하는 바람에 다시 돈을 주고 집안에 설치하는 안테나를 마련했더니, 하루는 연길유선텔레비방송국과 연길시공안국에서 협동작전을 펼쳐 집안에까지 쳐들어와서 위성수신기는 내버려두고 안테나만 뜯어냈다.

안테나를 한 대 설치하자면 인민폐로 3천 원이 들었다. 이미 한 대 몰수당하고 두 대째 몰수당하게 되자 필자의 노모가 두 눈이 뒤집혀졌다 필자가 노모한테 "엄마가 쓰러지는 척하고 안테나에 매달

리우. 저놈들이 그래도 뺏어가나 한번 보기우.”라고 뚱겨주어서 노모
가 “알았다.” 하고는 연길유선텔레비방송국과 공안국에서 나온 젊은
이들한테 매달렸다.

　“이 국민당보다도 못한 도둑놈들아, 차라리 나를 죽여라.” 하고 안
테나에 매달린 노모가 입에 거품까지 물고 마당으로 끌려나갔더니
안테나를 몰수하러 왔던 사람들이 하는 수 없이 빈손으로 돌아가버
리고 말았다. 안테나 덕분에 한국 드라마를 많이 보았는데 오늘까지
도 잊혀지지 않는 드라마가 바로 “민나 도로보데스”라는 김갑순의 이
야기를 다룬 드라마 “거부실록”이다.

　필자는 연변의 한 전화국에서 전화를 안장하는 일을 하고 있었다.
전화가 한창 보급되던 때에 전화국의 노동자가 다른 직장의 노동자
들에 비해 노임을 엄청 많이 받았다. 기본 노임 외에도 전화 한 대를
안장하자면 개 한 마리를 잡지 않고 쉽게 안장하기 어렵던 시절이었
다. 전화안장반의 반장쯤 되면 전화를 필요로 하는 웬만한 단위의
국장급들까지도 직접 찾아와서 예물공세를 들이대곤 했는데 반장은
낙타(駱駝), 홍탑산(紅塔山)에 미국담배 ‘말보루’에, 별의별 고급권연
들 몇 보자기씩 받아 쌓아놓았다가는 퇴근할 때 혼자 독차지하지 않
고 반원들한테 골고루 나눠주었다.

　원래 보통 안장공 출신이었던 반장이 그것을 혼자 독차지하지 않
은 것은 자기보다 예물을 적게 받는 반원들 보기가 미안해서였다.
그런데 어느 날부터인지 반장은 예물로 받은 고급권연들을 한 가치
도 나눠주지 않고 모조리 집으로 가져가버렸다. 괘씸하게 여긴 반원
들이 걸고들자 반장은 과장의 심부름을 받고 전화국의 낡은 케불(電
纜) 한 트럭 걷어다가 폐물수구소에 실어다주었다는데 과장이 케불
판 돈을 10전도 나눠주지 않고 모조리 혼자 챙기더라는 것이었다.

그러면서 "나한테 차례지는 담배를 내가 가져갔는데 뭔 큰일이냐."는 것이었다. 괘씸한 것을 참지 못하는 필자가 "반장이고 과장이고 다 도둑놈이로군."라고 한마디 했다가 반장이 앙심을 품고 보복해오는 바람에 하마터면 전화안장반에서 쫓겨날 뻔했다.

얼마 후 세상을 떠들썩하게 했던 북경시장 진희동(陳希同)이 강택민 전 당총서기가 지도하는 중국공산당에 의해 잡혀나왔다. 부시장 왕보심은 자살했다. 이처럼 어마어마한 사람들의 부정부패를 보고서는 세상이 다 썩었고 중국공산당 중앙정치국위원까지도 나쁜 짓을 저지르는데 자그마한 전화안장반의 반장이 백성들로부터 받은 고급 권연 몇 갑을 챙기는 그런 비리쯤은 그야말로 '새발의 피'요, 아무것도 아니라는 생각을 하게 됐다. 말하자면 큰 도둑의 비리가 작은 도둑의 비리에 면죄부를 주고 만 것이었다. 결국 필자가 연변을 떠난 뒤에 듣자니 반장은 과장이 됐고 과장은 지금 부국장이 됐다고 한다.

이런 가운데 어처구니없는 사건들이 끝없이 백성들의 실소를 자아내게 하는데 그중의 하나가 진희동(陳希同) 전 베이징시장이 강택민(江擇民) 전 국가주석에 의해 잡혀나왔던 것처럼 이번에는 진량우(陳良宇) 상해시위 당서기가 또 호금도((胡錦濤) 국가주석에 의해 또 잡혀나온 것이다.

지난 10년간 중국공산당에서 부패혐의로 처벌받은 최고위층관리인 진량우를 전후하여 여기저기서 어마어마하게 큰 도둑들이 하나둘씩 적발되어 체포되었거나 또는 체포를 앞두고 해외로 도주하였다. 사후 약방문이기는 하지만 부패척결(腐敗剔抉)을 하는 중국공산당은 이들 대도(大盜)들의 죄목을 발표하는 데서 별로 숨기는 것이 없다. 탐오했거나 회뢰한 돈 액수가 하나같이 인민폐로 수백만 원에서 수천만 원씩 상당하며, 억(億) 자릿수까지 돌파하는 대도(大盜) 중의 대도(大盜)들도 심심찮게 출현하고 있다.

이들 대도들은 하나같이 공산당원들이라는 점을 주목하지 않으면 안된다. 중국에서 대도는 아무나 못한다. 무엇보다도 먼저 공산당원이 아니면 안된다. 장물이 많은 도둑일수록 관직이 높지 않으면 안된다. 관직이 높을수록 나라와 백성의 재물을 도둑질할 수 있는 기회가 많기 때문이다. 그래서 지금까지 잡혀나온 현장급 도둑과 시장급 도둑의 장물을 비교하면 통상적으로 수십만 원에서 수백만 원씩 차이가 난 데 반해 시장급 도둑과 성장급 도둑의 장물들은 대부분 수백만 원에서 수천만 원씩의 차이가 나곤 했다.

억(億) 자릿수까지 올라갔던 전 길림성장 고엄(高嚴)의 이야기를 잠깐 하고 넘어가자. 필자의 고향 연변조선족자치주가 소속되어 있는 길림성의 성장에 이어서 운남성당위 서기가 되었다가 전 이붕총리의 후견으로 국가전력부 부부장 겸 당조서기가 되어 인민폐 억원(億元) 이상을 횡령한 고엄은 체포 직전 귀신같이 해외로 탈출했다. 한때 뉴욕의 차이나타운에 있는 바오리라고 부르는 동네에서 끌개신을 끌고다니는 고엄을 본 적 있다는 사람이 나타났다. 필자는 그 사람과 면목을 아는 지인을 앞에 세우고 취재하려고 며칠째 찾아다녔지만 결국 헛물만 켜고 말았다.

요즘 전문 해외로 탈출한 중국의 부패관료들의 행적을 추적하는 미국의 신문가에서 고엄 전 길림성장이 오스트리아에서 나타났다는 소식을 내보냈다. 정확한 주소까지 제공하면서 필자에게 여비를 줄 테니 프리랜서로 오스트리아에 한번 다녀오지 않겠는가고 청을 들어오는 대형 신문사가 하나 나졌지만 오스트리아의 고급빌딩에서 호화롭게 살고 있다는 고엄 전 길림성 성장을 생각하면 기가 막혀 할 말이 없게 된다. 그저 지난날, 안테나를 빼앗기지 않겠다고 입에 거품을 물고 맨발로 경찰들한테 매달리던 노모가 생각나고, 그래서 빼앗기지 않았던 안테나 덕분에 보았던 한국 드라마 "거부실록"에서 나오는 김갑순의 독백이 오늘도 떠오른다.

"민나 도로보데스(みんな泥棒で, 모두가 도둑이다)."

작은 도둑이고 큰 도둑이고 할 것 없이 모두가 도둑인데, 작은 도둑은 큰 도둑에 의해 진화되고, 진화된 큰 도둑은 다시 작은 도둑을 위해 면죄부가 되어주는 나라에서 하루하루 살맛을 잃어가는 불쌍한 백성들만이 너무 안됐다는 생각이다.

중국경제 투기자본주의화 안된다

세계 경제가 심상치 않다고 아우성일 때는 의례히 앞에 '미국발'이라는 원인 내지 이유가 따라붙는다. 전 세계의 언론이 마치 약속이라도 한 듯이 꼭 그렇게 기사를 쓴다. 그 앞장에서 미국에다가 모든 죄를 덮어씌우는 중국 언론의 기세가 가장 성세호대하다. 그만큼이나 미국의 경제가 세계경제를 좌우하고 있기 때문이라고 보면 틀림없겠다.

그런데 큰 집은 넘어져도 늦게 기울어가는 법이다. 미국에 들어붙어 사는 작은 나라들에서 영세 자영업자들이 먼저 아우성인 가운데 자살자들이 늘어가다가 마침내는 여기저기서 큰 회사들이 부도를 내기 시작한다. 엊그제부터 미국에서 손꼽히던 금융회사들도 줄줄이 문을 닫기 시작하는 것은 미국이 일으켜놓은 여파가 미국 본토로 되돌아오기 때문이다. 이를 두고 세상의 한다하는 학자들의 평가가 분분하다.

경제를 안다는 입가진 사람들마다 모두 최근의 사태는 경기순환

과정에서의 일시적인 현상이라고 입을 모으지만 1997년 IMF 구제금융 사태를 가장 가까운 현장에서 경험했던 한국 사람들과 한국에 나가 돈을 벌고 있는 우리 조선족 동포들은 또다시 그런 사태가 오는 것은 아닌지 불안감을 감추지 못하고 있는 것은 당연지사일 수밖에 없다. 참으로 하루에 낮과 밤이 번갈아 있고 1년에 사계절이 있듯이 자본주의 경제에도 특유의 순환으로 호황과 불황이 교차한다는 것은 오랜 역사가 이를 증명하고 있다.

　그런데 좀 불공평한 것도 있다. 전 세계 경제계가 공인하는 '미국발' 금융위기라고 하지 않는가. 그렇다면 이 책임을 안고 미국은 IMF의 구조조정 신탁통치를 받아야 마땅할 텐데, 얼마나 통이 큰 자라야 감히 이런 제안을 할 것인가. 베이징올림픽을 치르면서 역시나 경제가 휘청하였던 중국은 등골이 서늘해서 가만 지켜만 보고 있는 것 같다. 한국도 일본도 모두 신경들이 꼿꼿해서 미국이 하는 행태를 숨죽여 지켜보고 있을 따름이다. 그동안 있는 돈 없는 돈 다 빼서 미국으로, 뉴욕으로, 월가로 들이밀었던 이런 나라들의 숨통이 모두 미국의 손아귀에 쥐어져 있으니 오죽도 할 것이다.

　가장 큰 문제의 나라가 중국이다. 미국에서 살아본 사람들은 이 미국바닥에, 특히나 뉴욕바닥에 차고도 넘치는 온갖 물산들이 전부 중국산이고 중국산 가운데서도 짝퉁중국산이 얼마나 많은지를 다 안다. 이 많은 물산들을 미국으로 수출해서 번 돈으로 중국사람들은 또 열심히 미국의 채권을 사들이는데 그것이 결국은 미국의 재정적자를 메우는 데 톡톡하게 한몫한 것이다. 그래서 미국의 장사꾼들은 중국을 나쁘다고 하는 사람이 하나도 없다. 여럿 첩을 두었다면 그 가운데서도 제일 예쁜 첩이고 제일 사랑받는 첩이다. 다른 첩들은 모두 소박데기로 만들면서도 매일 데리고 자는 이 중국첩의 옆차기에서 돈을 훔쳐내어 흥청망청 마음껏 과소비를 즐기는 도둑이 바로 미국이다. 어떤 도둑인가. 중무장한 베짱이 도둑이고 세계에서 유일하게 하나뿐인 달러를 찍는 기계를 혼자 갖고 있는 날강도같은 도둑이다.

어떻게 이렇게 되었는가. 세계에서 미국과 대항할 만한 수준의 가장 큰 대국들로 중국이나 소련같은 나라가 지난 반세기 남짓한 동안 내내 마르크스, 레닌주의 모택동사상에 놀아나서 사회주의 혁명만 하는 사이에 달러가 세계경제의 기축통화로 변해버렸기 때문이었다. 이제 늦게야 제정신이 든 공산국가들이 여기저기서 새빨간 껍데기를 벗어던지고 자본주의 시장으로 용약 뛰어들어 한판 붙어보겠다고 팔 걷어붙이고 나서지만 미국을 종이범이라고 보았던 모택동의 판단은 허황하게 빗나갔다.

전쟁을 벌여 한 해에 두 개 나라의 두 개 정권을 바람같이 뒤집어엎는 어마어마한 힘을 과시한 미국의 배후에는 엄청난 경제력이 뒷받침하고 있었고 이 경제력의 70퍼센트 이상을 메우는 어마어마한 채권을 한국이나 일본, 중국, 소련, 그리고 유럽의 여러 부자나라들이 와서 사주고 있으니 귀신이 알아도 무릎을 치고 통곡할 일이 아니고 뭐겠는가. 뭐, 세계경제가 요동치고 있다고. 그래서 전 세계가 모두 벌벌 떠는데 왜 미국만은 이렇게 태평무사한지를 생각해보아야 한다.

언론들마다 미국경제가 큰일 났다고 하고, 월가가 얼어붙는다고 하고, 하루에도 실업자들이 수천 명씩 쏟아져 나온다고 하는데도 지난 일 년 내내 납세를 하지 않았던 나에게로 '베네핏'이 한 장 날아들었다. 어디다 써먹으라는 '베네핏'이냐고 전화해서 물어보았더니 "납세를 하지 않는 것을 보니 혹시 당신은 실업자이십니까? 그럼 담배와 술을 제외한 쌀과 고기, 과일들을 마음대로 사먹을 수 있습니다. 이 카드에 매달 돈이 내려옵니다. 매달 내려오는 돈을 다 사용하지 않고 남기면 남긴 액수만큼 그다음 달에는 적게 내려옵니다."라는 대답이 날아들었다. 그러니까 남아돌아 던지더라도 죽고살고 카드에 내려온 돈을 다 부려먹어야 한다는 소리다.

이것이 그래 달러찍는 기계를 갖고 있는 도둑나라 미국에서만 가능한 일이 아니면 뭐겠는가. 그야말로 금융경제라는 용어는 사기 언어술의 경연장이라는 말을 믿을 것 같다. 매일 실업한다고 하는데. 그래서 정부에서는 매일 통화를 중심으로 경제안정정책이라는 말을 하는데 그게 사실은 노동자들의 모가지를 자른다는 표현이 아니겠는가. 잘라놓고는 돈을 줘서 먹여 살린다. '베네핏'을 받는 그날부터 어디가 아파도 병원에 가면 치료비 일전 한 푼 안내도 아무 문제없다. 그러니까 돈 없어서 경제가 넘어져도 원래부터 많지 않던 자들과 거의 없는 자들에게는 지옥과 천국이 언제나 함께 동반하고 있는 셈이다. 지옥이 보이는 왼쪽 눈을 감고 천국이 보이는 오른쪽 눈만 뜨고 살면 되는 셈이다. 그러니 눈 두 개에 모두 천국만 보며 살던 부자가 더 아우성을 지른다. 원래부터 못사는 사람들은 콧노래나 부를 일이다. 귀찮은 한쪽 눈을 감아버리면 되니까.

이와 같은 경제위기하에서 우리 중국은 어떻게 경제안정정책을 펴는지 모르겠다. 국민들에 대한 복지가 완전히 빵점인 수준에서 절대 노동자들의 목을 자르는 안정정책은 펴지 말기 바란다. 도둑나라 미국만 제외하고 IMF 이후 안정 정책을 편 나라 가운데 고용과 소득이 늘어난 단 하나의 사례도 본 적 없다. 중국은 가장 가까운 나라 한국에서 IMF의 구조조정을 구경했고 한국이 IMF를 극복하는 모습을 잘 보아왔을 것이다. 그래서 한국식 경제안정정책을 모범답안처럼 숭상해서는 안된다. 아직도 껍데기는 마르크스 레닌주의 모택동 사상을 신봉하는 '사회주의'가 아닌가. 행여라도 다시는 '정리실업'이라는 명분하에서 실업자들을 무더기로 양산하는 구조조정정책을 펼 때에 만약 미국이나 일본만큼 실업자들에 대한 복지정책이 뒤따라서지 못하면 결과는 얻는 것보다 잃는 것이 더 많을 것이다.

속으로는 미국과 좋아하지 못해 몸살이라도 날 것처럼 안달이면서도 겉으로는 항상 미국과 대항하는 중국의 정치와 경제정책은 갈라서지 않으면 안된다. 미국처럼 정규실업자들을 무더기로 쏟아내는 경제정책을 펴다가는 사회주의가 자본주의보다 못하다는 사실만 더 분명하게 드러내고 말 것이다. 좀 못한 것이 아니라 아주 못하며 보통 못한 것이 아니라 상당하게 못하다는 사실 말이다. 그렇게 되었을 경우 입으로만 노자(老子)의 '국이민위상, 민이생위선(国以民为上, 民以生为先)'하는 민생사상을 고취하면서도 GDP는 가장 높고 GNP는 가장 낮은 나라가 되어 있음을 자인하는 꼴로밖에 안될 것이다.

즉 나라는 잘사는데 국민은 못사는 나라가 되어버려서는 안된다. 중국은 이미 GDP와 GNP의 격차가 하늘과 땅만큼이나 벌어져 있는 나라다. 바로 베이징올림픽이 그것을 반증해주고 있지 않은가. 미국 같은 나라들도 흉내내기 어려운 위대한 올림픽을 만들어냈으면서도 국민들은 허리띠를 졸라매지 않으면 안된다. 아무리 돈이 많은 나라라도 미국이나 일본 같은 나라들은 국민이 힘들어 허리띠를 졸라매게 된다면 그런 올림픽은 절대로 하지 않는다. 그러나 그런 올림픽을 당당하게 해내는 중국의 GDP가 어디서 왔는가를 좀 생각해보자.

뉴욕 월가의 헤지펀드, 사모펀드에 상당한 중국자본들이 유통하고 있다. 이것은 한마디로 먹고튀는 투기자본이다. 투기자본은 보통 20% 이상의 고수익을 추구한다고 한다. 그런데 20% 이상의 수익률을 보장하는 제조업이 어디 있겠는가. 혹자는 짝퉁을 많이 만들어내는 중국에는 있을지 모른다고 하지만 결과적으로는 나라가 정치적인 힘으로 국민들의 눈을 감싸놓고 사기를 동원한 국민경제와 노동자들을 등치는 강도질 착취를 하고 있는 것이다. 다시 말하자. 백성이 나라에 이런 착취를 당하지 않고서야 어떻게 GDP와 GNP의 격차가 이렇게나 하늘과 땅만큼이나 벌어질 수 있겠는가.

이제 끝 간 데를 알 길 없는 이 미국발 금융위기가 내일과 모레는 어디로 퍼져나가고 그 여파로 어떤 나라의 경제가 파탄이 되고, 또 어떤 바보같은 나라의 국민들만 눈 뜨고 멀쩡히 당하게 될지는 아무도 모른다. 그러나 한 가지 확실한 사실은 돈 많은 미국이 엄청난 돈을 뿌려가면서 단기간에 지금의 위기를 극복할 수는 있을지 모르나 금융자본주의 필연적인 몰락을 피면하기는 어려울 것이다. 때문에 나는 중국이 미국을 숭상하면서도 미국을 따라배우지 말 것을 바란다. 미국에 대항하면서도 미국을 멀리하지 말기를 바란다. 마침 기회가 좋다고 뉴욕의 월가에 큰 돈을 뿌려 미국의 채권을 걷어들이고 있는 중국이 난파 직전의 낡은 유람선 안에서 지독한 초근시들과 함께 대박풍선을 터뜨리는 자본주의 게임을 벌이지 말기 바란다. 그게 누구 돈인가. 다 나라 돈이 아닌가. 나라 돈이 바로 백성들의 돈이라는 생각을 해야지 나라 돈이 따로 있고 백성들의 돈이 따로 있기라도 한 것처럼 백성들한테는 하나도 알리지 않고 정부가 자기나름대로 국고를 열어 뉴욕의 월가에다가 투기자본을 던지는 것은 삼가야 할 바이다.

13억이라는 인구의 내수가 큰 중국이 실제로 실물경제와 철저하게 분리되어 움직이고 있는 이 투기자본이 일으킨 금융 위기에 허둥대고 동참할 필요는 없을 것이다. 지금이야말로 중국은 즐겨 쓰는

‘이불변 응만변(以不變應萬變)’의 지혜를 생각해볼 때다. 전 세계 금융자산의 60% 이상이 달러로 되어 있고 20%가 유로화로 보유되어 있으니 이들은 전 세계 GDP의 세 배, 네 배 이상을 독점하고 있는 셈이다. 이 수치의 98% 이상이 지금 실물경제와 분리되어 투기자본으로 월가에서 아슬아슬한 줄타기 게임을 놓고 있는 것이다. 다시 말하자. 98%가 투기자본이라면 실물경제는 다만 2%라는 소리 아닌가. 상식적으로 봐도 실물경제가 2%밖에 안되는데 금융이 잘 나간다는 것이 말이 되는가.

결국 투기자본주의가 벌여가고 있던 게임을 총지휘하고 있는 미국이 아차하고 발목을 접질리는 사이에 전 세계가 찢어지는 미국의 바짓가랑이에서 무슨 떨어져 나오는 것이 있을까 눈이 시뻘개서 월가로 몰려들고 있다. 거기에 중국이 가장 앞장에 서있는 것은 위험한 불장난이다. 이런 정책을 주도하는 중국의 경제분야 지도자들을 문책해야 한다. 그래도 실질이야 어찌됐던 명분이 사회주의 국가인 중국이 이렇게 눈먼 장님처럼 정신없이 차익취득자본주의화, 투기자본주의화하는 것을 경계하지 않으면 안된다.

미국적 자국중심주의에 경계령을 내려야 한다

미국의 '미국적 자국중심주의'는 중국의 '중화주의' 사상보다 훨씬 더 엄중하다.

세계에서 가장 강대한 두 개의 나라 미국과 중국 가운데 하나인 미국의 제44대 대통령에 흑인 오바마 민주당 후보를 당선시킨 위대한 국민성의 근저(根底)에서 미소짓는 '미국적 자국중심주의'는 자신들이 지금 인종적 편견을 불식하고 첫 흑인 대통령을 탄생시켰음에 득의양양해하고 있다. 반면에 지난 8년 동안, 특히 9·11테러 이후 '테러와의 전쟁'을 명분으로 아프가니스탄과 이라크를 침공하고 백만이 넘는 민간인을 희생시킨 역대 최악의 대통령 리스트의 앞자리를 다투고 있는 부시에게 백악관을 내어주었던 미국의 국민들은 이에 대한 심각한 집단반성을 하려고 하지 않는다.

다만 흑인 대통령 탄생을 둘러싼 축제 분위기에서 열광하는 국민들은 자신들이 8년 전과 4년 전에 한 차례도 아니고 두 차례에 걸쳐 줄곧 부시의 손을 들어주고 부시의 배짱에 힘을 실어줌으로써 초래

되었던 미국뿐이 아닌 전 세계적인 재앙에 대하여 가볍게 면죄부를 받으려고 하고 있다. 물론 이번 선거에서 민주당의 대승과 공화당의 참패, 오바마의 당선과 매케인의 패배로 말미암아 부시의 정권은 단죄되었음이 분명하다. 마치 중국의 인민들이 강택민 전 국가주석과 이붕 전 총리 같은 사람들을 별로 곱게 보지 않는 반면에 호금도와 온가보 같은 지도자에게 각별히 친근감을 갖는 것처럼 또는 한국의 국민들도 노무현이 싫어서 이명박을 선택한 듯하다. 한 여론조사에서 85% 이상이 부시가 지도하는 미국이 '잘못된 방향으로 가고 있다'면서 불신을 드러냈고 그에 따른 반감이 오바마 지지로 폭발해버리고 말았다. 그리하여 한국의 이명박 대통령을 당선시킨 일등 공신이 노무현이 되어버렸듯이 오바마 역시 부시의 덕분으로 당선됐다는 역설(逆說)이 난무하다.

어쨌거나 당선된 미국의 대통령은 전 세계의 대통령이라는 소리를 들을 만큼 강대하다. 냉전 이후 유일 초강대국이 되어 그동안 미국이 세계 각지에서 행사해왔던 지구적 영향력을 감안하면 미국 대통령은 실질적인 '세계 대통령'이나 다름없다. 그만큼이나 3억 남짓한 미국 국민들에 의해 선출되었으면서 60억 넘는 세계인의 삶에 직접적인 영향을 끼치고 있을 뿐만 아니라 그 막강한 권력의 배후에는 바로 지극히 폭력적이고 원색적인 방식들을 거리낌 없이 자행하면서도 미국민들이 열광했던 정서와 오늘의 오바마 당선으로 열광하는 정서는 하나도 다를 게 없다.

세계를 대상으로 최악의 대통령 부시를 선출했던 것도 미국민들이고 세계를 대상으로 인종적 편견을 불식하고 첫 흑인 대통령을 탄생시킨 것도 역시 미국민들이라는 사실을 잊지 말아야 한다. 민주주의 승리를 자축하는 열광 속에서 '위대한 미국'을 부르짖으며 그 미국 속의 일원이라는 사실에 감격할 때 바로 그들 자신이 미국은 물론 전 세계를 수렁으로 밀어 넣는 재앙(災殃)을 거침없이 빚어냈던 사실을 잊어버려서도 안된다.

오바마의 당선으로 인종적 편견이 사라지리라는 꿈도 깨야 한다. 이라크의 미군이 조기철수하리라는 보장도 없다. 금융위기도 아직은 전망이 묘망(渺茫)하다. '위대한 미국'을 연발하며 열광하는 미국민들의 마음속에는 총칼을 휘두르며 세계를 제패하던 부시정권 때보다도 몇십 배 더 강력한 '미국적 자국중심주의'가 태동하고 있다는 것을 잊어서는 안된다. 부시정권의 횡포가 국제사회에서 잘 먹혀들지 않았을 뿐만 아니라 지난 8년간 미국을 위대하지 못한 나라로 타락시켰을 때 미국민들은 자신들이 가장 자랑스러워하는 '미국적 자국중심주의'가 손상을 입게 되었다고 판단한 것이다. 그리고 그것에 대한 수습책으로 젊은 오바마를 선택한 것이다.

때문에 오바마에 대한 선택은 단지 부시정권 때보다도 몇십 배가 아닌 몇백 배의 '미국적 자국중심주의'를 지키기 위한 미국민들의 웅심(雄心)이라고 보면 틀림없을 것 같다. 이런 웅심을 스스로 키워가고 스스로 지켜가는 국민들이 진정으로 주인이 되어있는 나라 미국이 위대하고 미국식 민주주의가 위대한 것은 틀림없다. 원인은 간단하다. 민주주의는 국민들에게 가장 합법적이면서도 가장 강력한 도구인 선거를 통하여 어떤 정당과 정권에 대하여서도 가차없이 단죄(斷罪)를 내릴 수 있는 이 세계에서 가장 지고무상(至高無上)한 권력을 부여하고 있기 때문이다.

그러나 '미국적 자국중심주의'는 또한 이런 권력에 의해 산생된 사상이기도 하다. 미국민 전체가 지금 이 사상에 매몰되어 있다. 이것이 어쩌면 민주주의 한계점을 드러낸 가장 단적인 예이기도 하다.

때문에 이 사상은 미국민들로 하여금 미국은 세계의 한 부분이 아니라 세계가 미국에 딸린 부속물 정도로 착각하게 만들고 있기도 한다. 그래서 민주주의도 최선책은 아니라는 주장을 하는 사람들이 많은 원인이 바로 이 때문이다. 때문에 우리는 미국에 대하여 비판할 때, 중국의 일당독재와 인권문제에 대한 미국의 비난에 맞불을 놓는 식의 작전을 펼칠 것이 아니라 흑인 대통령의 탄생을 둘러싼 축제 분위기에서 4년 전 미국의 선택이 초래한 재앙에 대한 집단적 반성을 촉구하지 않으면 안된다. 부시 대통령을 역대 최악의 대통령으로 단죄함으로 그를 지지했던 오만과 광기는 '가볍게' 면죄부를 받는 식으로 어물쩍 넘기려는 속셈을 눈감아주어서는 안된다.

작은 한국이나 괄시하는 중국적 중화(中華)주의 사상도 경계의 대상이지만 세계를 대상하는 '미국적 자국중심주의'는 더욱 큰 경계의 대상이라는 것도 잊어서는 안된다. 미국민 전체가 지독한 '미국적 자국중심주의'에 매몰되어 미국 역시 세계 속의 한 국가에 불과하다는 사실을 망각하게 될 때에 '강력한 도덕적 국제주의와 인도적 개입주의'를 주창하는 오바마의 외교적 이념이라고 결코 부시와 다를 게 없을 것이라는 강력한 메시지와 함께 경계령을 울려주지 않으면 안된다.

우리의 전통문화와 세계화에 대한 생각

상말에 '돼지는 먹기만 하고 신선은 읽기만 한다'고 한다. 즉 먹고 놀기만 하는 인간은 돼지나 다를바 없고 읽고 배우기만 하는 인간도 진정한 인간은 아니다. 이는 인간은 결국 돼지도, 신선도 되어서는 안된다는 소리다.

통화수단이 엽전이었던 조선시대에 곡식과 피륙들을 가득 쌓아두고 육간대청 기와집에서 남부러울 것 없이 살던 갑부가 밤만 되면 사랑에다가 큼직한 놋대야를 갖다놓고 그 곁에다가 장롱 속에 두었던 엽전꿰미들을 쌓아놓고 하나씩 떨어뜨리면서 쨍그랑하는 소리를 들었다는 이야기가 또 전해지고 있다. 자신이 쌀 많고 돈 많은 갑부라는 사실을 확인할 길이 없어 밤마다 불안하던 차에 생각해낸 꾀였다. 그런 소리를 들을 때에 자신이 부자라는 사실을 정작 피부로 느낄 수 있었다고 하니 오늘 우리 시대를 사는 사람들의 진정한 경제력을 피부로 느끼게 만들어줄 수 있는 것은 문화적인 삶밖에 다른 것은 없을 것 같다. 다시 말하자면 아무리 단단한 경제력을 쌓아두었다 할지라도 그것을 문화적 자산으로 전환시키지 못하면 결국 한 낱 허섭스레기에 불과하다는 것을 알아야 할 때가 온 것이다.

지난 세기 사회주의 공산대국이었던 소련이 해체되면서 군사력과 이데올로기의 대결구도는 붕괴되었다. 공산국가들이 육속 무너져가고 있을 때 등소평의 발빠른 '중국식 자본주의'는 인구나 군사력이 아닌 얼마만한 경제력을 창출해 내는가에 따라서 진정한 대국으로 지칭되는가를 가늠하게 하였다. 가장 가난한 나라에서 가장 강대한 나라로 탈바꿈하게 되었을 때 중국경제력의 뒤에는 바로 중국이 가지고 있는 문화의 힘이 뒷받침되고 있었다는 사실에 아니 불(不)자를 달 사람은 없으리라고 믿는다. 이와 같이 경제의 힘을 지키는 진정한 힘은 문화에서 온다는 논리는 아마도 많은 세월이 흘러가도 좀처럼 바뀔 것 같지 않다.

따라서 한 나라는 물론이거니와 한 민족에 있어서도 돈만 많아서 강대한 민족이 되는 것이 아니라 문화가 그 나라 그 민족의 삶을 얼마나 우아하게 격상시키고 있는가에 따라서 결정된다는 사실을 피부로 느끼지 않으려야 않을 수가 없게 된 요즘에도 세계 속의 중국 조선족은 자신의 문화적 삶을 야금야금 훼손시켜가고 있는 경제력 앞에서 오래전에 벌써 경제적인 기반도 잃고 목표도 잃고 그러한 자각이 확산되어 정신을 가다듬을 겨를도 없이 연변주내 현시들에마다 있던 가무단 문공단이 다 사라지고 영화관, 도서관도 다 사라져버렸다.

이런 당혹스러운 문제의 극복방안 중 하나로 연변의 주부(州府) 연길에만 가무단, 예술단을 살리고 영화관 도서관을 살린 것을 두고 그것이 문화일진대 결코 현명한 대응방법일 수도 없다.

물밀듯이 세계로 쏟아져나간 수십만 조선족들의 중국에 두고온 일가족들은 부모나 형제 중에 한국이나 일본 또는 미국에 나가있는 식구들을 통하여 외부세계를 알게 된다. 그런데 돈이 들어오고 있는 이 경로를 통하여 외부세계를 타기하거나 배격하지 않고 관용 내지 수용하는 것까지는 좋은데 무조건 수용하고 숭배하니 이것은 사대주의에 가깝다. 쇄국주의가 나쁘다고 해서 사대주의가 다 좋은 것은 아니다. 노래방이 많고 술집이 많고 다방이 많고 주야영업을 하는 유흥업소들이 줄줄이 늘어서있는 연길시를 한번 돌아본 사람들은 서울을 빰칠 정도라는 데 토를 달지 않는다. 이 또한 서울의 진정한 문화를 닮지 못하고 서울의 못된 것만 많이 닮아왔기 때문이 아니겠는가.

이런 의미에서 우리는 쇄국주의와 사대주의 간의 갈등을 변증법으로 승화시키려는 노력을 해야 한다. 다시 말하자면 외부세계를 올바로 인식하고 이해하는 것만으로 민족의 선진화와 국제화가 완성되는 것이 아니라는 것, 이를 바탕으로 국제적 수준의 삶을 영위하기 위하여 세계수준의 문화를 배우고 문화를 함께 호흡하는 법을 배워야 한다.

여기서 우리가 잊지 말아야 할 것은 세계수준의 문화란 따로 우리나라의 바깥, 우리 민족의 바깥, 다른 나라 다른 민족에 있는 것이 아니라는 점이다. 지구화가 가속화함에 따라 세계 여러 문화권에 속한 민족 개개인의 행동양식, 풍습, 가치관 중 인류가 보편적으로 혐오하는 것은 쇠퇴되고, 선호하는 것은 강화된다. 여기에 취합되어 함께 형성될 수 있는 조선족의 우수한 많은 전통들을 조선족 스스로가 쇠퇴시켜가고 있는 데 대하여 주의를 돌리지 않으면 안된다.

프랑스의 파리 개선문보다 훨씬 더 웅장하고 호사스러운 북한의 평양 개선문에 찾아가는 사람의 수가 파리 개선문에 찾아가는 사람의 수보다 1000대 1의 비례밖에 안되는 것은 분명 되씹어볼 만한 사실이다. 연변에 다녀와서 조선족에게 무엇이 있더라고 꺼내놓고 자랑할 거리가 별로 없다는 사실에서 우리가 뼈아프게 반성해야 할 것은 우리의 기성세대들이, 혹은 우리의 문화를 앞장에서 이끌어나갔던 지성인들이 거의 무방비적으로 한국의 저질적인 것만 많이 배워와서 오히려 우리의 좋은 것을 오염시켜 놓았다는 것이다.

감히 장담하건대 조선족에게도 외국의 타민족들이 감히 흉내조차 낼 수 없는 고급의 문화자원과 전통이 없을 리가 없다. 중국문화에 포로수용(捕虜收容)되는 일도 방비하여야겠지만 한국문화의 가장 나쁜 것에만 빠져 자기의 좋은 것을 퇴화시키고 변질시키는 일이 없도록 보다 슬기롭게 대처하고 극복할 수 있는 길을 찾아야 한다. 그것은 바로 스스로 괄시하고 훼손해가고 있었던 우리 자신의 문화유산을 다시 껴안아 세계시장의 경제논리 속에서 발전시키는 일이다. 조선시대의 갑부처럼 엽전 떨어뜨리는 소리를 들을 줄 알아야 한다. 다시 상스럽게 한번 되씹어본다면, 돼지처럼 먹고 놀기만 하지 말고 신선처럼 보고 읽기만도 하지 말고 "먹고 읽고 배우고 놀 줄 아는 민족"이 되어야 한다.

중국공산당은
북한정권을 지지해서는 안된다

이 지구상에서 공산주의 혁명이 일어나 성공할 수 있었던 가장 주요한 원인 내지 근거중의 하나가 왕정세습제인 봉건사회를 뒤집어 엎는데 인류의 대다수가 동의했고 함께 동참했기 때문이었다는 것은 두말이면 잔소리다.

물론 여기에는 우리 조선족들도 참가했다. 참가자 조선족 전체가 중국 공산당의 영도를 받았던 혁명자들이었다. 그러나 이 혁명을 성사시키는 과정에서 조선족, 한족, 그리고 여타 소수민족들을 모두를 포함한 중국의 공산주의자들은 막대한 대가를 지불해야 했다. 수백 수천만의 공산주의자들이 이 낡은 사회, 낡은 제도의 수호자들과 싸우다가 피를 흘리고 쓰러졌다.

가히 강을 이루고 바다를 이룬 그네들의 피가 어제의 소련을 만들었고 오늘의 중국을 만들었다고 해도 결코 과언이 아니다. 때문에 중국의 집권 정당인 중국 공산당은 자기의 당원들이 피와 살로 구축

한 이 정권의 도덕성에 대하여 책임지지 않으면 안된다.

지금 이 도덕성이 명색만 사회주의 공산주의국가일 뿐 실제상에서 공산당주의 이념과는 아무런 연관성도 갖고 있지 못하는 북한이라는 우리 조선족의 또 다른 조국, 산수상련(山水相連)의 인방(隣邦)국가 북조선으로 말미암아 엄혹한 시험대에 올라있다.

장장 반세기가 넘는 세월 동안 이 정권의 뒷심이 되었고 후원자가 되었던 중국 공산당은 이 정권이 현대사회에 아직까지 유례가 없는 '3대세습'이라는 왕정복고주의 길로 나아가고 있는 것을 구경하게 되었다. 그런데 인류 세계의 모든 제정신을 가지고 사는 사람이라면, 어린아이를 비롯하여 남녀노소할 것 없이 앙천대소할 일을 멀거니 구경하면서 무슨 말을 어떻게 했으면 좋을지 몰라 오불관언(吾不關焉)만 하고 있는 것이다.

아무리 북한주민의 눈과 귀와 입을 틀어막는 방법으로 이어온 독재 권력이라지만, 과거 스탈린도 모택동도 하지 않았거나 또는 근본상에서 할 수가 없었던, 참으로 봉건시대에나 있을 법한 시대착오적 권력 세습을 명색이 사회주의 공산주의를 지향하는 북한이 지금 해내고 있는 것을 지켜보면서 끝없이 이 정권의 지지자가 되고자 한다는 것은, 이와 같은 봉건사회를 뒤집어엎기 위하여 희생되었던 수천만 공산주의자들의 영령(英靈) 앞에 죄를 짓는 일이다.

때문에 지금이야말로 3대 세습을 고집하고 있는 북한정권의 뒷심이 되어있는 중국 공산당의 도덕성에 문제를 제기할 때다.

나아가서 상생과 공영을 함께 추구해야 할 우리 민족에, 그리고 우리 민족의 땅에서 봉건잔재의 하나인 세습권력이 3대째 이어지게 된다는 사실에 같은 민족으로서 착잡함을 금할 수 없는 것은 둘째치고라도, 오늘날의 보편적인 문명기준에 비춰 김정일정권이 얼마나 시대에 뒤떨어지고, 얼마나 세계와 민족 앞에 부끄러운 모습인지 우리 모든 민족이 함께 돌아보면서 그들을 대신하여 먼저 부끄러워해야 하고 반성해야 한다.

우리 조선족은 자기의 조국인 중국정부와 중국 공산당이 북한 군국주의 정권을 지지하는데 대하여 침묵만 하고 있을 것이 아니라 이제부터라도 이를 성토(聲討)해야 하고 반대해야 한다. 원인은 무엇보다도 과거 두 나라가 공유했던 사회주의 이데올로기와 6·25전쟁에서 비롯했던 혈맹관계, 그리고 지리적으로 인접하므로 인한 안보상의 순치관계는 더 이상 존재하지 않는다는 사실을 민족 앞에, 그리고 조국 앞에 따져보아야 한다.

무엇보다도 이미 북한은 사회주의를 지향하는 국가가 아니라는 사실, 그들이 내건 선군제일주의 슬로건은 제2차 세계대전 당시의 나치와 일제왜놈들의 군국주의와 전혀 다를 바가 없으며, 핵까지 만들어 남도 아닌 자기 동족을 인질로 잡고 세계를 향하여 위협공갈을 펼쳐대는 행실은 나치나 일제왜놈들보다 더하면 더했지 못하지 않다는 사실을 외면해서는 안된다.

이로 말미암아 중국 공산당과 북한의 김정일정권 간에는 아무런 이데올로기적 공통성도 존재하지 않고 있다는 사실을 믿지 않으면 안된다.

정당성격도 김정일정권과 중국공산당은 판이하게 달랐다. 중국 공산당이 집정하는 중국은 개혁개방 이후 체제상에서 제3대 세습제로 나가고 있는 북한보다 오히려 자유민주주의 국가인 한국과 더 많은 공통성을 보여주고 있으며 이미 한국과의 관계는 전략적 협력동반자로서 정치, 경제, 안보, 문화 등 여러 분야에서 중요한 협력의 파트너가 되어버렸다.

이를 증명이라도 해주듯이 한국 내에는 미국보다 오히려 중국을 더 좋아하는 국민들이 하루가 다르게 많아지고 있는 추세다.

이로써 볼 때 중국과 북한의 순치관계(脣齒關係)론도 상황논리에 어울리지 않은 지 이미 오래되었다. 적어도 이번에 북한이 남한 쪽보다 중국의 본토와 더 가까운 지점에서 핵실험을 벌이고 그 여파에 얻어맞은 중국의 동북부 땅이 흔들거렸던 사실에서도 보여주다시피 북한 핵이 터지면 중국은 제일의 피해자가 될 것이 자명하다. 뿐만 아니라 전쟁과 평화에 관한 등소평(鄧小平) 이론적 견지에서 봐도 중국과 북한은 더 이상 순치관계라고 말할 수 있는 근거가 없다.

오히려 북한이 지금처럼 국제사회의 보편적인 원칙을 무시하고, 이 반세기가 넘는 세월동안 자기들을 지켜주고 부추겨 준 중국의 말도 듣지 않고 막가파식으로 나갈 때에 중국은 안보상의 순치관계는커녕 도리어 북한 핵의 첫째가는 피해자가 될 것은 뻔하다. 때문에 이런 정권의 뒷심이 되어주고 있는 중국 공산당의 정책은 이제 중국 인민의 이익에도 부합되지 않는다.

전 세계의 인류가 모두 지켜보고 있는 가운데서 현대 사회에 유례가 없는 '3대 세습'이 가시화되고 있을 때, 중국 공산당이 끝없이 계속 이런 정권을 지지한다면, 이제 돌려받게 되는 직접적인 피해는 중국 공산당의 운명을 가름하는 도덕성과 직결될 수밖에 없다.

진정한 공산주의자들은 이렇게 물을 것이다. 우리의 혁명열사들은 구경 무엇 때문에 피를 흘렸냐고? 우리가 지향했던 공산주의 혁명은 구경 어떤 유형의 낡은 세계를 뒤집어엎기 위했던 혁명이었냐고? 그런데 오늘의 중국 공산당은 구경 무엇을 하고 있냐고?